知音动漫图书 · 漫客小说绘
ZHI YIN COMIC BOOK 以梦想之名 点燃阅读
小说绘

Written by 苏盈
Illustrated by 墦索

问药 1

苏盈 著

中国致公出版社　知音动漫

知音动漫图书 · 漫客小说绘荣誉出品

《漫客小说绘》书系

诸君，且听一场似真亦幻之戏语。

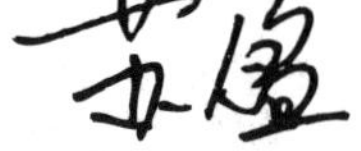

目录

第一章
斑蜗

形如蝴蝶，色彩斑斓，以欲望为食。其卵为蜗牛壳状，深褐色，有白斑纹，会发出铃响般的声音，半成熟状态时铃响消失，其味极美，可以黄酒烹之入药，然产地不可究。

1

“嗒嗒嗒”，笔记本显示屏上，一个又一个页面不断打开，贝姗眼睛发光地看着页面上的图片——哇，这套日牌的连衣裙好可爱，这条韩版的修身牛仔裤也不错呢，糖果色套装的指甲油超好看的，现在买一套七个色，店家还包邮送洗甲水，好划算啊！咦，卖包包的店正在做活动呢，虽然有好几个新买的包都还没用过，可是这个也好难取舍呢……

周六的夜晚，傍晚刚过去，天色已经快速暗了下来，房间里却没有开灯，只有电脑显示屏发出幽幽白光。贝姗握着鼠标滑来滑去，手指飞快地连击左键，购物车里的东西一个接一个地增加，然后痛快地付了款。

贝姗的男友叫唐盛如，这几天出差快回来了，她计划好了一整套约会行程，刚才买的东西就是为了这次久违的约会特意准备的。贝姗想着收到货物时的画面，幻想自己穿上那些衣服时漂亮的样子，盛如一定会赞美自己吧？

贝姗是个新鲜社会人，大学时念外语系，刚毕业没多久就进了一家外企工作，人人羡慕。从小到大，她虽然不是最优秀的那个，但不管是成绩还是外貌都不落人之后，也没什么不良嗜好，硬要说的话，那就是她是个购物狂。

抽屉里丢了一大摞各种商店的会员卡，都是在店员的游说下花钱办的；衣服已经多到放不进衣柜，但依然只增不减；还有各式各样的保养品、化妆品、用过几次后就丢在一旁落灰的按摩椅、买回来后一直放到过期的零食……尽管如此，贝姗还是认为她消费的一切都是有意义的。

手机传来短信提示音，贝姗匆匆看了一眼，马上就删除了，好像那条短信会咬人似的。短信当然不会咬人，但是银行可以让人生不如死——那条短信是银行发来的电子账单，上面的数字让贝姗心烦意乱，好心情荡然无存。

贝姗掰着手指头数数，再过几天就发工资了，忍忍吧，这几天节省一点儿就好了。这么一想，她顿时就没有那么愁闷了。贝姗决定出门吃点儿好的，给自己压压惊。钱包里还有几百块，她又在家里四处翻找出了一点儿零钱，把钱全放进兜里，出门找了家日本料理店高高兴兴地吃了一顿，结账时一看账单，她脸都绿了。

没事，还有信用卡呢……可是这样下去，分期还款的数目只会越滚越大。

正因如此，即便贝姗工资尚可，但还是个标准的“月光族”，别说存钱了，今年内能把信用卡的欠款还完就不错了。

贝姗也知道这样下去是不行的，但她就是控制不了，她的购物瘾简直就跟吸毒一样，要是看上了什么不买，她浑身都不自在。想摆脱毒品还可以用药物治疗，不知道有没有药能治她这种购物瘾的药啊？

“有啊！”一个年轻的声音响亮地回答。

贝姗吓了一跳，难道她刚刚把心里的话说出来了？

贝姗循着声音看去。这里地段好，到了晚上八点多，人行道就会变成流动摊贩的汇聚地，说话的年轻人也是这里的小贩之一，他在坏掉的路灯下铺开一块布，身边放着一个半人高的大箱子。

箱子是木头造的，嵌着几十个大小不一的抽屉，表面是一层红漆，看似年代久远，颜色已不再艳丽，经过岁月的沉淀变得更深更暗，仿佛会缓缓流动的胭脂，又像是永久凝固了的血。

红色木箱子上绘着许许多多金色或黑色的眼睛，唯有一只轮廓特别大的金色眼睛是紧紧闭着的，像一只巨大的蜘蛛趴在箱子上。

别的小贩都在大声吆喝，他却不叫卖，没有客人也不急，买了十块钱的烤鱿鱼须津津有味地吃着。但是，就在这么吵闹的环境中，贝姗却清晰地听到了他回答的声音——刚刚他说话的时候，四周猛然安静了下来。

“你说有什么？”贝姗不确定地问，搞不好刚才是自己听错了。

“能抑制你购物欲望的药啊，我是个卖药人。”年轻人直爽地回答。

贝姗这时候才细细端详起对方来，这人比她以为的还要年轻，恐怕比她还要小一点儿，头发略长，绑成一条辫子搭在肩上，脸上笑嘻嘻的，有几分轻浮，却又有几分浪子的潇洒。

贝姗不喜欢这种小青年，只奇怪他不好好上课怎么到大街上摆起地摊了，看他那副未成年的样子，竟然说自己是卖药的？药这种东西哪里能乱吃，经过药监局批准了吗？合法吗？安全吗？

贝姗呵呵笑了笑，走了。刚走出几步，她又清楚地听到了卖药少年的声音，穿过熙熙攘攘的夜市，清晰得仿佛直接传入她的脑中。

“你想要的时候我会来的。”

2

这天，唐盛如回来了。他是贝姗交往时间最长的男友，在银行任职，工作稳定，薪水也不错，公司最近有意给他升职，所以他忙得不得了。

贝姗先前买的东西也送来了。唐盛如喜欢甜美可爱一点儿的女孩，所以和他交往的时候，她的吃穿爱好都走这个风格。

前一个男友爱好运动，贝姗办了同样会所的健身卡，买了许多以前从来不穿的运动服，还因为他喜欢打壁球，为此买了壁球拍。再往前一点儿，她对一个大学同学颇有好感，对方说喜欢会烧一手好菜的女孩，她便买来一堆料理书籍，甚至把厨房装修了一番，添置了不少新厨具，可惜还未等她学成，对方就毕业去了远方。

唐盛如与她约在全市最有名的西餐厅“71 公馆”，见到贝姗一身全新打扮，他皱了皱眉问：“你又买新衣服了？”

贝姗笑着点头：“好看吗？”她提着裙子转了一圈，却没有听到期待的赞美。

两人面对面坐下，唐盛如看着有些疲惫，牛尾汤端上来时他开口道：“我们分手吧。”

贝姗手里的银勺“哐当”一声掉进汤里。唐盛如的表情极为认真，贝姗努力想挤出一个笑容，却怎么都笑不出来。

“为什么……这么突然？”

“不突然。”唐盛如说着拿出一沓资料，“我的升职被驳回了，说我信用记录有点儿问题，有好几次逾期还款的记录。我查了一下，发现有问题的那张信用卡是你让我去开的。”

贝姗坐立不安起来，那张卡是她缠着唐盛如办的，理由是那张卡优惠比较多。这也确是真的，但有一次唐盛如不经意说漏了密码，贝姗记住了，她找到机会一试，发现密码果然正确，便萌生了一个念头——她把信用卡绑定的手机改成了自己的。

这张卡用得少，信息又发不到唐盛如的手机上，久而久之，他就忘了这张卡。贝姗拿着这张卡尽情消费，一开始还能按时还款，但过了段时间就有点儿力不从心了。

唐盛如说：“把卡还给我吧。”

贝姗自知理亏，只得把卡还给了唐盛如。眼里泪花直打转，她抓住他的手哀求道：“盛如，我错了，你原谅我好吗？我不会再这样了，真的！”

唐盛如抽回手，叹气道：“我们认识这么久，我没见过你穿一样的衣服，你们女生爱打扮我可以理解，但你这样也太过了。我查了一下你的信用卡消费记录，你都买了些什么乱七八糟的东西啊，有必要吗？我记得我不是第一次因为这个和你争吵了，你每次都说会改正，但有哪一次说到做到了吗？贝姗，我是很喜欢你，但我再也受不了你了。”

侍应生正把牛排端上桌，却只有一份，是她常点的T骨小牛排，五分熟，配红酒汁正好。唐盛如示意侍应生把牛排放到贝姗面前："欠费还清后我会注销这张卡。这顿饭我买单，你慢慢吃，我先走了，再见。"

唐盛如走了，贝姗孤零零地坐在餐桌前，期待已久的烛光晚餐以她被甩收场，鲜血淋漓的牛排一如她惨烈的失恋。餐厅里灯光骤暗，驻唱歌手唱起了浪漫的情歌，人人都陶醉地听着，唯独不合贝姗一个人的时宜，她愤恨地切着盘子里那块牛排，就好像在割着自己的心。

其实她不爱吃T骨小牛排，最恨血淋淋的五分熟，更不懂红酒的奥妙，她其实更爱吃孜然牛肉。每次吃西餐都点这个，只是因为唐盛如也常点这个。她自问对每个人都付出了真心，她想尽量做到令恋人满意，但结果总不令人满意。

离开餐厅后，她把身上所有的钱都用来买了酒，回到家里猛灌，喝得酩酊大醉。唐盛如的分手理由和她历任男友一样，他们都说："你太爱乱花钱，我承受不来。"但贝姗不懂，女人爱购物是天性，她有什么错？她想为他们打扮漂亮一点儿，这样他们和她出去时也有面子一点儿，不是吗？

为什么这反而成了他们抛弃她的理由？想着想着，又觉得十分委屈，她也知道自己这样不好，但她就是改不了，有什么办法？选购时愉悦的心情、付款时爽快的感觉，购物带给她的那种感觉无法比拟，就好像有些人爱抽烟，一辈子都戒不掉。

"叩叩叩"，这个时候竟然有人来敲门，贝姗没有理会，门外的人却十分有耐心，一直不紧不慢地敲着门，"叩叩叩"，节奏始终如一。

"没有人啊！快滚吧！"贝姗隔着门大吼大叫，但那个敲门声依旧会在她安静下来的时候响起。

贝姗摇摇晃晃地去开门，门外是个笑眯眯的少年，一根辫子搭在肩上，背着一个巨大的箱子，上面绘着各种各样的眼睛，其中最大的那只金色眼睛依旧紧紧闭着。

"要买药吗？"卖药人问道，声音好听得能引人犯罪。

贝姗已经醉得分不清现实和虚幻，但她对这个卖药人还有印象，不过他为什么会出现在她家门前？然而这个问题只闪现一瞬间，就被她丢到脑后了。她醉醺醺地问："你有什么药？有能让人没有购物欲望的药吗？"

"有。"卖药人回答，"我这里什么药都有，只要你想买，我就卖。"

卖药人卸下箱子放在地上，箱子上的眼睛一眨一眨，眼珠滴溜溜转，贝姗只道是自己醉眼昏花。

"要不要？"卖药人又问。他的声音真好听啊，沉厚而不失温柔，像一支曲子，又像一种异香，循循诱导。

要不要，要不要，要不要？

答案显而易见。

“我要。”贝姗回答，真有那么神奇的药为什么不要？她又哭又笑：“我要，我要！给我！给我吧！”

卖药人笑了笑，眼睛藏在刘海后，弯起的嘴角带着暧昧的邪气。他单膝跪在箱子前，拉开一个小抽屉。

一瞬间，那只巨大的金色眼睛睁开了，眼珠是红色的，像一枚通透的宝石。

然而顷刻间又合上了。

卖药人手上多了一个青色的小坛子，一只手可以包起来的大小，揭开封口往里一看，竟然都是蜗牛的壳！贝姗稍微清醒了一些，狐疑地盯着那些蜗牛壳，这是什么奇药，该不会是骗人的吧？

“这叫斑蜗。”卖药人说。他拿出一个蜗牛壳，果然和平时看到的不一样，只有小指甲那么大，壳的颜色深得近乎深棕色，上面是白色的不规则斑纹，壳里面也没有蜗牛的软体，轻轻摇动，可以听到里面有东西发出碰撞的声音，像一个响铃。

“吃下它，自然药到病除。一周只能吃一个。”

贝姗听着他的声音，头脑又昏昏沉沉起来，她鬼使神差地接过一个蜗牛壳，就着啤酒吞下肚。

卖药人又拿出一个一模一样的小坛子，不过这个是白色的。贝姗看到他的嘴巴张张合合，好像在对她叮嘱着什么，可是她没有听清。

贝姗突然觉得这人好啰唆，快手接过那个小白坛，“砰”地关上了门，然后跌跌撞撞地走进房间，倒在床上呼呼睡了。

一青一白两个坛子，滚进了床底下。

3

贝姗以为那天晚上的事情是喝醉了的幻觉，这天是周日，她一如往常般打开电脑，登陆购物网站。对女人来说，购物就是一剂灵药，对贝姗更是如此，以往失恋后她都会疯狂购物一番，那张价格一万多块的按摩椅就是这么来的。

但是这次她看了大半天，居然一件东西都不想买，也不是没有看上的东西，但总觉得提不起劲，莫非这次失恋带给她的打击出乎意料地大吗？

但是好像也不是特别难过，贝姗有些纳闷地换了个网站，不料打开几个页面看了看，她居然有些犯困，这可是前所未有的事啊！

既然没有乱买东西，那省下来的钱就奖励自己吃一顿吧。食欲似乎并未受到影响，贝姗在街口的面馆吃了一大碗牛肉面，再加一杯绿豆沙，觉得十分满足，那些价格不菲的高级餐厅早被她抛诸脑后了。

这种情况持续了整整一周。这一周内，除了必要支出，贝姗没有任何多余消费，连前台负责收快件的小妹都惊讶这一周居然没有贝姗的快递。同事们也觉得贝姗哪里有了不同，虽说不清到底是哪里，但就是感觉贝姗沉稳了许多。

贝姗还是有点儿自知之明的，一个甘于节省的自己绝对是陌生的，想来想去，似乎也只有那晚的事情可以解释这一切了。原来竟然有这么神奇的药！说起来，她还没付过药钱，可是既然卖药人没有来找她，那可能是已经放弃了。捡了个大便宜，贝姗觉得太划算了。

这世界上当然没有一劳永逸的事情，一周刚过去不久，贝姗在看到商店橱窗的新款衣服时，突然感到一阵蠢蠢欲动。她抱着看看就好的打算走进店里，压抑已久的购物欲瞬间爆发，就像储水池里终于满溢出来的水，一发不可收拾。

当贝姗回过神的时候，手里已经拿了一大堆的衣服准备付款。她在销售员诧异的目光下丢下选好的衣服，几乎是逃命般回到家里。贝姗翻箱倒柜，终于在床底下发现了那两只小瓷坛，那果然不是一场梦！

贝姗想也不想，连忙囫囵吞了一个斑蜗，感觉和吞药片没什么两样。吃了之后，她才稍稍安定下来，原来不管是什么药，药效都是有期限的。真是奸商！贝姗愤愤地想，难怪她没付钱那卖药人也不急，原来这东西会上瘾，一旦吃完，岂不是还要找他再要？

不过比起可能一辈子都无法摆脱斑蜗这件事，贝姗最担心的竟然是不知道要上哪里去找那个卖药人。

第二天晚上，她跟着主管和客户去谈大生意，他们约在一家高级意大利餐厅，餐桌上气氛极好，大家有说有笑，拿下这份合同看来是不难了。就在这时候，贝姗突然感到有什么黏糊糊的东西顺着她的食管一直往上爬，搅得她一阵胸闷恶心，没有忍住干呕了一声。

贝姗在主管责备的眼神中匆匆道歉离席，她跑进厕所，刚把隔间的门关上，便一张嘴吐在地上，结果也没吐出什么，只有一枚小指甲大、深褐色、带有白色斑纹的斑蜗。贝姗捡起来细细端详，这和她吃下去的一模一样，只是轻轻摇晃时，壳里面并没有发出响铃般的声音。

贝姗不清楚是怎么回事，只好把那个吐出来的斑蜗放进口袋，回到饭局里去了。接下来没有再发生其他事情，一顿饭吃得很愉快，合同也顺利谈成了。

回到家里，她把那个吐出来的斑蜗放进了白色瓷坛里。

服食斑蜗之后，贝姗没有再乱花钱，信用卡的欠款也顺利偿还。少了债务的困扰，贝姗变得神清气爽——心态的转变可以让一个人由内而外地新生，充满活力。但是她吞下一个斑蜗，隔天就会吐出一个，每当这个时候，贝姗就觉得自己变成了一个怪物。

从身体里吐出一个蜗牛的壳，想想都觉得恶心，也并不是不害怕，但她更害怕自己故态复萌。每一个吐出来的斑蜗都被放进了白坛子里，看起来都差不多，贝姗也不知道吐出来的是不是上次吃下去的。

也许斑蜗还能改善人的运气，距离上一段恋情结束不到一个月，贝姗在同事的介绍下认识了一个新对象，男人长相儒雅斯文，是国家科研人员，父母经商，家境优渥，各方面都很优秀。

贝姗与新对象相处愉快，言谈之中她很容易就明白对方喜欢的类型，换作以前她会为配合对方喜好买来一大堆东西，增加点儿共同话题，这次却没有什么欲望，心里想着顺其自然就好，没想到几次约会下来，男人对她颇有好感，说是与她相处起来轻松愉快。

贝姗心花怒放，表面上却表现得滴水不漏，她对这次的恋情充满信心，前提是——她的购物癖不会复发。

尽管不一定能与他走到最后，但即便因其他理由分手，都比“乱花钱”这个理由好。所以为了打破过去的分手诅咒，明明斑蜗的效用还没消失，她仍然吃下了第二个。

下一周，她吃了三个。再下一周，变成四个。

坛子里的斑蜗逐渐变少。

终于有一天，斑蜗没了。

卖药人没有再出现，贝姗怎么都找不到他，他似乎从这座城市中凭空消失了。

“你脸色不太好，最近很辛苦吗？”吃饭的时候，男人关心地问道。贝姗摇摇头，只推说是工作繁忙，但其实公司已经发出最后通牒，如果她再不回去上班，就要开除她。

没有服用斑蜗后，贝姗过得心惊胆战，怕自己忍不住会上网购物，于是剪断了网线。现在科技发达，手机也可以上网，于是她干脆把手机也摔了。不敢回公司，因为公司也可以上网购物，她便请了长假。她不敢出门，因为街上琳琅满目都是店铺，她只能待在家里，用毛毯包裹住全身，惶恐地逃避着不知何时会降临的欲望。

但人总是要吃饭的，家里的食物已经吃光了，贝姗饿得头晕眼花。不出门的话就要饿死，可是一旦出门她的忍耐前功尽弃怎么办？她看到那一青一白的两个小坛子，白色的小坛子沉甸甸的，打开一看，里面不是满满的斑蜗吗？

既然看起来一样，那吃了也没关系吧？贝姗心想，这样下去不是饿死就是发疯，不管有什么后果，也不会比这两种情况更糟了。

她吃下了第一个。

壳在舌尖上碎裂了，像一层极脆薄的糖衣，仅仅是因为吞咽动作的轻微触碰便碎了，碎片因口腔的温度瞬间融化，和之前宛如吞咽药丸的感觉完全不同。一个鲜美、柔滑的东西随着壳的破碎滑入食道，舌尖感受到前所未有的滋味，那不是用味觉可以描述的，感觉就好像吞下了一片星空、一片森林，或者一片海。

她有种前所未有的满足，好像除此以外，再也不需要别的东西了。

等贝姗从这个滋味里回过神的时候，竟然已经是第二天了，她保持着一个跪坐的虔诚动作，双手抱着那个白色的小坛子。

她脑海里全是空白，什么都不记得，什么都不重要了，唯一想要的只是再一次回顾那种滋味。

客厅的座机“嘟嘟嘟”地响起来,这是贝姗与外界唯一的联系。电话响了一遍又一遍，但一直没有人去接起。

贝姗吃下了第二个斑蜗。

又体验到那种滋味了，她幸福地眯起双眼，任凭自己坠入这无上的愉悦之中。

4

市里的精神病院最近来了一个奇怪的病人，是个年轻的女子，容貌姣好，据说本来还有一个谈婚论嫁的男友，她的人生很是完满，却突然患上了一种怪病。她不吃不喝，也不和任何人说话，听不见也看不见，没有痛觉也没有知觉，不知道冷和热——这种情况只有在植物人身上才会出现，但她是清醒的。

最开始是她的家人知道她很久没去上班，打电话也联系不上，不得已才找锁匠开门进屋，却发现她瘫倒在地板上，也不知这种状态持续了多久，整个人饿得瘦骨嶙峋，却又一副很幸福的模样。医院做了无数检查，没有发现身体机能上的任何问题，而她一直保持似睡非睡的状态，永远带着轻松愉悦的笑容，谁也不知道她看到了什么，她的精神世界是一个谜。

贝姗坐在轮椅上，被护士推到病房外晒太阳，有人朝她走来，那人背着一个很大的箱子，却走得很轻松。卖药人走到贝姗面前，看到她这个模样似乎并不意外。

“我明明跟你说过吐出来的斑蜗是不能服用的，可惜看你的样子似乎是没听到。斑蜗这种东西其实是活的，是一种以欲望为食的生物，以你的情况来说，是一剂上好的药。青色坛子里的斑蜗仍是卵的状态，幼体蜷缩在壳中，吸收了足够的欲望后成熟，便会脱离宿主，到花花世界里探寻更浓厚的欲望。”

贝姗完全没有听他说话，犹自沉醉在自己的世界中。

卖药人像是自言自语般继续说道：“吃了成熟的斑蜗，它们就会把你的一切欲望都吞噬，购物的欲望、进食的欲望、睡觉的欲望、生存的欲望、死的欲望……一切欲望全部被吞食，你会成为一个真正无欲无求的人，但这样你也就是个空虚的壳而已，而它们却会孵化成最美丽的姿态。”

空虚，但是美丽。卖药人看到贝姗全身覆盖着蝴蝶，只有一张脸露出来，带着非常安然的笑容。这些蝴蝶就是斑蜗的卵孵化后的最终形态，它们齐聚在她身上，贪婪地吸食着这个女人的欲望。它们小小的翅膀上汇聚了这世界上一切的颜色，斑斓多彩，宛如梦幻般美丽，这便是欲望的颜色。

卖药人出神地看了一会儿，惋惜地叹道：“可惜啊，本来那些吐出来的成熟斑蜗就是报酬，作为交换我会给你新的斑蜗的卵，可是你吃得太快了，我根本赶不及回来拿。那些成熟却未孵化的斑蜗，可是能制作出不错的迷药呢。”

孵化后的斑蜗虽然美丽，但没有多大药用价值。说到底，他也只是把她当做一个养育斑蜗的培养槽，以欲望为温床，培育出一批又一批的斑蜗。

“你也许会好起来，也许不会，一切看命运吧。”说完，他离开了全身覆盖着美丽蝴蝶的女子。

少了这一个也无碍，这世界上还有数十亿的人。

第二章 狐换膏

狐族秘药，取同龄男女脸颊肉各一、狐血一盏，以狐火炼煮，蒸至烂熟，加蜂胶、珍珠粉、鬼面籽、眼媚草调合。膏体柔滑，然形、色、香因制作者不同而各有异。其味如狐臭，故不建议食用。

1

71公馆是全市最有名的西餐厅，由一栋民国时期的洋人公馆改建，处处充满优雅怀旧的气息，店里的灯饰、摆设、装饰画都是由店主亲自挑选，从国外购入，让每一个进店享用美食的客人，也能品尝到时光倒流一百年后，那份如同醇酒般沉厚悠长的优雅。品位非凡，自然也价格不菲。

71公馆的食物自然也是一流的，但客人慕名而来还有另一个原因——出于店主的个人兴趣，这里的侍应生个个长相出众，不管男女，都有一张可以去当小明星、小模特的脸，他们穿着那套黑白两色的修身制服，轻盈地穿梭在水晶吊灯下，简直美不胜收。据说还有专业的星探经常到这里用餐，就是想从侍应生中发掘出下一颗舞台明星。

王子俊是71公馆的员工，但只是厨房的帮工，没有资格出去招待客人，原因就是他虽然叫“王子俊”，但无论是“王子”还是“俊”都与他本人毫无关系。王子俊本来对此也没什么想法，如果不是上周极其偶然地出去端了一次菜，他也许可以一直甘于做一个洗碗的打杂工。

那天生意一如往常地好，一个本该值班的侍应生因为堵车不能按时上班，临时也没有可以代班的人，领班环视了一圈厨房里惨不忍睹的汉子和洗碗大婶，忍着眼睛的痛苦把王子俊挑了出来，给了他一套制服，让他在那个侍应生回来之前暂时顶替一下。

王子俊第一次踏出厨房的大门，走向那美轮美奂的大厅。奢华的水晶吊灯把这里映照得宛如宫殿，以他的水平也想不出什么赞美之词，只觉得自己好像突然变成了了不起的人物，站在为他精心准备的大舞台正中央。

客人们来到门前，两位身穿燕尾制服的侍应生立马躬身将门打开，门角上的吊铃发出“叮叮”的声音，这才让王子俊回过神来，然后他就听到耳麦里传来了领班的声音：“代班的搞什么，快来端菜！”

王子俊连忙去了。不是什么困难的工作，就连他也做得来，但他运气不怎么样，第一次上菜就遇上一桌分手的情侣。他把牛尾汤端上桌没多久，西装笔挺的男人就走了，只剩下女生独自面对那份血淋淋的五成熟T骨小牛排。王子俊猜想她一定很难过，虽然她努力地把那份牛排全吃了，但她看起来分明是一副食不知味的表情。

她还蛮漂亮的，他们为什么分手？王子俊的想法很简单，长得好看的女生就该有人疼才对。他犹豫着要不要上前去安慰，这时耳麦里又传来了领班的声音："你可以回厨房了。"他知道是那个正牌的侍应生回来了。

在厨房门前他和一个男生擦肩而过，对方穿着和他一样的制服，但衣服穿在对方身上却要贴身得多，小马甲勾勒出腰线，笔直的西裤显得双腿修长。男生整理着领结，驾轻就熟地融入到那片明亮美丽的地方。

王子俊找厨房里的一个大叔打听了一下，这才知道在外面端盘子的比在里面洗盘子的工资高了几倍。他惊呆了，为什么那么简单的工作的报酬比他辛辛苦苦干活还要多？

大叔看了他的表情就知道他在想什么，粗声笑道："因为他们长得好看啊，在外面晃晃悠悠的，就等于我们餐厅的招牌之一呢，所以值得拿这个钱呗。"

王子俊没有说话，只是低着头。大叔一拍他后背，说道："别想啦，你还穿着这身衣服干什么，快脱下来，该干活啦。"

晚上11点，71公馆打烊，几个侍应生下了班去吃烧烤，这些容貌精致的年轻男女嘻嘻哈哈地走在一起，无需任何背景就已经足够美丽。

王子俊锁上厨房的后门，看着他们成群结队地走过，那些年轻漂亮的脸孔耀眼得让他不敢抬头看。在油烟冲天的地方工作久了，连他也觉得自己身上沾了那股油渍味道，怎么都洗不掉。

王子俊绕到71公馆的正门，在玻璃上照了照自己的模样，他其实长得不难看，只是很普通，平淡无奇的五官让人过目即忘。如果他能长得好看一点儿，是不是就能再次走出厨房进入那扇门？是不是就能有更多的机会……

但他马上又唾弃起自己来："乱想什么呢，又不是女人，长得好看就吃香……"

"那可不一定，男人长得帅也很好啊。"背后突然有人搭话，把王子俊吓了一跳。他连忙转身一看，只见一个背着大箱子的年轻男子正笑吟吟地看着他，长得比71公馆里的任何一个侍应生都好看。

他问："你要吗？"

"要……要什么？"王子俊一头雾水。

"让你脱胎换骨的药。"对方说。他只身站在深夜冷清的街头，身后是两排延展的路灯，昏黄幽暗，像是为亡灵而点的引灵灯。

王子俊往后退了一步，弱势生物的本能让他感到恐惧，然而对方却紧跟着上前一步。

“我是个卖药人，我这里什么药都有，只要你想买，我就卖。”他的眼睛如猫瞳般莹莹闪烁，像是黑暗中引诱飞蛾自取灭亡的火光。

“真的……什么药都有？”王子俊心动了。平时的他并不是一个会异想天开的人，也从来没想过要追求什么，他只是一个安于现状的小人物。如果没有今晚发生的事，如果他不曾走进那个璀璨漂亮的世界……

其实只要再过几天，等这件事带给他的冲击过去了，他的心又会渐渐变得平淡，这个夜晚只会成为他回忆中的一块，他并不会想要强求什么改变。

可是，这个卖药人出现了，恰如其分地，在他最渴望的时候给了他一个荒诞却真实的可能性。

“如果……真有那种药，我想……试一试。”

他没有发现，身后的玻璃上，根本没有那卖药人的身影。

2

王子俊是大三学生，专业是计算机编程，在71公馆兼职是为了赚点儿零花钱。这个年纪的大学生需要花钱的地方也是不少的，他们在聚会和玩乐中尝试与人交际，开始学着进入社会。王子俊与同学们喜欢玩桌游，是一家桌游店的常客。

这天王子俊被杀出局，他玩得有点儿累，便跑到吧台那边点了杯饮料，准备休息一下。他拿出一个银质的扁圆盒子把玩——有点儿像女孩子用的小粉饼盒，盒子上雕着一只小狐狸，它正蜷着身子睡觉，把头和四只小爪子都埋在了毛茸茸的大尾巴里。

这是前几天那个卖药人给他的，也没有要他付钱。记得卖药人说这叫“狐换膏”，不知道和狐狸有什么关系。那天头脑发热要来了这个东西，等那股劲过去后就有点儿清醒了，总觉得来路不明的东西似乎不用为妙，所以这些天来他一直犹豫着没有用。

“给，你点的饮料。”吧台后的女孩推过来一杯冒着气泡的蓝色饮品。她叫林奈，是桌游店的侍应生，因为工作的性质有点儿接近，所以和王子俊特别聊得来。但与王子俊不同，她是全职的。

林奈是个爽朗的女孩，偶尔会给王子俊一些特别优待，弄得有段时间王子俊的朋友们都起哄叫他们快交往。王子俊觉得林奈对他不是那种感情，也许比普通朋友多了一点儿关心，但在他沮丧或消极的时候，林奈从来不会安慰他，只会给他剥个橙子，调一杯热饮送到他面前，然后摸摸他的头。

女孩站在吧台后，男孩坐在吧台前，喧嚣都是别人的，他们有属于他们的宁静。

王子俊想，她大概把他当成弟弟了吧，虽然林奈比他还要小一岁。

林奈家境不好，很早就辍学出来打工，除了养活自己，还要给乡下的家里寄钱，供弟弟上学。这是两人熟识之后，林奈自己说的。她说的时候轻描淡写，好像在说别人的故事似的。她吃过很多苦，也不是不委屈，只是不想别人觉得她可怜。

王子俊把银盒塞回口袋，问道："我点的不是这个吧？"他点的只是柠乐，这杯却是这里的招牌饮品，林奈不会弄错了吧？

林奈吐了吐舌头，说："喝吧，我请你，不过你要陪我聊聊天。"

王子俊跟她说起几天前自己当了一回侍应生的事，听得林奈满脸羡慕，感叹道："要是我也能去71公馆就好啦，可以多赚好多钱呢。"

王子俊问："你最近缺钱吗？"

林奈说："弟弟要读高三了，爸妈让我给他在学校附近租个房子备考。我去问了下，学校附近的房子都很贵，我得再找一份兼职才行。"

"你这样也太辛苦了吧？你……你也要多为自己想想。"王子俊忍不住说道。自从认识林奈，她就一直在为她弟弟操心，她这辈子最好的年华都扑在她弟弟身上，一点儿都没有留给自己。

林奈笑了笑，摸出一个橙子，剥开外皮，空气里瞬间充满了酸甜清新的味道。她把橙子剥成一瓣一瓣，然后递给王子俊："你手指上都长倒刺了，补充点儿维生素C吧。"

王子俊知道她是不想继续这个话题，吃过橙子后就准备离开吧台。刚好那边一句"新游戏开始了"，朋友们正喊他过去继续玩。

王子俊一边玩游戏，一边想怎么才能帮助林奈。她是不会不管自己弟弟的，出生在重男轻女的家庭，从小就被灌输要为弟弟奉献一切，这个念头早已根深蒂固。借钱给她吗？以林奈的性格肯定不会接受，而且自己也没那么多钱。

71公馆，王子俊只想到这个办法了。可是林奈虽然尚算清秀，但要成为71公馆的侍应生还是很有困难。

他忽然摸到裤袋里硬邦邦的东西，那盒狐换膏……卖药人说狐换膏可以让人变得好看，如果林奈变漂亮了，不就可以了吗？

在跟林奈说明之前，王子俊决定自己先试验一下这个药膏的效果。

雕着狐狸的银盒里的药膏是一种接近人类皮肤的颜色，看起来没什么特别，闻着带一点儿清凉的味道。卖药人说过，这种药膏需要先涂在别人的脸上，然后才能涂在自己脸上。

"你觉得谁脸上哪个部位最好看，就把这个药膏抹上去，然后在半小时内也在自己脸上的同一个地方涂上药膏。"卖药人是这么说的。

王子俊当时问道："可是如果我跟对方不熟，要怎么往别人脸上抹东西啊？"

卖药人回答："那就要你自己想办法了，世界上可没有不劳而获的成功。"

71 公馆的更衣间里，王子俊捏着狐狸银盒一筹莫展。所有男生都在同一个更衣间换工作服，那些长得宛如模特的帅哥们也在这里换衣服。两个男生走了进来，其中一个抱怨道："我好像有点儿感冒了，鼻子总不通气，堵得难受。"

王子俊灵机一动，探头问道："我这里有薄荷膏，你要涂一点儿吗？"

"好哇，谢谢啦。"男生很自然地应道，他的鼻子笔直高挺，五官宛如欧洲人般立体深邃。王子俊把狐换膏递给男生，让他涂在了鼻子上，还涂了鼻翼两侧。

"好像真的有好一点儿。"男生满意地点点头，把狐换膏还给了王子俊。

等他们换好衣服离开更衣室，王子俊连忙把狐换膏也涂在自己鼻子上。不知道会有什么变化，他有点儿紧张地等候着，结果直到下班，什么都没发生。平白焦虑了一整天，王子俊不禁想自己是不是被糊弄了，若是有这么神奇的药，怎可能还有人花大钱去整容。

可是，那个卖药人给他的感觉并不像是开玩笑的。

结果等下次轮班的时候，王子俊就听说那个涂了狐换膏的男生辞职了，据说他路上遇到劫匪，被抢了不说，还被揍了一顿，鼻梁都被打骨折了，现在人还躺在医院里。

"真是不幸呢。"

"对啊，不走运……"

王子俊只是和其他人一样感到惋惜，丝毫没有想过这会不会和自己有关系。

这天王子俊下班的时候，突然有人对他说："你最近是不是换发型了，感觉比之前好看了。"这人也只是顺口说说而已，说完就走了。王子俊借着旁边的镜子照了照，没发现自己的脸有什么变化，便也没放在心上。

因为少了一个人，王子俊又被挑出去当侍应生。第二次使用狐换膏的对象是一起当侍应生的一个女孩，她是所有人中最漂亮的，虽然长相艳丽，个性却很开朗活泼，撒娇或闹脾气的时候总是嘟起嘴，嘴唇粉嫩嫩的，十分可爱。

她不经意看到那个狐狸银盒，大呼"好可爱"，让王子俊给她看看。王子俊想着给她看看也无所谓，没想到她接过后打开看了看，便用手指蹭了一点儿抹到自己嘴唇上。王子俊根本来不及阻止，就听到她说："这颜色很像我的那盒护唇膏呢，正好嘴唇有点儿干，不小心就用了，不好意思哦。不过这是什么牌子啊，感觉凉凉的、润润的，挺不错呢。"

王子俊尴尬地应付过去，等女孩离开后，他想了许久，终于还是把狐换膏也抹到了自己嘴上。

没过多久，王子俊就听说这个女孩和同伴在KTV包厢里玩乐的时候喝多了，醉醺醺地不小心摔在玻璃桌子上，嘴唇被碎玻璃片割去一大半，再也没有来上班了。

真是世事无常啊，王子俊在心里感叹。

3

“你最近整容去了吗？”林奈冷不防问道，把王子俊吓了一跳。

这天他又和朋友们来玩桌游，之前好几次来都没看到林奈，问老板后才知道为了多挤出点儿时间做第二份兼职，她要求换了排班时间。

其实最近到桌游吧玩，王子俊总觉得有人在看他，偶尔抬起头，就会看到隔壁桌几个结伴来玩的小女生脸红红地瞅着他。莫名其妙……

王子俊被看得浑身不自在，刚好看到林奈来上班，连忙溜了过去，没想到刚坐下，就听见林奈来了那么一句，他只得纳闷地说：“什么整容，我哪有那个钱啊？我觉得我没什么变化啊！”

林奈跟他很熟了，于是干脆伸手将他的脸捧近，上下打量一番后，嘀咕道：“奇怪，确实没什么变化，但就是感觉变帅了呢……”

她的双颊突然红了起来，赶紧撒开手，慌乱地准备饮品去了。王子俊“哎哎哎”地叫她，她也当作没听到。王子俊闹了个没趣，只好离开吧台过去继续玩游戏。突然林奈喊住他，他回头，刚好接住一个橙子。

是林奈扔过来的，她脸上的绯红还没褪去：“给你的，补充维生素啊！”

晚上回家，王子俊在镜子前照来照去，终于看出变化了。说来奇怪，脸还是那张脸，五官还是那五官，但就是看起来变好看了！鼻子好像比以前要高挺，嘴巴也变得比之前好看，细微的变化，却让整张脸端正俊秀起来。

这是狐换膏的功效吗？他也不确定。

这期间他又用了几次狐换膏，有一次是在学校宿舍，趁室友睡着的时候偷偷抹在他眼睛上的。这个室友长得不比71公馆的侍应生差，一双桃花眼到处放电，女朋友一打一打地换，是个花花公子。

这次侍应生的工作持续了很久，一直做到暑假开始，王子俊都没有被换回厨房去。端盘子上菜本来就不难，而且王子俊也没有其他从小就长得好看的人那么自信傲气，对待客人总是很谦和，渐渐地竟然在客人里混出了点儿名气，就连领班都打算让他长期做下去。

王子俊自然很高兴，他想着这样下去，也许不需要狐换膏，也能把林奈介绍来这里。领班最近对他特别好，也许会愿意看在他的分上同意聘用林奈。

他没有把这件事告诉林奈，想等事情成功后再给她一个惊喜。不知道是不是身兼数职的缘故，林奈最近看起来有点儿疲惫，眼睛总是红红的，好像哭过一样，但是问她，她又什么都不说。

“好啦，我没事的，你别瞎操心。”林奈一边剥橙子一边说。王子俊条件反射地张开口，她便递过来一片，他自然地就着她的手吃了，旁边立刻传来一阵低呼，好几桌的客人——都是女孩子——齐刷刷地看着这边。

最近这里的女顾客是不是有点儿多啊，王子俊纳闷地想，为什么她们都看着这边呢？

林奈猛地收回手，脸红耳赤，王子俊突然也害羞起来，却又觉得这样的林奈特别可爱。

这天不是他值班，却还是被领班打电话叫了回去，说是有杂志社的人要来采访，要他配合拍一些照片。本来以为只是一般的美食杂志，没想到等杂志上市后，他才发现自己变成了封面人物，上面还搭配着让人害羞的标题——“71 公馆的人气美食系男子”。

王子俊呆呆地看着封面上那个笑得有些羞涩的大男生，那是他吗？那么陌生，却又那么熟悉，那确实是他！

一个女生羞答答地靠过来，细声细气地问他能不能合影，吓得他一边道歉一边落荒而逃。王子俊就住在本市，暑假期间室友都回老家了，他能想到可以倾诉的对象只有一个——林奈。

可是当他去到桌游店，却被告知林奈最近休假了。林奈从来不休假，因为休假多了是要扣钱的，她恨不得把法定假期都抠下来换成工资，这会儿怎么请假了？

桌游店的老板看了他一眼，欲言又止，最后只说：“过段时间她就回来了，到时候你自己问她吧。”

王子俊找不到林奈，却有人找上了他，是一家知名娱乐公司的星探，由 71 公馆的经理直接引见，非常正式，对方提出希望王子俊能成为他们公司旗下的艺人。这个公司很有名气，近年来捧红了不少明星，大把新人削尖了脑袋想往里钻。

王子俊纳闷极了，问：“你们为什么要选我？我长得不帅啊！”不说其他地方了，就是 71 公馆里长得比他好看的人也多了去了。

对方笑呵呵地说：“王先生真是谦虚，演艺学院最近几届都没有你这种水平的孩子了，而且你的气质很好，让人感觉特别舒服。我相信自己看人的眼光，只要再包装一下，你绝对会成为下一个最夺目的明星。”

王子俊脑袋晕乎乎的，说自己要回去思考一下。对方没有追逼，笑吟吟地看着他，眼神和笑容都让王子俊想起了那个卖药人志在必得的样子。

晚上，王子俊翻来覆去地睡不着，难道真的是狐换膏的作用吗？真的这么神奇？早知道就先给林奈用了。

林奈一直没去上班，王子俊拿出手机，试着拨通了她的电话。

电话很快被接起，里面传来林奈的声音：“这么晚，失眠了吗？”

“你最近还好吧？你去哪里了？怎么不回去上班？”

“没什么，家里有点儿事。”电话里的林奈淡淡地回答。

王子俊一下子就安心了，接着他把今天的事告诉了林奈，问她应该怎么抉择。林奈说：“你就试试吧，大好的机会，别人求都求不来呢。就算是失败了，什么都没有了，我还是会剥橙子给你吃的。”

王子俊把心里的疑虑都说给她听，林奈一个接一个地回答他，但只有“你在哪里”这个问题，林奈一次都没有回答他。

挂断电话后王子俊准备睡觉，手机屏幕还没暗下去的光照亮了床头，他看到那盒狐换膏银盒上，原本蜷着睡觉的狐狸现在稍微抬起了头。还没来得及细想，王子俊就模模糊糊地睡了过去。

王子俊接受了娱乐公司的邀请。公司早已为他做好了一切发展规划，为他量身打造新形象，发型、服饰统统由专业人士打理，他开始健身，塑造身材，被一大群人簇拥着做这做那，期间还不能中断学业。

王子俊被操练得苦不堪言，他现在分身乏术，自然没有办法去找林奈。受不了的时候他就打电话给她，林奈每次都很耐心地听他说，就好像以前在桌游吧，他们依旧有着属于他们的独特宁静。

等王子俊回过神来，他已经以亲切温柔的邻家男孩形象正式出道。先从平面模特开始，然后参加杂志访谈，之后又与知名牛仔裤品牌合作拍摄了一系列广告，他穿着低腰牛仔裤与各种带有危险感的动物合照。照片上的男孩狂野性感，但丝毫没有低俗的感觉，他与停在手臂上的白雕亲昵碰头，垂睫轻笑，满满都是阳光与冒险的气息。

广告一出，瞬时引来了诸多关注。王子俊开始接拍电视广告，没多久连电视剧和电影的邀约也纷纷找来。

不会唱歌？没关系，有录音室，后期制作多花心思就不会难听到哪里去。不会拍戏？

没关系，剧本量身打造，他只需要本色出演。

王子俊成了新一代的全才明星，能唱会跳，加盟多部电影和电视剧，他横空出世，光芒锐不可当，一路平步青云，走到如日中天。

有人嫉妒他，跳出来说他曾经整过容，同时甩出多张他以往的照片，确实与现在差距甚远。王子俊自己心虚，错过了澄清时机，舆论分成两派，他的粉丝自然力撑到底，但也有人吼着让王子俊滚出娱乐圈。整容风波一时间闹得沸沸扬扬，但也一直没人找到确切的证据。

这次，林奈主动打电话给王子俊，她问："你真的有整容吗？"

王子俊马上回答："没有。"

林奈说："那就挺起胸膛，堂堂正正告诉那些人吧！"

这时舆论也有了变化，有人说，虽然照片差距甚大，但五官轮廓却没什么大变化，相信是造型和化妆的效果。公司认为这是个好时机，让王子俊去医院做鉴定，结果证实他确实没有做过任何整形手术，这下王子俊的名声更盛了。

他简直不敢相信这一切，他真的成功了，从 71 公馆的厨房走到面向世界的大舞台。

都是因为那盒狐换膏，还有林奈。

他想见她，想亲自感谢她，于是找了个空隙从片场溜走，偷偷回到那家桌游店。老板一看是他，顿时吓得手里的烟都掉了，赶紧赶客关门，然后才战战兢兢地和王子俊坐下来，他说："林奈其实早就辞职了，她不让我告诉你，是怕你分心。"

老板犹犹豫豫地把一切都说了出来，王子俊这才知道之前那段时间都发生了什么。林奈第一次请假，是因为被人从后面推下楼梯，摔断了腿和两根肋骨，不得不住院。推她的人是几个经常到桌游店的女孩子，但她们的目的不是玩游戏，而是来看王子俊。

贱人、丑八怪、不要脸……更早之前，她们就经常私下找林奈，让她离王子俊远一点。林奈没有听她们的，她坚强又倔强，自己选好的路，自己决定的事，就会贯彻到底。

"那……那她现在好了吗？她在哪里？"王子俊焦急地问。

王子俊在烟雾缭绕中等了许久，老板把手里的一根烟吸尽了，他才缓缓说道："她还在医院。她被人泼了强酸，脸全毁了。"老板说着，狠狠摁熄了烟头，"原因是什么，我不多说了，但她说不怪你。是的，也不能怪你，你那么忙，怎么顾得上那些疯狂的粉丝做了什么。林奈是个好女孩，我要给她垫医药费，她不肯，还写了借条，说是借我的，以后一定还。"

王子俊怔怔地坐着，脑子里都是空白。

老板说："她一直喜欢你，在你什么都不是的时候。"

4

王子俊关了手机，也没有通知任何人，趁着深夜无人的时候，一个人去了林奈所在的医院，却没想到碰到了意料之外的人——他的花花公子室友，被他用狐换膏抹过眼睛的那位。

但是室友没有看见王子俊，因为他瞎了，正戴着墨镜摸摸索索地前进。他以前总是意气风发地挺着腰，现在却害怕地弓着背，小心翼翼地前进。

王子俊惊呆了，他跑过去喊了室友的名字，问他怎么了。

对方苦笑着说："生病感染了眼睛，也不知道怎么回事，突然就这样了。哈，你知道我名字应该是我们学校的吧？说起来，你声音挺耳熟的，你是谁啊？"

王子俊一步一后退，最后落荒而逃。他想到那个被打断鼻梁的侍应生、被玻璃割去嘴唇的女孩、失去双眼的室友……这些都不是巧合，他终于想明白了他为什么会变好看，因为狐换膏，就是用别人的美好来换他的丑陋。

那么，在他不知道的地方，那些被他抱着好奇心态抹上狐换膏的人，又会变成什么样？

可笑的是，那盒狐换膏他至今都还带在身上。

王子俊失魂落魄地走着，站定脚步的时候，他停在了一间病房前。他知道这是谁的病房，就算刚才意识不清醒，他还是凭着本能走到了这里——林奈的病房。

病房里有六张床，恰好其他五张床的病人都不在，林奈的病床在最里面。王子俊小心翼翼地走过去，她正沉睡着，脸上缠着厚厚的绷带，但还是能依稀看到绷带下惨不忍睹的皮肤。

凭着对林奈的了解，王子俊知道没有人来探望她，她父母都埋怨她，觉得她这样耽误了弟弟的学习和生活，拖了家庭的后腿。她一直独自承担着巨大的压力，尽管如此，她还是愿意为他分担烦恼和痛苦。

"林奈。"王子俊哭了，眼泪滴在她的手背上她也没有醒来，她太累了。

她才是最值得得到一切的人。本来，他也是为了她才会使用狐换膏的。

王子俊突然知道该怎么做了。他拿出狐狸银盒，不是他的错觉，银盒上的狐狸现在完全醒了，变成了端坐的姿势，眼睛炯炯地盯着他。

王子俊解下了林奈脸上的绷带，她脸上没有一块好肉，全都红得发胀，有些伤口还渗着脓水。他在她的额头上亲了一下，心里已经有了决定。

他把狐换膏先抹在自己脸上，然后把剩下的全部抹在了林奈脸上。

他这么做的时候，银盒突然猛烈震动起来，仿佛在挣扎似的。上面的狐狸突然变成了弓腰伏地、张牙舞爪的狰狞模样，一副要从盒子上扑出来的样子，似乎在警告他不许这么做。

王子俊却没有在意，他牢牢抓紧银盒，一点一点地继续把药膏往林奈脸上抹去，他现在只希望这个药能快一点儿起效。

当红大明星王子俊失踪的新闻沸沸扬扬地传了好一段时间，又随着新鲜出炉的大小明星而渐渐淡去。有人说，王子俊选择在最耀眼的时候陨落，是为了成就一段传奇，让每个人都忘不了他。

而在一家小游戏公司里，一个埋头编程的程序员看了这条评论后，不置可否地笑了笑。他长得很难看，难看到会让人为他感到难过，不知道他从小到大是靠怎样的勇气活过来的——他脸上皮肤坑坑洼洼，眼睛一大一小，鼻子和嘴巴都是歪的，但是身材却意外的不错。

他编程能力不错，人也不坏，很踏实的一个年轻人，于是慢慢地公司里也有人愿意跟他来往。他没毕业就出来找工作，却很少提自己的家庭，大家也不好多问。

公司来了新前台，是个很漂亮的女孩子，她一笑，好像黑夜都会为她放光，让一众光棍很是心动。一整天，人人都在伸长脖子看这个新来的女孩，唯有那个奇丑无比的程序员还在埋头编程，也是，人家女孩子漂不漂亮和他没关系。

但是，女孩却拿了一个橙子，在丑男人旁边坐下。她一点一点地剥着橙子皮，空气里弥漫着酸甜的清爽气息，还带着一点儿苦涩。

“要吃橙子吗？我给你剥。”女孩说着，让一众人的下巴哗啦啦全掉在了地上。

“你……”丑男人哑着嗓子开了口，他连声音都不好听。

“你这傻瓜、笨蛋、白痴……”女孩剥着橙子，却好像在剥着洋葱，眼泪不停地往外流，“我不是说过吗？你就算是失败了，什么都没有了，我还是会剥橙子给你吃的。”

丑男人不说话，女孩把橙子喂进了他嘴里。

“不管你变成什么样子，我都能认出你。”女孩哭了，然后丑男人也哭了。

黑暗中，卖药人狼狈地翻着垃圾桶，最后他终于找到一个小银盒，上面有一只耷拉着耳朵、垂头丧气满脸不高兴的狐狸。

卖药人松了口气，赶紧逃离垃圾堆。他找了个地方坐下来，慢慢擦拭干净盒子。等他清洁好了，那只狐狸便从盒子上跳了出来，落在地上转了几圈，张嘴就要咬卖药人。

“骗子骗子大骗子！说好了会选一个人让我能夺他的皮的，结果呢？白白耗费法力不说，最后我还被无情地抛弃了，嗷嗷嗷！”

卖药人眼明手快地一手拎住狐狸的后颈肉，狐狸四爪短小，只能拼命地在半空中扑腾。

“我也没想到那个叫王子俊的男人最后居然会放弃一切去救那个女孩啊。”卖药人说，“狐换膏本来就是你们狐狸做出来的小陷阱，能让人变得漂亮不假，但也会令人类的皮囊从身体上脱落，以便狐狸们偷偷换走皮囊，代替本体在这世间游走。本来只要他继续使用狐换膏，用别人的脸换他自己的脸，在他全部用完的时候，你就可以得到‘王子俊’这个身份，可是谁会想到最后……”

被拎住的狐狸哀声叹气道：“道行高深的狐狸不需要这么做也能自己幻化出人形，但不是每一只狐狸都这么厉害呢。像我，为了一张人皮修炼了好几百年都没有进展，只好用这个法子了。眼看着他已经快功成名就，然后一切都是我的了，没想到……没想到……”

狐狸停下了扑腾，用爪子捂住脸，嘤嘤哭泣：“人类啊，真是奇怪呢，有时候无比自私，有时候却会为了别人做傻事，想不透啊！”

“就是因为这样，所以你们才想要成为人类吧。”卖药人放下狐狸，拍拍它的头，安慰道，“好啦，回来吧，再等机会就是了。”

狐狸“嗖”地钻回银盒，再次变成了盒子上蜷缩着睡觉的雕刻图案，卖药人把盒子放回他大箱子的其中一个抽屉里。黑暗中，他不紧不慢地再次出发。

这世界上，贪得无厌的人多得是。欲望永远不会被满足，只会愈发浓烈，就像酒，随着时间的积累渐渐变得醇厚。

第三章

幽灵草

生长周期极短，一茎六叶，开花结果于一瞬，而花开即死，故又名“生死一瞬”。它开花结果的一瞬，生死相依，可以让生者进入黄泉，也可以让死者重返世间。

1

荣光最近总觉得头顶隐隐发痒，想起来应该是在做了那个怪梦之后。梦里，他站在镜面一样的广阔湖面上，头上是蓝天，水面的倒影却是一片茂盛的森林，无边无际的深邃苍绿连绵至天边，看不到尽头。

他听见植物生长的声音，看见枝丫尽情伸展、藤蔓恣意缠卷、花朵肆意绽放……充满力量，充满野心，渴望突破什么似的。可是，一个巨大的漩涡把这片古老原始、野心勃勃的森林吸走了，无穷无尽的绿意被席卷吸纳，而他正是那漩涡的中心。

“好痒……”荣光今天不知道第几次忍不住要去搔头顶，抓得都快脱发了。

因为之后再没有做那样的怪梦，他也就没有放在心上，可是头皮却一天比一天痒了起来。荣光以为是夏天出汗所致，可是即使天天洗头，那股痒痒的感觉还是越来越强烈，他抹过治疗过敏的药膏，还是没用。医生也检查不出什么问题，只是含糊地说可能是心理方面的因素。

但荣光不是什么纤细敏感的玻璃少年，说得好听是开朗活泼，总是很有精神，说白了就是神经大条、头脑简单，而且还很吵。

“荣光！上课不要开小差，起来回答问题！”讲台上的老师发出了怒吼。

荣光手忙脚乱地站起来，把“难以置信”四个字写在脸上：“为什么会被发现？”

“因为你把书反过来了，笨蛋！”旁边的同学一针见血地说，顿时全班哄堂大笑，就连老师都在苦笑。荣光憋红了脸，闷闷地坐下，用书本挡住脸。头上的瘙痒感依旧让他心烦意乱，就好像有什么……想要长出来似的……

一周之后，荣光早上起来洗漱，从镜子里看到自己睡得乱蓬蓬的头发里，竟然长出了一株幼苗，只有半截小指长，对开的圆圆小叶片，一身嫩得像能掐出水的新绿。

他这才感到大事不妙！

他连忙伸手摸了摸，触感十分真实，不像在做梦。他拔了拔，这株东西的确是牢牢地长在了他的头皮上。荣光做了个愚蠢的决定，他深吸一口气，抓着幼苗用力一扯——

“嗷！”荣光痛得眼泪汪汪，这株鬼玩意儿扎根在他头上了！从来没听说过人的身体上可以长草的啊！他要怎么顶着一株幼苗去上学？请假又要用什么理由？因为头上长了株草？他一定会被当作怪物的！眼看快要迟到了，他只好想了个有点儿蠢的办法，硬着头皮出门了。

路上因为走得太匆忙，他在拐角处与一个人撞上了，那种碰撞的触感很真实，但却没有发生故事中与美少女的相遇，因为眼前什么人都没有。荣光拍拍被撞到的地方，他很清楚地感觉到他与什么东西撞上了，大概有他半腰高，还以为是个突然冲出来的小孩子。

可是现在只看到旁边的岔路上，有一个老头牵着一条土狗在散步，可能是角度问题吧，老头的脸都是黑的，看不清五官，那只丑巴巴的狗还朝着他狂吠。荣光觉得莫名其妙，纳闷地加快脚步走向了学校。

对了，说起来，那条岔路……以前有吗？

“噗，你的发型是怎么回事？太蠢了吧，哈哈哈哈……”

一进教室，头顶梳了根冲天小辫的荣光立马成了全班同学的围观对象。被围得水泄不通的荣光像驱赶苍蝇一样驱赶这群好奇心爆棚的同学，不耐烦地说：“去去去，滚一边去，你们好烦啊！”

辫子里藏着的就是那株草，荣光能感受到植物细细的须根在薄薄的头皮底下延伸，与他的神经和血肉长在了一起。身边的同学还在因为有趣而嬉笑，荣光却愁眉苦脸，如果继续让它生长下去，等幼苗长成大树，自己一定会被压死……

这么想着，荣光感觉身体好像真的有些沉重起来。

荣光一整天都无精打采，本来只是跟他开玩笑的同学这才觉得不对劲——总是精神奕奕的家伙一副弃犬似的表情，实在是太不对劲了。最后就连班主任都忍不住主动对他说：“荣光，你今天就回家休息吧，不舒服记得吃药啊。”

“药不能停哦，小荣。”“就算今天不吃药你也不会变得萌萌哒。”“就是，快回家休息吧。”这些家伙说得虽然不太好听，但确实是在关心他。

荣光离开了学校，可能是真的病了，走起路来身体都不如往常轻盈，真奇怪！早上来时明明还好好的，怎么一下子就浑身沉重手脚乏力了？

尽管已经进入十月，但南方城市依旧炎热，太阳丝毫不比盛夏逊色，晒得连麻雀都无精打采，路旁栽种的老树却是生机勃勃，叶子绿油油的发亮。

不知道是不是植物都喜欢光合作用，荣光总觉得脑门上那株草正努力地在长高，想从他的头发里蹿出来。荣光认真地琢磨着，不知道买瓶除草剂能不能喷死头上这株草？他也不是没想过剪掉，但是揪一下都那么痛，一剪刀下去自己的头顶搞不好会飙血，所以还是不敢乱来。

时间接近正午，阳光白晃晃的刺眼，前方老榕树的树荫下站着一个服饰怪异的人，他头发略长，绑了一条搭在左肩上的辫子，穿着一套改良的古装，荣光也不知道到底是哪个朝代的服饰，总之看起来很秀逸，只是会让人误以为他大热天的在玩 Cosplay。

若不是那人身边还围着一群中老年人，荣光真的以为自己大白天撞见了鬼。那人挽着袖子，像个提笔作丹青的儒雅公子，手里却是提着个黄铜茶壶，壶嘴里流出黑漆漆的液体，那些人各自带着瓶子，很有秩序地排着队。

荣光走上前几步，闻到一股浅淡的药味，却不是医院里那种刺鼻的消毒水，而是中医馆里各种草药糅合在一起的味道，带一点儿甘，有一点儿苦，更多的是植物本身的气味，暑气顿时消弭不少。

荣光好奇心旺盛，蹭过去凑热闹。不一会儿，那黄铜茶壶里的东西就分完了，大妈大伯老人家们笑呵呵地东拉西扯：“还是你煮的茶好。”“对啊，拿了你的方子回去煮，还是觉得不对味儿。”“你这小年轻，真的不是哪家医馆的学徒？”

怪人笑眯眯地说：“我只是个卖药的，你们喝了觉得好，我以后再来。”

荣光被挡在人群外，踮着脚东张西望，这才发现那人身边有一只箱子，大得像副棺材，方方正正的，放进一个成年男子也绰绰有余。箱子上有许多大小不一的抽屉，绘满了各种各样的眼睛，有一只紧闭着的金色眼睛显得特别大。

真不知道这么毛骨悚然的东西是谁设计的，简直是有病。

他在心里吐槽完，一回头，就看到那个怪人正看着自己，脸长得倒是好看，把他扔学校里估计会让一群女生花痴尖叫，只是眉眼略带邪气，眼睛藏在细碎的刘海后，眼角眉梢都带笑，有着说不出的狡猾。

其他人不知何时都散了，只剩下荣光和对方互相打量着彼此。冷不防手腕被人捉住，荣光心中一骇，光天化日之下竟敢调戏“良家妇男”？正准备抽回手然后回敬一拳，便听见对方不紧不慢道：“暑伤于气，所以脉虚。”

“啊？”荣光一脸囧相，对方收回手，淡然道：“你中暑了。”说着，他晃了晃手里的铜壶，里面隐约还有水声。

他不知从哪里摸出一个白瓷杯盏，给荣光盛满了递过去：“喝吧。”

荣光接过杯盏，温度透过杯壁传到手上，正是适合入口的温度。杯子不大，荣光两三口就喝光了，这杯黑漆漆的东西，喝进嘴里却是满口的花香。

“你就这么喝了？”对方好像有些意外，“你不怕我害你？”

荣光诚恳地反问："我有什么值得你害的吗？话说这是什么，还蛮好喝的！"

那张妖魅的脸上立时挂满了黑线："这是鸡蛋花晒干后煮的水。广东一带有种著名的凉茶叫五花茶，鸡蛋花便是'五花'之一。单取鸡蛋花煮沸后加两块片糖，有清热消暑的功效。"

这人懂得真多，荣光的敬佩之情写在了脸上。

"我是卖药人。"对方补充道，放缓的语调里有种引诱的暧昧。

荣光脸上的敬佩突然一扫而光："麦耀仁？这个名字不怎么样啊。"

"你的智商也不怎样……"连续受挫的卖药人愤愤道。

荣光小时候曾经听外婆说过，以前药铺不多，于是有了穿街走巷的卖药郎，他们挑着担子背着药箱，沿街叫卖或在街上摆卖。可是在连锁药店开满街的现代，这么传统的作风都应该关进博物馆的玻璃橱窗里供起来了吧？他的目光与箱子上的那些眼睛对上，像一只小狗与一大群怪猫对视。

卖药人说："我这里什么药都有，只要你想买，我就卖。"

荣光想到了自己头顶的那株草，欲言又止，但头上长草这种事怎么都超出了普通人的常识范围，想到这里他还是决定作罢。

那杯鸡蛋花水卖药人并未收钱，反正是剩下的，就当请他喝了。荣光走了几步，冷不防听到卖药人在身后说道："你知道幽灵草吗？它又叫'生死一瞬'，你最近好自为之。"

荣光回头一看，发现那个人和那个箱子都不见了。

2

荣光在这座城市土生土长，虽然不是每一条路都了如指掌，但这一带的路他还是很熟悉的。他一边听歌一边往车站走，走着走着，两边的路灯变成了红纸糊的灯笼，水泥地面变成了青石板的小路，冷清的马路上响起了小摊贩们热闹的叫卖声。荣光茫然地四处张望，心想搞不好是迷路了，可是又不记得附近有这样的地方。

明明听见有吆喝的声音，眼前的景象却是朦朦胧胧的，像透着一层薄雾，迷雾中唯一鲜明的只有那些夹道的红灯笼。

荣光可以感觉到有人与他擦身而过，伸手却摸不到人，他在白雾中急得团团转，还以为自己迷路了。听说草木多的山上偶尔也会这样起雾，他也没有多想，至于是怎么从现代城市的大马路走到能产生雾气的山林的，他压根儿就没有去想。

一些模糊的影子在他身边走来走去，但荣光拦不下他们，正要不管三七二十一地开口大喊，雾气里一只小手抓住了他。

“不要说话，我带你出去。”这是一道幼童的声线，脆生生的，会让人想到幼嫩的花蕾绽放的声音，分不清是男是女。只有这孩子的身体没有被雾气覆盖，身高还不及荣光半腰，穿着一件破破烂烂的绿斗篷，脸都埋在过于宽大的兜帽下，斗篷的下摆盖不住膝盖，露出一双小腿，脚上穿着一双草鞋。

荣光直觉这是个小女孩——抓住他的那只手白嫩嫩的，而兜帽的阴影下露出小巧的下颌，处处透着女孩儿的精致。

荣光毫无防备地任由对方拉着走，不一会儿就又看到了造型现代的路灯，他回到了熟悉的街道上，正想跟那小女孩道谢，竟然找不到了，就和那个卖药的怪人一样，一眨眼就跑得不见了人影。

荣光困惑地想，这年头大家都爱学轻功吗？

直到头上的植物从两片叶长到了六片叶，荣光还是没能把它去掉，所幸没有长高太多，还能用辫子藏起来。那长出来的每一片叶子都是小小的、圆圆的，像一串绿色的珍珠，如果不是长在自己头上，而是乖乖被种在花盆里，荣光会觉得其实挺好看的。

除了头顶的草，荣光还有新的困扰，他开始频繁地迷路，有时候甚至会走到自己都不认识的地方。每逢这种时候，四周都是茫茫白雾，而雾气一次比一次淡，逐渐能看清楚许许多多人的脸，可能是雾气的影响吧，荣光总觉得那些人的脸长得有些扭曲。

但是这种小事带给他的困扰还是不及头上那株草。荣光是学校游泳队的正式队员，其他人都已经在紧张地开始冬泳赛的训练了，每次都努力找借口躲避练习的荣光终于在某天放学后，在教室门口被校泳队的学长堵住了。

“今天也不是很方便，对不起！”荣光大声地道歉，每次想借口都快用尽他的智力了。

“怎么每次问你都不方便，你是女孩子来大姨妈吗？”学长狐疑地盯着他，“还有你那根蠢得要死的辫子是要绑到什么时候啊？”

也不是他自己想绑的啊！学长你不知道头顶长了一株草是多么麻烦的事啊！连洗头都怕淹死了它更别提在泳池里了！而且戴泳帽时压到它也是很痛的啊！荣光的表情在愤怒的哥斯拉和委屈的小狗间不断切换。

知道荣光不是个会撒谎的人，学长也只好往他屁股上踢了一脚，愤愤地提醒道：“这次就放过你，不下水练习也来参加常规训练吧。”

荣光连连点头，用敬仰的目光送走了学长，一转脸，他就被闪光灯晃得睁不开眼。一个女生举着相机，蹭上来热情地问：“请问校泳队针对冬季赛的训练是什么？这次也有信心拿下地区冠军吗？这次的接力组队有没有什么秘密武器？”

荣光按住女生的肩膀，将她推开一臂远：“我最近都没去训练，什么都不知道啦！”

“为什么你最近都不去训练呢？是不是被欺负了？校园暴力的案例我们也可以报道哦！”

“不要胡说！”荣光真是服了她的脑补能力。

女生叫尚香，是校报的记者，和荣光是初中同学，她是个好奇心极其旺盛、个性极为开朗的女生，也是荣光目前最不想扯上关系的人。

“反正你要采访就到游泳馆去啊，全队都在那里！”

“可是他们不让我进去啊。”尚香委屈地嘟起了嘴。

当然啊，你都进去拍穿各种三角泳裤或者紧身泳裤的男生，谁还让你进去？荣光无力地垂下了肩膀，同时挪动脚步往楼梯口靠近，准备拔腿就跑。

尚香一眼看穿了他的企图，伸手拽住他的书包带子，继续纠缠地问道：“不说那个了，你最近为什么总梳着这个小辫子呢？”她说着就要伸手去摸。

荣光吓得头发都竖起来了，一边躲避一边走下楼梯。

走下楼梯就是三楼的走廊，可是今天这条楼梯却怎么都走不到尽头。

因为没有萦绕的雾气，荣光一下子也没发现自己又“迷路”了，倒是尚香先提出了疑惑：“这……难道就是传说中的鬼打墙？！”

鬼打墙不是灵异事件吗？他在自己完全没发现的情况下，一直都在经历灵异事件？！荣光背脊上升起一阵寒意，但尚香双眼发亮，怎么都不像是害怕的样子。

楼梯的坡度越来越小，最后成了一条直路。没有了那层蒙蒙眬眬的雾气，荣光第一次看清楚了那些人的脸，有的耳后长着鱼的鳍，脸上还长着鳞片；有的眼睛特别细长，眼白上是不同颜色的两个瞳孔；有的倒是与一般人长相无异，但身体只剩一副白骨。

他们的穿着打扮也是各有不同，有的穿着古装，有的穿着民国时期的军服，还有的是现代打扮。尚香兴奋地到处拍照，也没有“人”阻止她，他们好像对突然出现的荣光和尚香并不在意，荣光却能感受到无数的目光投注在他身上。

“喂，尚香，我们快走吧……”知道不是迷路，荣光的胆子都没那么大了。

尚香已经听不见他在说什么，径自兴奋地往前走着，荣光向前几步想追上她，身后却有东西拽住了他。

是上次那个穿着绿斗篷的小女孩，她说：“不要再往里走了，你会出不去的。”

“可是我朋友……”荣光从人群中瞥见尚香的背影。

“别管她。”小女孩干脆地说。

虽然尚香与自己交情不深，但怎么也是好几年的同学，而且还是自己把她牵扯进来的，荣光绝对不会丢下她不管。小女孩说话时的架子很大，力气却不大，根本拽不住荣光，反而被他拖着向前走。

“你这个笨蛋！你也会出不去的！”小女孩急得大叫。

尚香没有跑很远，她端着个相机在一个蒸汽缭绕的包子铺前拍照。这个铺子前叠着一个个的蒸笼，里面的包子不是雪白雪白的，而是晶莹剔透的，被锁住的肉汁把包子撑得圆滚滚，可以看到里面粉色的嫩肉，包子的开口处还塞了蟹黄，色香味俱全，勾得人口水直流。

荣光没心情欣赏这些，抓住尚香就走。尚香不肯走，撒娇求道：“我们再看一会儿吧，一会儿就好！这里的东西都好稀奇啊！”

荣光知道她的好奇心被勾得十足，如果没有更有趣的事情吸引她的注意，她还真不会听他的。可是比这鬼地方更稀奇的东西，他还真知道一个。

“尚香，你看我。”荣光解开辫子，头发散下来后，那株绿油油的小草露了出来，舒舒服服地伸展着叶子。

尚香的注意力果然被他吸引住了，都不需要他动手，自己就扑了过来：“哎呀，小荣你是怎么回事？你就是因为这个不去训练的吗？快让我看清楚一点儿！”

小女孩却大惊失色地尖叫道：“笨——”话还没说完，就使劲地扯着荣光，“快走！快走！”

那些对他们视若无睹的人停下了动作，全都看了过来，他们眼神发直，好像饿了几百年的妖怪看到了切好的唐僧肉，几乎在荣光拔腿的同时纷纷扑了过来。

小女孩牵着荣光，荣光牵着尚香，三个人连成一串丸子三兄弟，没命地跑着。好几次快被追上时，小女孩便掏出一些粉末往身后撒去，那些粉末闪亮亮的，引得尚香直呼漂亮。

这样几次之后，追着他们的人总算没跟上来，最后只剩下三个人跑步和喘气的声音。但是小女孩并没有放松，拉着他们一直跑，直到不知何时一团浓雾又渐渐围了上来，她才像是松了口气，放慢脚步走了起来。

雾气中逐渐出现了教学楼的轮廓，荣光知道快要走出去了，他连忙抓紧时间问道：“你救了我两次，你叫什么名字？”

小女孩说：“你就叫我阿蜜吧。”

言下之意这也不一定是她的真名。

不管怎样，荣光还是真诚地跟她道了谢。他问阿蜜：“刚刚那是什么地方？”

阿蜜说：“那个地方没有名字，也不配有名字。那是既不属于生者也不属于亡者的世界，如果生者是白色，死者是黑色，那刚才的地方就是灰色。”

“为什么我会到了那里？”荣光问，他觉得阿蜜回头好像看了眼他头上的草，但她大半张脸都藏在斗篷里，他也不能肯定她到底在看哪里。

雾气由浓转淡，已经可以看见脚下出现的阶梯，荣光高兴地想对尚香说他们走出来了，却发现本应牵着尚香的那只手里，只剩下了一台相机。

荣光大叫起来：“这是怎么回事？尚香呢？阿蜜！”

阿蜜阴恻恻地说：“所以我让你别管她，她横竖是出不来了。”

“你有办法的吧？你能把我带出来，也能把她带出来吧？”

“她自己想留在那里，谁都不能带她出来了。”阿蜜说，“那里就是这样的地方，你只要动了一点点不想走的心思，就永远出不来了。”

“我不信，你一定有办法的！”荣光急得按住了阿蜜的肩膀。他力气大，阿蜜挣脱不了，只得尖叫：“你快放开我！你这笨蛋！”

这时候，雾气散了个干净，荣光站在楼梯上，如梦初醒。

但他不是一个人，阿蜜也在。

3

上面传来了脚步声与交谈声，有人要下来了，这一定是荣光长这么大思考得最快的一次。他辫子拆了，头顶的草挺立得耀武扬威，还正强摁住一名小女生，看起来活像变态，而且这个小女生还穿得跟Cosplay一样——不管哪一样，他都无法解释。

于是荣光连忙抱起阿蜜，还好她个子娇小，十分轻盈。三楼是生物实验室，这时候肯定是没有人的，荣光抱着阿蜜三步并作两步下楼，心里祈祷：希望今天的值班老师忘了锁门啊！

他还是很走运的，第一间实验室就没锁门，他连忙躲了进去，把阿蜜往实验台上一放，把窗帘统统拉上，又反锁了门，做完这一切之后，他由衷地觉得自己今天实在太机智了。

阿蜜坐在实验台上晃着两条小短腿，看到荣光走回来，便伸出小手抽打他的脸，“啪啪啪”，虽然用尽了力气，却也没有多疼。

“你这笨蛋！笨蛋笨蛋！现在我也回不去了！你要帮我回去！”说着她一把揪住荣光头顶的草，像拔萝卜一样用力将荣光的脸拉过来。

“好好好！”荣光痛得泪花四溢，但又不敢叫出声。

阿蜜道：“我讨厌仰视人，蹲下！”

荣光乖乖地蹲了，阿蜜这才放开手，端详了一会儿那株草，让荣光怀疑她让自己蹲下只是想看这株草而已。阿蜜叹道:“长势喜人啊。”她俯下身，拨弄着叶子，低声惊呼，“竟然要开花了！”

荣光一听，急忙翻出手机，拿屏幕当镜子一照，发现除了那六片叶子，这株草的尖尖上竟然真的多了一个花苞!

搞什么！它敢在他头顶开花？！

荣光抱住阿蜜的小腿，苦苦哀求道 :“你能不能帮我弄走这个东西啊？”

阿蜜一脚蹬向他，蹬了几脚发现蹬不开，只得作罢。不知道是不是嫌荣光太过缠人，阿蜜最后终于松口道 :“我可以帮你弄走这株草，也可以把你朋友带回来，可是你害我回不去，还要我替你做这么多，你要怎么回报我？”

来了！一早就觉得这个阿蜜不是什么普通人，搞不好连人都不是，按照通常的发展，她不会是要自己的灵魂吧？他该怎么回答才好呢？

阿蜜打量着他的脸色，突然重重地叹了口气 :“不过，我看你也给不出什么好东西，还是算了吧。这里有水吗？要很多很多的水。”

荣光没想到阿蜜的态度转变得这么快，只傻傻地说道 :“有，我们学校有游泳馆。”

“好，凌晨三点，我来接你。”阿蜜抿着唇笑起来，露出一点儿白生生的尖牙。

两人从学校里出来后，阿蜜一路送荣光回到家。她说荣光绝对不能独自走在街上，万一他又走进那个世界，她今天可没空再带他回来。

阿蜜说会来接他，荣光就一直安心地在家等着。三点的时候，有人敲门，敲的还是他房间的门，开门一看，阿蜜拿着一支手电筒，从下巴往上照着自己的脸，因为她半张脸都藏在兜帽下，看起来就像只有下巴的半张脸浮在黑暗中。

荣光捂着心脏定了一会儿惊，阿蜜把手电筒往后一扫，抓起荣光的手道 :“走吧。”

荣光走出自己的房间，却不是如平时那样走到自家的客厅里，而是在一片浓墨般的黑暗里，没有声音，没有方向，更好似没有尽头。荣光想起自己曾经梦见过的森林，总觉得两者隐隐有些相似。

他们的前方永远只有一小块被手电筒照亮的地方，荣光觉得这些黑暗好像是有生命的，它们在打量着他们，窃窃私语，在黑暗里缓缓流动。与这片黑暗相比，笼罩着他们的这点光就像针尖一样渺小。阿蜜仿佛后脑勺上长了眼睛，冷不防说道 :“不要乱看。”

荣光只好收回好奇的目光，盯着有光的地方。他看到阿蜜牵着他的手，皮肤下的青绿色越发显眼了，就像叶子的脉络。

前方有了一丝别样的光，似乎是走到了尽头，阿蜜用脚一踢，眼前豁然开朗，他们从游泳馆更衣室的一个衣柜里走了出来。

荣光不想问阿蜜刚才走的什么路，迟钝如他，也明白有些事情还是不知为妙。

今晚月色清朗，游泳池的水面波光粼粼，看起来深如大海。荣光站在池边，问阿蜜："现在要做什么？"

"等。"阿蜜说，"那个女孩，她抵不过自己的欲望，沉沦于那个地方，你为什么还求我带她出来？她种的因，自然要收那个果，你没必要插手。"

荣光不知道她为什么突然这么说，但还是老实地回答道："可是谁都不知道，那就一定是她的结局吧？我可以不管，也可以尽力一试，也许就能把她带出来呢？就好像玩 GALGAME 一样，不同选项可以有不同结局……哦，你知道什么是 GALGAME 吗？那就是……"

"闭嘴！"阿蜜似乎有点儿紧张。

"你真的不要我给你什么报酬？"荣光小心翼翼地打探着，总觉得她什么都不要，自己心里更不踏实。

阿蜜回答："我想要的东西，你没有。"

她看起来不太想聊天，荣光只好蹲在池边玩着水。他从水面看到了自己的倒影，他明明记得绑好的辫子不知道什么时候散了，头顶上那株草结的花苞似乎在微微颤动，拢合的花瓣一点一点打开，竟然开花了！

荣光还没来得及细看，就被人一把推进了水里，他虽然会游泳，但还是免不了呛了两口水。游泳馆里除了他和阿蜜并没有其他人，是阿蜜把他推下来的？为什么？他往水面游去，双脚却被一双手抓着拖向了水底。

是阿蜜，她在水底拽着他的脚，她不让他上去，她要淹死他！

荣光在水里拼命挣扎，却听见阿蜜问道："你不是答应帮我回去的吗？"

荣光突然心里一软，这么一松懈，就失去了反抗的先机。一串串的水泡包围着他，水波冲开了阿蜜的兜帽，被斗篷遮住的半张脸没有五官，只有一堆纠缠的藤蔓。荣光骇得呛了一大口水，情急之下挣扎得更加用力，可越是挣扎，沉得便越快，月亮落在水面上的光离他越来越远，他正沉往没有光的池底。

看吧看吧，说着我什么都不要的人，往往要得最多！她这是要他的命！

4

学校的游泳池有这么深吗？他一直都没有沉到底端，明明在水里却没有窒息的感觉。

荣光看见上方有一条巨大的河流，像横在天际的银河，又像一片极光，在伸手不见五指的黑暗中宛如银带般闪闪发亮。

他这才发现自己是站着的，为什么水里还会有河？阿蜜呢？这里真的是游泳池里面吗？

一条银线从大河里垂下，顺着那条银线，他看到有个人站在那里，拿着一个长颈瓶，那条银线瞬间就消失在瓶子里。那个人穿着一身奇怪的改良古装，长发编成辫子搭在肩上，背着一个巨大的箱子。

“喂！卖药人！”荣光大喊一声，对方真的就笑眯眯地看了过来。

“这次真是多谢你了，刚才把你往水里拖，没有吓着你吧？”

“废话！我都要吓死了，你试试被人这样拖一下看看！”荣光吼完才发现不对，他指着卖药人，结结巴巴地问，“你、你、你……你是阿蜜？！你是个女孩子？！”

卖药人的笑脸僵了僵，但还是平心静气地解释道：“那只是我的假相，我也从来没说过我是女的。”

“没想到你喜欢扮女生啊！”荣光惊叹道，完全忽略了重点。

卖药人只好放弃解释，他指着那条半空中的大河，问：“你知道这是什么吗？”荣光摇摇头。卖药人道：“这是忘川，我们现在所在的这片黑暗就是黄泉，死亡之境。”

荣光大惊：“我死了？你真把我淹死了？！”

“你活得好好的。你摸摸你头顶。”

荣光伸手一摸，才发现那株草不见了。

卖药人说：“那是幽灵草，属寄生植物，生长周期只有短短数日，一茎六叶，开花结果于一瞬，而花开即死，故又名‘生死一瞬’。它开花结果的一瞬，生死相依，可以让生者进入黄泉，也可以让死者重返世间。你之前遇到的种种怪事，都是因为这株幽灵草模糊了生死的边界。我推你下水，是因为只有宿主在濒死状态时，幽灵草的力量才能发挥到最大，把宿主以外的人带进黄泉。当然，我是不会真的让你淹死的。”

他竟然能把话说得这么冠冕堂皇！

荣光的嘴巴一张一合，说不出话来，一副震惊得快要晕倒的表情。

卖药人接够了忘川水，这可是难得的材料，他正好有一味药缺了这忘川水。他心情很好，于是多说了一些：“还记得那些追你的怪物吗？它们在那地方不死不活地过了很久，痛不欲生，若得了幽灵草，它们就可以离开那个地方了。”

荣光这才回过神，指着卖药人的鼻尖说：“你早就盯上我了，还假装小女生接近我！你根本就不担心回不回得去的问题，你只是想骗我帮你！”

卖药人抿着唇笑起来，露出一点儿白生生的尖牙。他接够了忘川水，把瓶子封口后放进了箱子里：“我看上的东西，怎么可以被别人抢走？”

荣光气得跳起，一个小东西突然从他头发里掉了出来。卖药人眼明手快一把接住，那东西不比一粒米大多少，亏得他能看见。卖药人接住之后一看，表情顿时复杂极了。

过了好一会儿，卖药人才说：“不得了，托你的福，我也得了个意外的好东西。幽灵草在蓬莱之外的地方从来无法结果，没想到你头上这株幽灵草居然能结出果。这东西可比忘川水还难得，所以我去把你朋友带回来吧。”

这么说来他一开始就没打算救尚香！大骗子！荣光咬牙切齿，还不待他扑上去咬人，卖药人便轻飘飘地说：“得赶快走了，这里可不是什么好地方，待太久我也要出不去了。”

怎么从黄泉回来的，荣光完全没有印象。他到现在都不是很能相信自己去了一趟黄泉，因为早上他是在自己床边的地板上醒来的，除了睡了一夜地板浑身都疼，身体上并无其他异样。

尚香也回来上学了，她好像什么都不记得了，也不清楚为什么她的相机会落在荣光手里，相机里也没有任何可以证明发生过什么的照片。

荣光的生活恢复了正常，也重归校泳队的集训，只是看到游泳池时，他心里还是有些毛毛的。天气逐渐转凉，还好校泳队的泳池是恒温的，荣光仰面浮在水上，看着天花板上的照明灯，总会想起那条银光闪闪的忘川。

他后来查了资料，书上说忘川河的水是血黄色的，里面虫蛇翻涌，尽是些心怀怨恨的孤魂野鬼，十分恐怖。而他看到的忘川，却是光辉美丽的，流淌着光。

那天，他没有告诉卖药人，其实站在忘川之下时，他看见的四周并非一片黑暗，而是一片庄严古老的森林，他梦里的森林。

他抬起手，挠了挠后背。

奇怪，最近肩膀好像有些痒……

第四章

菟丝子

《本草纲目》有记载：菟丝子，味辛、甘平，无毒。续跌打骨折，坚筋骨。一年生寄生草本，依附强健植物而生，宿主死其亦亡。

1

好痛，好痛，全身都好痛！是不是骨头都碎了？不然为什么会这么痛？是快要死了吗？谁来救救我？我还不想死……

高小南趴在一个废弃工地的水泥地上，大雨哗哗落下，把她身体的温度与流出来的血一起冲得干干净净。旁边的烂尾楼上，有几个人影探头探脑地往下看："怎、怎么办？她摔下去了……""该不会就这样死了吧……""我们要不要叫警察……"

三个年轻女孩慌乱地讨论着，高小南眼眶里流出了泪水，却混在雨水里无法分辨。"救救我吧，求求你们了，救救我……"她在心里微弱地呼喊着。可是一个冷静而傲慢的声音插了进来："一帮蠢货，报警的话我们不都变成杀人犯了？今天是她自己不小心掉下去的，意外而已，快走吧，还愣着干吗？"

接下来还说了些什么，高小南已经听不见了。

她唯一知道的是，没有警笛声，没有救护车，没有人要救她，她只能等死。

绝望，太绝望了……

这里是一栋烂尾楼的工地，平时根本不会有人来，如果不是被半强迫地"邀请"，她也不会来。高小南不想死，她想做的事情还有好多，甚至从来没和喜欢了许久的男生说上一句话……

不想死！不想死！我不想死！她在心里嘶吼着，支撑着她的是强烈到无以复加的求生欲望，还有一丝从未有过的怨恨。

"是你在求救？"一个声音蓦然响起，是个很年轻的男人，又或者是个少年。

滂沱大雨中突兀地站着一个怪人，他背着一个绘满了眼睛的巨大箱子，手里撑着一把油纸伞，对快要死去的少女说："不过，医生可救不了你，你全身的骨头都碎了，活不到他们赶过来，就算他们来了，也没有办法救你。"

他的声音明明带着笑，却令人感觉冷冰冰，像一条慵懒的蛇。

"你是谁？你在说什么？"高小南的意识越来越微弱。

"我是个卖药人，我这里什么药都有，只要你想买，我就卖。"

"我要……活下去的药。"很奇妙的，高小南知道这个人能听见她在想什么。

一只碗递到她嘴边，碗里盛满了澄亮的黄色液体。

没有人看见，箱子上最大的那只眼睛睁开了一道缝隙，像是还没睡醒似的，但又飞快地闭上了。

那个声音劝诱着、蛊惑着："这是用菟丝子熬的药，喝吧。"

高小南喝了一口，然后第二口……

不知道是用什么煮的汤汁，有一股草的腥气，味道难以形容，辛辣呛人，之后却回味微甘。身体里有点儿麻痒痒的感觉，像是某种纤细的、柔软的东西与血管、神经丝丝缠绕，绵密如蚕丝，又如涓涓细流，沿着血液迅速流动至全身。

这种感觉，宛如重生。

高小南是个唯唯诺诺的女孩，单亲家庭长大，而身为知名设计师的妈妈又太过强势，造就了她缺乏主见的个性，也注定了她很容易成为被欺负和孤立的对象。初中的时候，为了改善这种性格，她在妈妈的指令下认识了通信的笔友云时雨。

高小南直觉云时雨应该是个男生，因为对方的语气实在太过霸道，但两人的交流却意外得愉快。高小南跟云时雨倾诉自己在学校遇到的欺凌和排挤，一写就是洋洋洒洒好几页，但对方每次回信都只有一页，而且尽是些以牙还牙、以恶制恶的凶残建议。

"你笨啊？他们对付你你不会对付回去？""体育课借故拿球砸你，你不会装晕倒然后给老师夸大十倍告状？""呵，藏起你的书？那你上化学课时偷点儿白磷放他书桌里，烧他的书！""你真是太没用了，干脆我带几个人来打一架吧。""一直被欺负，你甘心吗？"

云时雨的建议，高小南虽然从来没有胆量实施，但还是能从这些看似缺德的话里感受到对方独特的关心。所谓怒其不争，也是要在对她抱有期望的前提下嘛。

升上初二后的一天，云时雨的回信被贴到了走廊的公告栏上，不少人围在公告栏前看热闹，用刻薄的语言高声笑话。

高小南在人群里低着头，羞得脸红耳赤，虽然把信贴出去的人"好心"地没有把写有地址的信封也贴出来，回信也没有提及她的名字，但她还是无地自容。

这时，一个男生从人群里走出来撕下了那封信，严厉地呵斥道："有什么好笑的，写信又怎么了？信件内容是个人隐私，你们也好意思看。"

走廊外射入的阳光落在男生紧锁的眉毛上，使得眉宇间透出一股英气。他说这番话不是作秀，而是真的鄙视这种行为。本来就有好些人看不过眼这种事情，见状也挺身而出，指责的声音渐渐大了起来，刚刚那些大声说笑的人便都灰溜溜地走了。

高小南感激地看着那个男生，虽然对方并没有看见她。男生在公告栏上留下一张字条，认认真真地在上面写：“我是初三（3）班徐明子，你的信在我这里，请来找我。放心，我不会偷看的。”

直到徐明子毕业，高小南都没去要回那封信。

那之后，高小南再也没有给云时雨写过信，她也说不清是为什么，可能是她太在意公告栏前的轮番羞辱了吧，又或者是因为她有了更明确的目标。

一年后，高小南考上了和徐明子同样的学校。

她本来以为到了高中一切就可以重新开始，却没想到自己会惹到一个可怕的角色——纪苗。

也就是屋顶上那个冷漠而傲慢的声音的主人。

雨停的时候，高小南醒了过来。她不知道自己是什么时候晕过去的，从地上爬起来的时候却觉得全身都不痛了，跟没事人一样。地上的血迹被雨水冲刷得干干净净，如果不是自己校服上大片刺目的红色，高小南真以为自己不过是趴在地上睡了一觉。

天已经黑了，天边亮起隐隐电光，看来一场大雨即将来临。

从工地里走出来，路灯正好一盏接一盏亮起，照亮了高小南狼狈的模样——浑身湿透并有大片血迹，头发被泥水和血粘成一缕一缕贴在脸上，和女鬼没什么两样，一冒头就把一个路人吓得尖叫着跑开了。

高小南听见路人的凄厉叫声，也有点儿不好意思，自己现在是挺吓人的，还是赶紧回家吧。可是一摸口袋，她愣住了，车卡没带在身上，放在了钱包里，钱包又在书包里，而书包今天早些时候已经被纪苗她们一伙人抢走了，估计还扔在那栋烂尾楼里吧。

夹着冷意的风吹过来，高小南抖了抖，怎么都没有勇气回到那个地方拿书包。

还好已经是十一月末，天气转冷，校服早已换成了有外套的秋装，高小南连忙将成了血衣的外套脱下来团成一团抱着，但是脱了后她更是冷得浑身发抖，牙齿都在咯咯作响。雪上加霜的是，下雨了……

这个工地离学校不算远，高小南连忙往学校走去，等雨停了她还是可以走路回家的。迎面走来一个穿着同校校服的男生，她没有在意，但男生叫住了她。

“哎，你是我们学校的吧？”他相貌堂堂，眉宇间有一股凛然正气。

高小南一看，呆住了。

徐明子不知道这个女生遇到了什么，也没多问，他只知道这女生非常需要帮助，于是把手里的大毛巾抖开往她头顶一盖，又把自己手里的雨伞塞到了对方手里。

“给你。”他言简意赅，“用完后还回校泳队就好。”

2

高小南回到家，发现妈妈又去国外出差了，她正好也不用解释自己为什么这么一副凄惨的样子。她走进浴室，从镜子前走过时看见一抹绿色的影子从镜面上划过，她没有放在心上，开始洗澡。

出来时，镜子蒙上了一层水蒸气，打算洗脸的高小南直接用手一抹镜子，突然，她停住了，盯着镜子里的自己睁大了眼睛。

镜子里的不是她——镜子上本来应该照出她，现在却是一个巨大的绿色茧状物。构成这个“茧”的是一种绿色的蔓，非常细，仿佛一折就断，虽然纤细无比，却像蚕丝一般缠缠绕绕，整个“茧”的形状就像是一个人身上爬满了这种细蔓。

从细蔓的空隙里，高小南看见了自己的脸，它也正茫然地看着镜外的自己。

被包裹在“茧”中的人分明就是她！高小南连忙看自己的手，没事，干干净净的一双手，一点儿异样都没有。

抬头再看镜子，高小南做了一个动作，镜子里的“茧”也跟着动了起来，一模一样，毫无疑问镜子里的正是她自己！

这时再仔细一看，那些细蔓不是缠绕在她身上，根本就是从她身体里钻出来的！柔软的细蔓从皮肤底下冒出来，又钻进去，好像高小南的身体是一匹布，而它们是穿了线的针，要在她身体上绣出什么图案来。

高小南慌忙想要扯掉这些细蔓，被抓到的地方却是一阵疼痛，低头一看，是她抓伤了自己，光滑的皮肤上留下了几条血痕，哪里有什么细蔓？但抬头再看镜子，那些缠绕在她身体上的细蔓依旧茂盛，没受到一点儿影响。

这是怎么了？高小南摸摸自己的脸，而镜子里她的脸，早已淹没在绿色的细蔓中。

高小南没有尖叫，也没有吓得连爬带滚，她只是呆呆地看着镜子。高小南也许懦弱，但绝对不笨，冷静下来稍微一想，就觉得这和那个卖药人有关，和那碗药有关。

她原本必死无疑，现在却重获新生，怎么想，那都不是一碗普通的药。

菟丝子……她记得卖药人这么说过，这些绿色的细蔓就是菟丝子吗？高小南感到疑惑，菟丝子她知道，是只能依附强壮树木而生的寄生植物，竟然还能入药？而且还把她从死人变成了怪物？

不过，高小南觉得，这些绿蔓不会伤害她。她又看了镜子一会儿，才拖着沉重的步伐去睡觉了。一天之内，先是死去活来，然后又遇上这解释不了的事，性格本就软弱的高小南十分疲惫，但偏偏又睡得很不踏实，噩梦连连。

死亡带来的绝望太深刻，让她无法忘记，梦里她一遍一遍从高楼上坠落，地面在她眼前无限放大，骨头碎裂的声音那么清晰，鲜血染红了梦境。数不清的看不见脸的人高高在上地俯视着她，对她的尸体发出尖锐的笑声，好像在看一场精彩的戏。

但这些都不是最可怕的，最可怕的是那个冷漠傲慢的声音。和那些扭曲狂笑的模糊人影不同，唯独那张脸无比清晰，她眼神冰冷，仿佛轻视着一切。

那是纪苗。

纪苗这个女孩是个传奇，年少狂妄，个性狠辣，不良少女做到她这个程度已经可以说是一方之霸，恶名远播，连几个区开外的人都颇有耳闻。纪苗那一伙人都是不认真上学的，倒也不是成天闲逛，而是到处寻找像高小南这种软弱、有钱的好孩子，高小南就是这样不幸被盯上的。

她没有勇气反抗，只是一味妥协。因为被威胁，她甚至不敢向妈妈和身边的朋友求助。结果却是她们得寸进尺，勒索的数目越来越大，她受到的对待也变本加厉。

纪苗的爱好是窝在网吧打游戏，真正敲诈勒索的通常是三个蛮横骄傲的女生，她们特别喜欢找高小南的麻烦。

放学后，她们把高小南拉到烂尾楼，说如果高小南可以在大楼里躲一个小时不被捉到，她们就再也不骚扰她。

结果，就是因为这个荒唐的游戏，高小南坠楼了。

高小南尖叫着从梦里挣扎醒来，她不敢再睡，看着时钟的数字直到天明。

今天不是周末，一样要去上学，但高小南一动不动，她不打算去上学了，出去就意味着会遇到那些伤害她的人，待在家里则很安全，没有人会伤害她。

但她毕竟是个乖宝宝，还是先给学校打了个电话请假。

惊恐了一夜，天亮之后高小南才迷迷糊糊地睡过去，断断续续的梦里她被人各种追杀，追杀她的是那三个喜欢找她麻烦的女生，不管她怎么哭着求饶，最后都会死在她们手中。

高小南梦见自己声嘶力竭地问：“为什么总是欺负我？”

女生们尖声笑着回答：“你这么菜，不欺负你欺负谁啊？”

她又哭着问：“难道弱就活该被欺负吗？”

三个女生突然变成了一个，她顶着纪苗的脸，冷漠地回应：“弱者天生是强者的粮食。”

到了晚上她就更不敢睡了，打开家里所有的灯，把家里所有的镜子都收了起来，又把能照出她身影的东西都盖了起来——她没有勇气去看镜子里的自己。

第二天也是如此。

高小南去倒水喝的时候，身体突然一阵疼痛，杯子一下没拿稳，摔在地上打碎了。她伸手去收拾碎片，却觉得自己小臂上的一块皮肤怪怪的。

淤青？什么时候撞到的？高小南疑惑地用指尖轻轻摁了摁那块淤青……

“咔嚓”一声脆响，什么东西断了？

高小南小臂的骨头断了！那块淤青的地方折成90度，软软地垂着。

“啊啊啊啊！”钻心的痛以及无比诡异的画面，让高小南失声尖叫起来。

为什么会这样？为什么？这种痛她太熟悉了，是粉身碎骨的痛！

还好这时候高小南的妈妈回来了，马上带着她去了医院。治疗后，高小南的手臂打上了三角巾掉在胸前，她的小臂是粉碎性骨折，这是在遭到硬物重击或者高空坠落时才会发生的，医生完全不明白高小南在家里是怎么受的伤。

高小南继续名正言顺地请假，妈妈去上班的时候，她就在家里休息。可是她心里一点儿安全的感觉都没有，她有一种很不妙的恐惧感。

她翻出藏起来的镜子看了看，那些缠着她的细蔓少了很多，有一些看起来快枯萎了，原本被细蔓挡住的脸也清晰起来。但这绝对不是好事，因为她看见自己的脸上也出现了一块块的小淤青。

脸上有了，那身体的其他地方呢？她连忙站到全身镜前，脱了衣服一照，发现肩上、背上、腿上……浅浅的淤青一个接一个……

她恍然大悟，她身体里的骨头正一寸一寸地坍塌着。这些淤青的地方只要稍微触碰，下面的骨头就会裂开、粉碎。

那一天她本该死去，而现在她正在死去。

震惊过后，高小南反倒冷静下来。也许每个人被逼到极致的时候，才知道自己的另外一面。高小南打开电脑搜索“菟丝子”，结果跳出来，《本草纲目》有记载：菟丝子，味辛、甘平，无毒，续跌打骨折，坚筋骨。

网上配图的菟丝子和从镜子里看到的缠满她全身的细蔓一模一样。

看来是菟丝子寄生在她身上，接起了她粉碎的骨头，而现在菟丝子正在枯萎，效用正在消失。难道还是难逃一死吗？那一天濒死前的绝望、恐惧、悲伤、愤怒……统统涌上心头。

这时她看到了两封信，两封她从未打开过的信，是云时雨寄来的，刚才翻找镜子的时候被一并带出来了。在她许久没再给云时雨写信后，云时雨先后寄来了两封信，她因为心虚所以一直没有打开，只小心地收了起来。

既然快要死了，高小南干脆拆了两封信，每封信都只有一页信纸，一句话。

第一封信：你变强了吗？

第二封信：保重，呆瓜。

对于高小南单方面终止交流这件事，云时雨没有责备，没有疑问，只有祝福。

云时雨对她一直有着期望，但她呢？终究是辜负了这份期望。

尽管言语刻薄，可云时雨一直都在认真替她想办法，云时雨从来不说冠冕堂皇的场面话，只是教她如何还击。高小南想起云时雨曾经问过她：“一直被欺负，你甘心吗？”

不甘心，当然不甘心！是弱者又如何，如果她要死，那就拉上她们！

3

烂尾楼的工地里，三个女生鬼鬼祟祟地聚在一起，正是常常欺负高小南的三个人。她们都有些不安和疑惑，因为把她们喊到这里来的，正是高小南。

高小南坠楼的事让她们担惊受怕了一段时间，但几天过去不见有警察上门，三人以为成功瞒天过海，便相约去吃烧烤。正吃得开心，一个人的手机突然响起，来电显示上是“高小南”三个字，三个人都被吓得几乎魂飞魄散。

为了方便勒索，三个人都有高小南的电话，以前她们很乐意没事打过去，现在却没有人敢接，干瞪着眼看着手机直到变成未接来电。还不等她们松一口气，第二个人的手机又响了，不接，过了一会儿又是第三个人，不接，第一个人的手机再响，如此循环……

最后还是其中一个人骂着脏话接了电话，还真的是高小南，看来她还活着，而且还敢约她们到那个工地里去。三人马上把这事告诉了纪苗，纪苗说她也接到了电话，不过她不来，晚上游戏里要刷 Boss，于是只她们三人来了。

“天都快黑了，高小南怎么还不出现？”一个等得不耐烦地问。

“她……真的没死？从那么高的地方摔下去……”一个看起来有些害怕。

还有一个没来得及说话，只听“砰”的一声，一块砖头突然从天而降，吓了她们一大跳，连忙抬头一看，发现高小南就在上面呢，正朝她们扔砖头！

“大了你的狗胆！给姐等着！一、二……六、七，七楼！”没机会说话的那位最暴躁，一下就冲了上去，其他两个只好跟着，但等她们跑上去后，却没发现高小南。

“分头找！手机联系！”暴躁的女生说。

三个人分别散去。暴躁的女生骂骂咧咧地走着，突然看到高小南的身影闪过，知道高小南没死她也不怕，紧追而上，没想到跟着高小南拐了弯，就找不见她了。这里是一条走道，堆放着不少建筑材料，施工期留下的塑料布挂得东一张西一块，很适合躲起来。

女生一张一张地揭开，以为高小南一定躲在后面，没想到走到尽头却是一堵墙，墙上靠着一面大镜子，也是建筑材料之一，大概是准备安装在哪里的。此时镜子里只有她一人，但是一个身上长着绿色藤蔓的怪物突然从她身后冒了出来，这怪物长着高小南的脸，一只手上还缠着绷带。

她顿时僵住了，高小南走到她背后，紧贴着她，可她哪里敢回头啊，现在靠近了一看，那些藤蔓都是从高小南身体里长出来的！她吓得两腿直哆嗦，高小南却在她耳边轻声问：“你为什么不敢看我？”

女生两眼翻白，“咚”的一声倒地，活生生给吓晕了。

高小南其实躲在一堆建筑材料后，她不清楚别人在镜子里看她会是什么样子，所以选了这个地方，万一对方从镜子里看到的是正常的她，没有被吓到，那也可以借着塑料布的阻挡快一步逃跑。结果对方一看到镜子里的她，就吓得错乱了。

高小南从她身上找出手机，根据记忆在电话簿里找出了另外两个人的电话，选了一个打过去，结果是那个不耐烦的女生接的，一接通便问：“找到高小南了？”

高小南幽幽地说：“我在五楼……”

一听是高小南的声音，那女生立即吓了一跳，难道同伴被高小南解决了？这是怎么回事？她走到五楼，结果真的看到高小南背对着她，她不禁骂道：“装神弄鬼搞什么，转过来！”

高小南转过身去，那女生顿时尖叫起来。最开始她在楼上她们在楼下，所以看得不真切，这时候一看，只见高小南脸上一块一块的全是淤青！

那女生持续尖叫，叫得惊天动地。

高小南一步一步走过来，凄厉地问道：“为什么要害死我……为什么……”

“鬼、鬼、鬼啊……”女生转身就跑，一边跑一边没命地叫，“有鬼！有鬼！有鬼啊——”

高小南也没有追，她用晕过去的女生的手机打给了第三个人，她问：“你在几楼？”对方呆呆地报了个楼层，正是高小南坠楼的地方……

第三个女生回答完才发现那不是同伴的声音，好像是……高小南？她心里早就有点儿害怕了，加上刚才那凄厉的尖叫，她六神无主只想离开，结果越急越乱，不大的地方她死活没能绕出去，反而绕到了一个陌生的地方，那里有一个书包……

是高小南的书包！那天高小南跑到这里被她们追上，后来被她们扯住了书包，即便书包掉了她还是一直跑、一直跑……尽头是没装落地窗的空窗框，于是高小南摔了下去……

听到后面有脚步声，女生连忙回头，就见高小南朝她步步逼近，她进一步，她就退一步。

高小南看着面前这个向来嚣张的女生现在面无血色，心里大大地出了口气，感到痛快淋漓。往后退吧，后面没有路，那就是她上次摔下去的地方，这次轮到你摔下去了！

你们还敢小看我吗？！还敢欺负我吗？！还当我是弱者吗？！高小南痛快极了，她不知道自己的脸也扭曲起来，有种可怕的疯狂。

那女生手忙脚乱地拿出一把雨伞胡乱挥舞着，高小南觉得那雨伞有点儿眼熟。这把雨伞的款式烂大街，高小南觉得眼熟是因为徐明子借给她的，也是这样的一把雨伞。

高小南一瞬间有些恍惚，如果徐明子知道她这么做，他会怎么说？他会觉得她很勇敢，然后夸奖她吗？不会，徐明子大概会说：“现在的你，和她们有什么区别？”

她想起他坚毅的眉眼、英气勃勃的脸，他是正直如一柄利剑的人，他的强在于他敢挺身而出，维护他人，帮助他人。

那现在自己是在做什么？吓唬那两个女生她问心无愧，可现在她竟然真的想害死眼前的女生吗？她们确实对她做了很过分的事，这种事本身就代表了她们低劣的本性，而现在的自己，也要变成那样的人吗？

也许弱者天生是强者的粮食，但弱者也有自己的生存方式。

“那个……”高小南清醒了，正想开口解释，但那个女生见她又向前一步，浑然不知自己快被逼到尽头，便又退了一步。

这一步，踩空了……

女生掉下去了，满脸绝望，然后就看见高小南扑了过来，伸出手想要拉住她，可是没拉住！高小南情急之下忘了自己另一只手是断的，果断伸出，这次拉住了，但这时候她才想起这只手还打着绷带呢！可她真的拉住对方了，她的手……好了！

4

毫无疑问，那三人组再也不会来纠缠高小南了，另外两位是没有那个胆子了，被高小南救了一命的那位就更不用说了。

高小南的生活回归了平静，虽然还没搞清楚自己身上发生的许多事情，但随后那些淤青全都消失了，她照镜子一看，身上那些菟丝子又长得茂盛起来，绿油油的。不能在人前照镜子虽然十分困扰，但她相信自己会习惯的。

放学后，高小南犹犹豫豫地站在游泳馆外，校泳队正在备战冬泳比赛，她在外面都听得到响亮的哨声和扑腾声。

她是想来还东西的，不过……不太好意思进去。徐明子是校泳队主力队员，此时此刻正在里面训练，肯定只穿着泳裤，身上挂着水珠，呃……高小南不禁满脸通红。

这时，一个男生鬼鬼祟祟地从游泳馆出来，他穿着校泳队的队服，有一双圆溜溜、充满生机的大眼睛，目光清亮，却一直唉声叹气地碎碎念：“怎么办怎么办，之前才翘过训练，现在又翘，学长一定连淹死我的心都有了……可是……唉……”

高小南看着他，他也正好抬头往她这边看了一眼。

这一眼原本是下意识的，可男生的眼睛越瞪越大，紧接着见鬼似的大叫一声：“你、你身上怎么也长了草？！”

高小南心里慌乱，这里没有镜子，为什么这个男生却好像能看到自己身上的菟丝子呢？她心里发虚，转身就跑，丝毫没有留意男生那句话里面有个“也”字。

高小南的逃跑经过多年历练，所以等男生回过神时她已经跑不见了，结果这一声大叫反倒引来了他最害怕看到的人——徐明子。

徐明子正好从游泳馆里出来，循声一看，找的就是这个人，果断一个膝击将少年踢得跪趴，然后开骂：“荣光！又是你！给我进来训练！上次当你来大姨妈放过你，这次又是什么理由？痔疮？嗯？”

荣光花容失色地尖叫道：“不是啊学长，刚刚我看到一个女生身上长着……长着……呃呃呃，好痛好痛，学长不要揪我耳朵！”

呜呜呜，他上次是头顶长草，这次也是有大大的苦衷，只是不足为外人道啊，学长！

高小南跑到一个没人的地方才停下，刚才一通狂奔她都快喘不过气，便坐在一旁的花坛上休息。高小南看着还拿在手上的雨伞和毛巾，叹气，这何年何月才能还给徐明子啊？

“沙沙”“沙沙”，花坛里怎么传来挖土的声音？高小南回头一看，一个服饰诡异的男子正在花坛里努力挖着什么。他一身改良古装，一根辫子搭在肩上，身边还有一个巨大的箱子，上面绘满了大大小小的眼睛，密密麻麻的目光直让人头皮发麻。

唯独最大的那只眼睛紧紧闭合着。

“你、你是谁？你在干什么？”高小南叫出了声。

男子的目光扫了过来，他的面容介乎于青年与少年之间，看不出年龄，俊俏的模样带着几分古人的典雅。突然，他笑了笑说：“恢复得不错嘛。”

这声音像迷药一般，有种蛊惑人心的作用，很好听，给人的感觉却像是一条软滑冰冷的蛇从耳朵钻进来，又从大脑中滑行而过。

高小南一下子就认出他来，不禁叫道：“你……你是救了我的那个卖药人？”

“举手之劳。”他说得很谦虚，好像真是路过顺手救了她一样。

高小南满腹疑惑，她一直不知道怎么找这个卖药人，没想到他竟然就这样出现了！然而不等她问出口，卖药人便说：“目前你的身体和菟丝子融合得不错，再过一段时间，别人从镜子里看你也不会发现什么了，不过你以后自己照镜子，看到的都会是那一副模样。”

“只有我看得到身上的菟丝子吗？别人都看不见？”高小南重复了一遍，看卖药人点点头，她连忙又问，“那……要等多久？”

“你自己多试试就知道了。”卖药人很没有售后服务的意识。

不过，卖药人的话已经够让高小南安心了，她迟疑着又问：“这是……怎么回事呢？”

“菟丝子在你体内生长，将你体内骨头的碎片一点一点补好，让你活了下来。菟丝子的习性是依附强健的草木为生，如果你不够强，它也会死。所以若你软弱，它就会因为养分不足而死，菟丝子死了，你也活不了。而这个强大该如何定义，你自己应该也清楚吧？你最后选择了救人而不是杀人，正因如此，菟丝子才认可了你。”

“你……都知道？”高小南试探着问。

“你身上的菟丝子刚告诉我的。”卖药人说。

这个答案诡异得让高小南都不敢追问了，她连连道谢：“你救了我，太感谢了。你真是个好人，谢谢你。”

“我可不是个好人。”卖药人笑着吓唬她，“我是个很坏很坏的人，我曾经害死过很多人。”

“啊？”高小南很单纯地问，“可是你能救活我，也能救活其他人吧？”

卖药人没有回答，还是笑着，但高小南觉得他其实很伤心。

气氛突然有些尴尬，高小南赶紧转了个话题：“你在干什么呢？”

“挖人参。”卖药人的口气这下变得开朗多了。

“啊？”高小南的声音高了几度，“人参？！”

“这人参少说也有三百年了，你们学校真是块宝地！”卖药人一脸喜色，献宝似的指给她看，花坛中间有一棵草，草上系着一条红绳。高小南倒是听说过人参百年能修成精，能跑会跳，想捉它们就要先用红线系好。

可这也太玄幻了吧？他们学校的花坛里怎么可能长人参，还是几百年的？一定是他随口说说的，一定是，不然没法解释，这里又不是什么传说中的蓬莱仙山……

高小南还在发呆，突然身后有人喊道：“那边的女生在干什么，马上就要关门了。”她现在站的地方属于教师办公区，每天到了时间是要锁上铁门的。

高小南连忙回头一看，发现徐明子站在落日的霞光里，疑惑的表情让他坚毅的面孔显得有些可爱。

徐明子觉得眼前的女生有点儿眼熟，但又想不起来是谁。

“再不走我要锁门了。”

“来、来了！”高小南慌慌张张应和着。虽然她还是会紧张，还是会害羞，但她仍然朝着徐明子一步一步走过去。初中的信，大雨时的毛巾和伞，她对他有许多话要说。

不过，不用着急，就从这一刻起慢慢努力，一步一步地靠近。

今天快要结束了，但她和他之间的故事才刚刚开始。

而高小南身后，那个卖药人和他的箱子早已不见了。

5

网吧里烟雾弥漫，只听见敲打键盘时噼里啪啦的声响。纪苗正在打游戏，恃强凌弱的三人组灰溜溜地站在一边，把事情说了一遍，以后她们是不敢也不能继续敲诈高小南了。本以为纪苗会发火，结果纪苗戴着耳机正在游戏里刷副本，过了好一会儿才漫不经心地说：“哦，那就这样吧。”

三个女生面面相觑，都说不出话了，呃……就这么简单？

纪苗又说：“怎么？她没死是大好事啊，你们想当杀人犯自己当，我可没兴趣。”说着，她又继续打起游戏。

她对那个高小南还真没什么印象，不过能从她那儿要到钱倒是挺愉快的，这头小肥羊以后没法吃了是有点儿遗憾，不过无所谓，这样的人多得是。

自己太软弱，那活该被欺负，大自然的法则不就是弱肉强食吗？她心安理得。

一个副本刷完，三个人都已经走了。纪苗伸了个懒腰，把游戏里的角色退了出来，她的角色已经玩得很高级了，是个一身装备闪闪亮的驭龙法师，ID是云时雨。

她走到网吧外，不知何时下起了雨，雨来得突然，下得又大，行人只好纷纷找地方躲雨。网吧外也站了个躲雨的家伙，穿得稀奇古怪的，还背着一个诡异的大箱子。

纪苗瞥了他一眼，他也看了过来，笑眯眯地问：“你要买药吗？”

第五章

忘川水

忘川，横在冥府的一条大河，连接着黄泉路。生前犯下大罪之人会被投入忘川，因而忘川河中万鬼嘶鸣，忘川之水有大毒。

1

忘川，横在冥府的一条大河，连接着黄泉路。河上有奈何桥，走过奈何桥，喝过孟婆汤，忘尽前世事。而生前犯下大罪的穷凶极恶之人便要被投入忘川，忘川河中万鬼嘶鸣，罪人在河中受虫蛇噬咬，河水被罪人的血染成污浊的黄色。

罪人在翻滚的河水中挣扎，互相撕咬，如此千年万年，直到被忘川洗尽身上的罪孽，方可再入轮回。为了洗尽恶人身上的罪，奔涌的浑浊河水，最终让自己都染上剧毒。

忘川之水有大毒。

以上，是风靡全球的网络游戏《英魂》最近开放的新地图的相关信息，这里有变态的小怪，还有变态的野外 Boss，但最变态的还是那条忘川河。玩家只要不小心掉进忘川河，基本上就只有返回复活点一个选项。

目前能刷过这个野外 Boss 的只有寥寥数人，纪苗刚刚就完成了这里的攻略，小队成员名字被加到了那寥寥数人的名单中，在世界频道引起一阵骚动。大家还在开心地捡 Boss 掉出的装备时，纪苗已经扯下耳机，从网吧冰柜里拿了瓶便宜的豆奶，靠在门口透气。

外面下着大雨，纪苗看到了那个在网吧外避雨的怪人。

一身不伦不类的衣服，背着一个棺材般的大箱子，是宛如干涸的血一样的颜色，上面绘着各种眼睛，像一幅远古的壁画。这箱子实在太大，他又背着不肯放下，于是箱子好好地被遮雨棚罩着，人却几乎站在了外面，一脸坦荡地接受风雨的洗礼。

正打量着，对方突然转过头来，亲切地问："你要买药吗？"他看着纪苗，"我是个卖药人，我这里什么药都有，只要你想买，我就卖。不过，我现在对你比较有兴趣，你愿意成为我的东西吗？"

"变态！滚开！"纪苗冷冷地说，继续面不改色地喝着豆奶。玻璃瓶装的廉价饮品，她却很喜欢。卖药人不死心地凑过来继续纠缠，纪苗手一抬，玻璃瓶直接抡起，往他头上砸下，顿时碎片四溅，对方立刻倒地不起。

"你才该吃药。"纪苗若无其事地回到网吧。

不少人都听到了外面的动静，有些好事的家伙干脆从座位上站起来张望，但一看到纪苗往回走，又赶紧在显示器前坐直，一副从头到尾都在专心上网的样子。

他们都知道纪苗又动手了，但没有人想多事，就连前台目睹了事情发生经过的网管小哥都不敢吱声，纪苗从他面前晃过时，他还低着头假装在玩手机。

没有人敢得罪纪苗，这个女孩看起来苍白瘦削，眉眼浅淡得像一幅寥寥数笔的山水画，狠起来却是不要命的。她什么都不怕，就连那些不知比她壮实多少倍的大块头，都不敢轻易来招惹她。

但当网管小哥抬头往事发地点那边看过去时，却发现刚才那个男子倒下去的地方，哪里还有人躺着！

网管小哥揉了揉眼睛，那人已经醒了？走了？这么快？他没看错吧？

纪苗从来不在意那些偷偷落到自己身上的目光，她太清楚自己在别人眼中是个怎样的存在，把所有贬义词加到她身上都没错，不良少女、流氓、没家教女、社会败类……可他们不知道，她总做坏事，是因为她没办法控制。

她以前也是个无忧无虑的小女孩，家境富裕，备受父母疼爱。

她五岁的时候，父亲的一个朋友向银行贷款做生意，来拜托父亲做他的担保人，父亲犹豫不决，她在旁边觉得那叔叔很是可怜，便说了句："叔叔好可怜啊，爸爸帮帮他嘛。"

结果父亲做了担保人，那个朋友却生意失败卷款潜逃了，父亲只好卖了房子，连同家里大部分存款一起用来偿还债务。尽管家境从此不再富裕，但起码还是幸福的，父亲和母亲谁都没有责怪她。

七岁，有一天她生病了，躺在床上病恹恹的，一整天没胃口，不想吃饭，撒娇要喝豆奶，但家里没有，父亲问她："已经晚上了，明天再给你买可以吗？"

小纪苗坚决摇头，父亲又问："那喝了豆奶，小苗会乖乖吃饭吗？"小纪苗用力点点头。于是父亲披了衣服出门，再也没有回来。他们后来住的这个地方治安不好，父亲在回来的路上遇到了歹徒，不幸遇害。

十岁，母亲为了赚钱换了一份忙碌的工作。有一天她突然接到出差通知，临时找不到可以照顾纪苗的人，正要跟公司商量取消出差，纪苗就很乖巧地说："妈妈，你去吧，我一个人在家也没事的。"

她其实很想母亲留下来，但是她忍住了，她选择让母亲优先工作。这一次她没有任性，但母亲还是没有回来，她在出差的路上遇到了交通意外，不幸死亡。

葬礼上，她听到有人这么说："这夫妻俩真可怜啊，他们的女儿真是个害人精，当年要不是她多嘴插话，她家也不会破产。""对啊，我听说她爸是……她妈也是……"

年幼的纪苗想不通，她的任性害死了父亲，但为什么她不任性的时候，母亲也因为她而死了？为什么无论她选择什么，好像都是错的？

从此，她再也没有办法做出“对”的选择，当“对”与“错”两种选择放在她面前，她一定会选择“错”的。她不是不知道做出那样的选择会导致什么样的后果，她比任何人都清楚，一旦做出这样的选择只会导致坏的结果。

但她就是没办法做出正确的选择。

这是一种病。

2

在《英魂》的世界里，纪苗的游戏人物“云时雨”是名震全服的传奇角色。网游中能玩出水平的人不多，女生就更少了，而驭龙女法师这个职业本来就是游戏里难度最高的角色，集法师、召唤师、近身战斗于一身，非常难操作，但云时雨却是《英魂》中最出色的驭龙法师。

再回到游戏时，跟她组队刷 Boss 的几个人都走了，只有一个叫“星星草”的铸剑师正围着因为无人操作而完全静止的云时雨团团转，旁边有人路过他就拔出剑来呼呼挥舞，俨然一副保护者的样子。

纪苗一看这 ID 就头疼，这家伙自从跟她组过一次队后，俨然成了跟踪狂，只要云时雨上线，他总能快速准确地找到自己求组队，缠着要她加入他的公会，纪苗烦不胜烦地砍死过他好几次，对方却还是不屈不饶地缠上来。星星草也算是个高级玩家，数次合作，竟然让他们刷爆了几个纪录，纪苗衡量了一下，游戏总归是游戏，也不再追着他砍了，改为更高效的长期合作模式。

云时雨一动，星星草马上就发现了，耳机里传来他的声音：“回来啦？你刚才上哪儿去啦？看你不动我一直守着呢，谁敢趁机过来砍你我就先砍死他！哦，打 Boss 掉的东西全在我这里，你功劳最大，你先挑吧！”

对方说话又快又响亮，纪苗脑子里顿时回音一阵一阵的。这次如果没有她加入，星星草他们一伙人是绝对赢不了的，所以纪苗也没客气，选了一把等级最高的剑就要走，却又被叫住：“哎哎，等等啊！我上次说的事你想好了吗？来加入我们吧，绝对有前途啊，你这样的水平应该放到更大的舞台……”她没有加入任何公会，一直是游戏里的独行狼。

他还没说完，云时雨已经拿出召唤鞭一甩，召来一头飞龙，拍拍翅膀飞走了，留下星星草在原地仰头打了一堆“……”。从头到尾，纪苗一句话都没说。

云时雨骑着龙在天空绕了一圈又回到了忘川河。《英魂》这个游戏场景唯美逼真，她站在忘川河边，看着忘川之水滚滚而过，浑浊的黄色河水翻滚着，数不清的恶鬼浮浮沉沉，偶尔夹杂着几个不幸落河的玩家，一路悲鸣，一路远去……

这时，一个穿着不伦不类古装的男性角色跑到她身边，他背着个巨大箱子，箱子上绘着的眼睛一眨一眨的，仿佛来河边观光。纪苗很确定游戏里并没有这样的设定，这是……刚刚被她打晕过去的卖药人？她虽疑惑，但动作很快，键盘敲击得噼啪作响，她发起了攻击，各种招式送上，数不清的效果施展开来，一时间满屏彩光绚烂。

“你很喜欢打架嘛。”耳机里传来语音，确实是那个卖药人，他也是《英魂》的玩家？可是……这个不存在的游戏职业又怎么解释？

面对云时雨的攻击，卖药人不躲不闪，气定神闲地说：“我真的很需要你，如果你同意用自己交换，天下间所有的药你可以随意挑一种，我这可是亏本大赠送啊。”

“神经病！”纪苗破口大骂，手上操作却不停，卖药人任由各种大招落在自己身上，依旧悠闲得像在洗淋浴。

“好吧，增加到两种如何？随便挑哦！”他说话的口气好像真是很有诚意地在谈价钱。

这人……纪苗察觉到有些不对，她这样打职业高手都应该死了，卖药人的角色却没有倒下。她连忙细看屏幕，没有血条！而且这家伙身上毫无属性，确实不是游戏里的角色，更像是……直接从现实走进了游戏。

“不可能！”纪苗惊叫起来，既是在表达她内心的惊讶，也是在狠狠拒绝对方。

卖药人却很自信：“我会在这里一直等你回复。”

纪苗怒退游戏，离开了网吧。她在杂乱的小巷里穿梭，像一只流浪的猫。她没有家，房子在母亲死后就卖掉了，她在不情不愿的亲戚家轮流寄住，尝尽人情冷暖。

十四岁，她已经是那些亲戚眼中无可救药的叛逆少女，父母留下的遗产也被瓜分得差不多，再没有人愿意收留她。这时，一个与她血缘关系很远的叔叔走了出来，他年纪不大，身体很不好，所以一直独身。他在某个大学做图书管理员，薪水微薄，却还是毅然把纪苗领了回去。

叔叔是个温和又严厉的人，不像其他亲戚对她不问不管又百般挑剔，生活上他对她很严厉，学习上却对她很放松。

他说：“你这么小就受了这么多苦，一定很难过吧？其他人怎么说你都没关系，你就是你，做你想做的事吧，人这一生只要不后悔就好了。他们以前还说我是肺痨鬼要早死呢，你看我还不是活得好好的。”

她喜欢和叔叔在一起，尽管日子很清贫，却是母亲死后她第一次有了家的感觉。性情收敛了许多，在叔叔的建议下，以“云时雨”的笔名和一个女孩互相通信，尽自己努力去帮助那个陷入困境的女孩。

可是，她太天真了，不幸不是不降临，它只是来得稍微晚些。

十六岁，以一种尴尬的方式与叔叔分别，她连可以回去的地方都没有了。她从一个惶恐不安的小女孩，变成了麻木冷酷的少女。她频繁出入少管所，晚上像流浪狗一样随便找个地方凑合睡觉。她不去上学，却喜欢在学校附近徘徊，只为了那些学生们兜里的钱。

天黑了，纪苗绕出那片杂乱的小巷后，来到一家小食店。六七个年轻男女在店里高声笑闹，烟头丢了满地，桌子上的饭菜没吃几口，啤酒瓶倒是堆了一桌。他们看到纪苗纷纷打招呼，纪苗安静落座，拆了新的卫生餐具开始吃饭。

饭菜都冷了，但对她来说冷热都一样，反正不会是很久以前妈妈亲手做的饭菜的味道。她要了一瓶豆奶，慢慢喝着。一桌人吵吵闹闹，他们白天四处鬼混，晚上找个网吧打游戏，或者在KTV厮混一夜，花着父母给的或者勒索来的钱，奢侈地挥霍青春。街上的霓虹灯照在他们年轻的脸上，这些浓妆艳抹或者纵情大笑的脸后，都是狼狈地逃避着现实的小孩子。

她和他们其实也没有什么不同，都是这样日复一日地蹉跎着光阴。

3

纪苗的日子依旧在胡作非为和打《英魂》中度过，星星草锲而不舍地纠缠着她，要不是出于对高手玩家的欣赏，纪苗可能直接就问了他的所在地，带一帮人过去打他一顿了。

这天她一上线，就发现自己成了全服的焦点，因为星星草在世界频道上用一句话刷了个满屏，还特别高亮了她的ID：“云时雨，我给你铸剑，来加入我们吧！”

铸剑师，是《英魂》中唯一可以自己打造武器的职业，虽然仅限刀剑类，但玩家可以自由设定武器的各种性能，这种高度自由发挥的设定让他们极具优势。但游戏同样是很平衡的，只有极高级别的铸剑师才可以获得这项技能，前期铸剑师的各种数据低到让人泪流满面，很多人没玩到开通技能就放弃了。所以游戏里的高级铸剑师特别稀罕，星星草是其中一个，这也是纪苗没有把他直接砍到删号重练的原因。

在她思考的时候，其他玩家也在围观，有说星星草想追女神的，有跟风求剑的，频道内顿时一片混乱。纪苗只打了一句话上去：“加好友说。”

这四个字瞬间被其他回复淹没了，但系统随即提示“叮咚”一声，纪苗收到了星星草的好友申请。申请通过后，云时雨的好友列表上终于有了第一个名字，她犹豫了一下，一并通过了对方的语音请求。

星星草扔了一大堆感激涕零的表情过来，接着那个熟悉的声音就开始一通感叹："加上了加上了加上了，不容易啊！这些年来我都不记得加过你多少次了，直到今天终于……"

"入正题。"纪苗直接打字。

"你真不喜欢说话啊！"星星草的声音有几分无奈，"好吧，你想要什么剑？材料我包了，够大气吧？哼哼，不要太感动哦！"没说几句他又嘚瑟起来。

"条件？"

"你知道《英魂》全球联赛吧，我们报名参加了！我想你来加入我们的队伍，我们要赢得胜利！"星星草一口气说完，有点儿忐忑地等待回复。

纪苗当然知道这个联赛，举办到今年已经是第三届，是游戏界的盛事，有丰厚的奖金和证书、奖杯，以往被当作不正经、浪费时间的网络游戏，现在正逐渐走向正面，慢慢被大众所接受。

当初玩游戏，是觉得不良少女也就只能玩玩这个，没想到她还在堕落，游戏却变得高大上了，感觉有点儿讽刺，可是为什么又有一点点期待呢？

"正式赛？"纪苗问。

"呃……"星星草犹豫了一下，"出线赛……"

纪苗无语，出线赛只有一个出线名额，但有上千支队伍，希望如此渺茫，他们还真有自信。不过这种不抱什么期望的事情，她倒是不讨厌。

"我要双匕首。"她这么说，相当于答应了。

"耶耶耶！"星星草幸福地叫了起来，"想近身战？"驭龙法师擅长远距离作战，一旦被对手近身很容易受伤害，云时雨想要双匕首，毫无疑问是想提高近身战斗力。星星草脑中浮现出好几个方案，近身战的提高配合云时雨本身已近乎完美的远距离作战，她将成为一个 360 度无死角的完美角色！

"嗯。"云时雨回复，"你知道我想要剑？"

"因为每次选装备你都要刀剑类啊，我就这么猜咯！"结果还真猜对了，星星草此刻内心热血奔涌，马上和云时雨商量起来，虽然对方还是坚持打字，但话也渐渐多了起来。

接下来的交谈很融洽，直到云时雨有事先下线，他还意犹未尽。不知道云时雨现实中是怎样一个人呢？组队作战时听过她的声音，冷冷清清的，是个冷漠又冷静的女孩子，和那个浴血奋战的驭龙法师截然相反。

如果能见面就好了，少年一边想着，一边出门去了。

纪苗忙着和一伙人在超市偷东西，这种事他们做起来可谓得心应手，不过这次稍微不同，他们把偷来的小部分东西全塞进了一个满脸惊恐的胖子的书包里，这胖子性格阴沉内向，因为体型的原因一直很自卑，成了他们最喜欢的出气筒和替罪羊。

由胖子带着偷来的东西先出去，到时电子感应器一定会大声作响引来保安，这时他们再带着更多的赃物趁乱跑出去，顺便还要把那个胖子涕泪横流的模样拍下来，当作以后勒索的把柄。主意是纪苗出的，之前跑了一只叫高小南的小肥羊，她不太高兴。

计划进行得很顺利，胖子果然被捉住了，纪苗的几个同伙则飞快地溜了出去，没有被发现。纪苗也准备离开时，却被人捉住了，一个比她大不了多少的男生捉住了她的手腕，朗声道："我看到你偷东西了！"

"神经病，放开我。"纪苗不想闹出大动静，只想快点儿脱身。

男生戴着眼镜，长得斯斯文文的，一本正经地说："当然不能放开你啊，我看到你们把东西放到别人书包里去了，太卑鄙了，怎么可以这么做呢？现在去自首吧，你看那个人都快急哭了……"

这滔滔不绝的说话方式好像有点儿熟悉？自己认识这么啰嗦的人吗？纪苗不耐烦地说："不知道你说什么，滚开，别碍事。"

男生如遭雷击般顿住，满脸惊讶。察觉到空隙，纪苗当下一把挣脱出来，大步离开。男生愣着晃神了一会儿，急急忙忙又追上来："刚刚那句话你再说一遍！"

"滚开，别碍事！"

"对对对，就是这句……不对不对，等等，别往那边走啊——"

"嘀嘀嘀"，电子警报器刺耳地尖叫起来，围观者的目光全部集中过来，落在纪苗身上。纪苗气得脸色发青，作为主谋她身上不可能会藏有偷来的东西，难道那死胖子敢反咬她？还是同伴里出了叛徒？

这时男生终于追上了她，在保安围过来时挡在了纪苗前面，解释道："不好意思不好意思，女朋友跟我吵架，在赌气呢！东西我马上付钱，不好意思哈！"

这讨好的语气终于让她想起那熟悉感从何而来了，纪苗转身想走，但男生已经快一步牵起她的手冲向了收银台，从她衣兜里拿出一块巧克力，快速地结了账。

"你放进去的？"纪苗看着他流畅的动作，冷冷地问。

"呃，我怕你逃跑嘛……"男生有点儿尴尬，他这么做也不见得很磊落。两个人走出了超市，在马路边上互瞪半晌，男生犹豫地问："你是……云时雨？"那句"滚开，别碍事"是云时雨打副本时常常用来骂他的，他一听就听出来了。

"星星草。"纪苗已经百分百确定，她不是矫情的人，既然被认出来就承认好了。

"嗯，是我是我！我本名叫宋奇星，你呢？话说，偷东西是不对的，你们为什么要那么做啊？那个人被你们整得好惨……"

不为什么，只因为我高兴这么做。换作平时，她一定会毫不在意地这么说，但是……他和其他人不一样。因为游戏里无数次的并肩作战吗？因为那一股蛮劲的纠缠和讨好吗？还是因为那一对匕首的约定？

她没办法告诉宋奇星，她就是这么坏，因为只有看到别人的不幸，她才可以忘记自己身上的苦难。

“你不喜欢我的话，组队的事情我可以当没听过。”

“不不不！我当然喜欢你！”宋奇星急忙道，说完一下又呆住了，这话……有点儿歧义呢。等他回过神来，纪苗已经走远了，顺便把他的巧克力也带走了。

宋奇星感到很挫败。

4

纪苗几天没登录游戏，她怕知道《英魂》里的大英雄云时雨毁在她手里了，宋奇星只要随便一说，这个角色的形象就会荡然无存。被称为最强驭龙法师的云时雨，实际生活中却是个卑鄙无耻的不良少女……纪苗都不敢想象到时候会招来多少责骂。

也许最开始玩这个游戏只是一时好奇，但随着云时雨的逐步升级，就好像看到一个活生生的人在成长，看着她从新手村一无所知的菜鸟，成为这个职业的最强角色。

但她最后还是没忍住，先是去官方论坛看了看，没动静，什么小道消息都没有。登陆游戏，倒是冒出一大堆宋奇星的留言，却与那天的事完全无关，都是关于她的双匕首的制作构想。

星星草的头像亮着，纪苗原本想打字的，最后却点了语音，那边飞快地接受了，她对着耳麦问：“为什么不说出去？”

“为什么要说出去？”宋奇星反问，语气十分真诚，“资料你看了吗？觉得如何？材料你别担心，我好歹也是混公会的，这点儿东西还是能要得到啦！”

纪苗“噗”地笑了，也对，不是每个人都像她这么满肚子坏水，从平时游戏互动中她早就知道这是个很单纯、很率真的家伙。

“呃……你笑了？你刚刚笑了？”宋奇星很激动。

“我不能笑吗？”纪苗的语气又冷了下去。她当然看不见那边的少年因为她的笑声红了脸，只听对方急急忙忙地说：“可以可以，当然可以！绝对可以！”

他的反应让纪苗又笑了起来，没有声音，只是安静地微笑。这些天的难受一扫而空，她真的很喜欢这个游戏，她想她也不讨厌宋奇星。

这事就这么过去了，云时雨加入了宋奇星所在公会组的战队参加比赛。有了云时雨这个强大角色的加入，本来就不弱的队伍更是如虎添翼，一路大杀四方。

出线赛的决赛安排在2月中旬，春节的前一周。当闪亮的“WIN”跳出来时，纪苗呆住了。赢了？她所在的战队赢了？没有被她拖累吗？她也有资格遇上好事发生了吗？她一时间精神恍惚，难以置信。

“我们赢啦！”宋奇星对着耳麦大喊，还发了个“撒花”的表情。

她自然而然地，也发了一个“开心”的表情过去。

胜利之后当然是庆祝，纪苗这才知道原来战队的人都在同一座城市，据说队长订了个包厢搞庆功宴。宋奇星这段时间和纪苗接触得多，知道她的性格，替她把邀请回绝了。

队友都在疯狂庆祝的晚上，纪苗和一群不归家的女生挤在出租屋里无聊地看肥皂剧，冻得手脚冰凉。手机响了，是宋奇星，问她有没有空出来一下。

纪苗答应了。因为实在冷得受不了，所以才出去走走的，纪苗心里是这么解释的。

这是两个人第二次见面，约的地点也很奇葩，就是上次那家超市门口。纪苗远远看到宋奇星，穿着驼色长外套的少年，脸庞白净如同初雪，脖子上围着一条奶油色的大围巾，软得好像能把整个脸陷进去。

纪苗站在远处安静地看了一会儿才走过去：“找我什么事？”

“啊！你怎么穿得这么单薄？不冷吗？今天气温很低，不要感冒了……”宋奇星说着说着，感受到纪苗冰一般的气压，识相地闭了嘴。他摸出一张银行卡：“呃，这个是比赛的奖金，每个人都有哦，这是你的。”

纪苗知道这张卡里的钱不会少，但她没有接，而是问道：“你们为什么打比赛？为了奖金吗？名誉？还是想做职业玩家？”一起打比赛的时候，她见识了这支队伍的倔强，无数次凭着信念让局面起死回生，很是震撼。可是，这条路走下去是很渺茫的，在这上面很可能是浪费时间，做这样的选择，不怕吗？

宋奇星坦然地说：“不为什么啊！只是难得有机会就试一下嘛，失败了也无所谓，人生只有一次，我不想留下任何遗憾啊！”

纪苗怔了怔，沉默了一下便换了个话题：“我的匕首呢？”

“很快就能做好了，出线赛后是晋级赛，一定能让你在上场前用到的！对了，卡你拿着啊，我手老举着有点儿酸……”宋奇星正说着，面前的女孩扔了个东西过来，他手忙脚乱地接住扔来的东西，把银行卡的事倒给忘了。

“巧克力？”宋奇星惊讶地叫起来，引得路人纷纷侧目，“你今天给我巧克力？”

“怎么了？”纪苗很疑惑，她只是把上次拿走的巧克力还给他而已。

“今、今天是 2 月 14 日啊……”宋奇星小心翼翼地提醒道，街上情人节的气氛那么浪漫，面前的女孩却是那么面瘫。

突然，旁边传来一阵嘘声，一群流里流气的年轻男女朝他们这边起哄，宋奇星皱起眉，他不喜欢这些人，一看就知道不正经。纪苗脸色一沉，这群人她都认识，她不想让宋奇星跟他们扯上一点儿关系。

那群人看到了宋奇星给她银行卡的一幕，正说些不堪入耳的玩笑话，好像她和宋奇星是在做什么见不得人的交易。

这些话她不在乎，但她不想让宋奇星继续听下去。他就应该是个干干净净、充满希望和梦想的男孩子。所以眼看宋奇星就要冲过去跟他们较量一番，纪苗立刻把他强行拖走了，那群人还一边有节奏地拍掌，一边起哄。

纪苗把宋奇星拖到一处人少的地方，宋奇星还在愤愤不平：“为什么让他们这么说你啊？太过分了！”

她却觉得好笑：“物以类聚，人以群分，我和他们是一路货色，你不是早就知道了吗？”

宋奇星猛摇头，拉住她的手认真地说：“你和他们不一样！你就是你，是独一无二的！”

他说得如此干脆，倒让纪苗傻住了。

她的手很冰，他的手却很暖，暖得让她觉得脸颊都热了起来。

然而，变故在这一瞬发生。

一个肥胖的身影从暗处扑出，将手里的液体泼向纪苗，走神的她没来得及躲开，但宋奇星却扑上来挡住了她。空气里有股浓烈的汽油味，紧接着黑夜里亮起一撮火苗，一个燃亮的打火机扔了过来。

一个歇斯底里的声音随着瞬间蹿起的火苗响起：“终于让我找到机会了！我要烧死你！烧死你！我受够了被你们欺负！我要烧死你！”

宋奇星用力推开她，纪苗眼睁睁地看着火苗吞噬了驼色的长外套、奶油色的围巾，还有少年初雪般白净的脸……

不幸不是不降临，只是来得稍微晚些。就好像十五岁的她，吵着要和叔叔去游乐场，结果遇上叔叔学校的领导，对方看到叔叔与未成年少女过分亲密，一怒之下不经调查就把叔叔调配到一个条件恶劣的地方。纪苗与叔叔分开，后来才知道，叔叔没多久便病死异乡。

如果那天不去游乐场就好了，如果今天不答应宋奇星出来就好了，可是人生只有一次，是没有办法后悔的。

她选错了，就是选错了。

5

宋奇星重度烧伤送医院抢救，胖子也被抓起来了，但纪苗很清楚，这一切的罪魁祸首是她。即使选择认真念书，也不会有好成绩，干脆就不去上学吧；即使想要做好事也不会有好结果，那不如尽情破坏吧；既然不能成为一个好人，那就干脆堕落，做一个彻头彻尾的坏孩子吧。

她一直以这种方式惩罚自己。

她从来只会为她在意的人带来灾厄，既然如此，那远离他们便是她唯一该做的事。

即使像她这样一无是处的家伙，最后还是希望能做些什么。

纪苗在网吧登录《英魂》来到了忘川河，背着巨大箱子的卖药人还站在忘川河畔，如他所言，他一直在等着她。

"我同意。"纪苗说，"我同意了！把你的药给我吧！"

话音刚落，游戏里的卖药人消失了，然后出现在了她旁边，但网吧里的其他客人完全没注意到这边。

"你要什么药？"卖药人问，他的声音那么好听，却只让人想到冰冷狡猾的蛇。

"圣天使万灵丹，游戏里的顶级恢复药。你说你什么药都有，不会是骗人的吧？"纪苗直白地问，她清楚这个卖药人不能用平常眼光看待，而直觉也告诉她，对方很狡猾，她必须提防着。

药，一定会有副作用，不是吗？

她已经选错过许多事，这一次她不能错。她是不学无术，但她也有了解的东西——《英魂》！这个游戏里面最顶级的恢复药，可以让游戏里的角色完全恢复。

卖药人愣了愣，缓缓笑道："没问题，天下没有我做不出来的药。你还要什么呢？"

纪苗说："让云时雨活过来的药。"

卖药人这次沉默得更久，最后，他轻轻拍了几下手，为她的选择而鼓掌。他又拿出一封信来："这封信我碰巧看到，是寄给你的，就给你拿过来了。"

纪苗接过一看，是当年和她交过笔友的女孩寄来的，和以前一样写得很啰唆，可是洋溢着一种小女生的幸福感。

卖药人此时放下了箱子，上面的眼睛此刻全紧闭起来，只有最大的那只眼睛猛地睁开，纪苗与之对视，感觉自己宛如站进了一个漩涡里，整个世界天旋地转，她听见潺潺流水的声音，紧接着水声越来越响亮，宛如一条奔涌的大河。

再回神，她已经站在一潭水中，水位不断上涨，快要将她淹没，四周则是一片黑暗，头顶有一圈亮光，宛如身处一个罐子里。

在光彻底消失之前，纪苗说：“替我回一封信吧。”

“好。”卖药人答道，他手里抱着一个酒坛，里面传来哗啦啦的水声。

一个月后，宋奇星的小队顺利杀出晋级赛，作为业余选手，他们终于有了挑战职业玩家的机会。晋级赛颁奖当日，要求所有选手到现场领奖，作为队伍中的主力选手，星星草的操作者宋奇星完全看不出有受过重伤的样子，这件事就连宋奇星自己都说不清楚。

“我也不知道是怎么回事……总之，睡了一觉后醒来就好了。”面对记者采访，当事人是这么说的。

距离颁奖礼开始只剩十五分钟了，云时雨却还没来，这个闻名整个游戏的最强驭龙法师在晋级赛上的发挥堪称传奇，她配合由同队选手星星草打造的双匕首“冰暴”，成了一个毫无死角的完美超强战士，带领全队杀到了领奖台！

神秘的云时雨操作者，毫无疑问也是这次颁奖礼的重点，但她还没出现！作为唯一一个见过云时雨操作者的宋奇星，理所当然被委托了找人重任。

奇怪，她说过会来的啊！宋奇星很纳闷。

这时，一个轻柔的声音响起，一个文静秀气的女孩问：“那个，请问颁奖台在哪里？我叫高小南，是云时雨的朋友……”

“啊？！”宋奇星大吃一惊，“她不来？”

高小南说：“我收到信，云时雨说不喜欢上台，让我代领。”她到现在还认为云时雨是个男生，又补充道，“不过，‘他’说比赛‘他’会一直参加的，请加油哦！”

宋奇星感到遗憾，又觉得哪里不对，但颁奖礼已经开始了。

观众席上人山人海，掌声与欢呼声无比热闹，没有人留意到一个打扮古怪、身上还背着个大箱子的男人也在看台上，他怀里抱着一个酒坛，里面装的是以忘川水酿制的“苦酒”。

“饮过苦酒之人，会想起因喝过孟婆汤而忘掉的回忆，却只能想起最悲痛、最不愿回想的记忆，从此生生世世，永不复忘。”卖药人喃喃自语，“苦酒，需要以一个愁苦之人的灵魂作引，以忘川水浸泡，取其最苦涩滋味。”

“我需要的就这么多，你剩余的灵魂我已用转魂丹移到你的游戏角色身上了。如此，你可满意？”

回应他的，是酒坛里轻微的水声。

夜里，宋奇星回家打开电脑登录《英魂》，好友列表里云时雨的头像亮着，他连忙点开语音：“你今天怎么没来啊？不过没关系，总会有机会的。‘冰暴’升级后，你用得如何？”

“不错。”云时雨回复。

宋奇星很高兴，接着问：“新开的副本，去刷吧？”

云时雨回复：“好啊。”

组了队伍，副本激战之时，宋奇星听着耳机里传来女孩熟悉的骂声，“滚开，别碍事”，他嘿嘿傻笑起来，觉得被骂也开心。

他不知道的是，一台电脑在黑暗中运行着，屏幕上是《英魂》的画面，ID为云时雨的驭龙法师正骁勇无比地战斗，动作机敏得匪夷所思，仿佛活的一般。一旁的聊天框里，话语正一句一句跳出来。

然而，电脑前却是空无一人。

但有一声轻笑，伴着潺潺水声，在黑暗中萦绕不散。

第六章 点金兽

其触碰之物皆可化作黄金。以黄金为食，并在体内凝结一种活黄金，杀之剖其腹可得。此金名“太真”，从其上刮下一小块，次日又可恢复原状，用之不尽。

1

富有到何种境界，才称得上极致？

何成栋就是富到了极致的人，他坐拥大半个城市的土地，全球各地都有他的产业，他的财富已经无法用数字来计算。但是他并不满足，他追求的是世界上最昂贵稀少的金属——黄金，任何国家或个人都无法制造的天然产物，千万年的时间才有那微薄的积累。只有黄金，才是真正永恒的财富。

何成栋五十多岁，没有妻子也没有儿女，因为他不想让任何人来瓜分他的资产。他的钱多得几辈子都花不完，但一想到世界上的黄金数量每天都在减少，并且这个速度远高于他购入的速度，他便倍感煎熬。

如果有点石成金的方法就好了。有一天，何成栋听说了有一个奇怪的卖药人，天下间没有他找不到的药，只要有人买，他就卖。何成栋半信半疑地派人去找，没有消息他也没放在心上，他虽然痴迷黄金，但神志还没癫狂。

可这一天的夜晚，有人敲响了他别墅的大门。一个年轻的男子站在门外，一身不伦不类的古装，显得华丽又诡异。他背了一个巨大的箱子，笑吟吟地看着何成栋，温和有礼地问："是何成栋先生吗？请问是你想找我买药吗？"

传说中的卖药人，就这么毫无预兆地出现了。

何成栋在生意场上纵横多年，这时候还是很镇定的，他的眼睛在卖药人身上转了一圈，不动声色地问："我听说你什么药都有，如果你有能让石头变成金子的药，无论多少钱，我都买下来。"

卖药人笑道："把石头变成金子的药？那我没有。"

在何成栋露出讥讽的笑容正要说些什么时，他又说道："不过，我有能把任何东西都变成黄金的药。"

何成栋愣住了。卖药人卸下身上的箱子放在地上，何成栋看见那箱子上原本密密麻麻镶嵌着各种各样的小抽屉，但现在那些小抽屉全消失了，只留下一道小门。除此之外，箱子外还绘满了眼睛，而那些眼睛现在全都挤到后面去了，唯独最大的一只眼睛滑到了这一道小门上，露出了红宝石般的瞳孔。

卖药人亲自打开了箱子。

何成栋用力眨了眨眼，确定自己没有眼花。

一个十二三岁的男孩从箱子里钻了出来，他长着一张纯真的脸，皮肤光洁，有着稍稍上扬的眼角，淡金色的卷发松松软软，像个怕生的孩子般拽着卖药人的衣角。

“你什么意思？”何成栋有些恼怒，这是卖药吗？这分明是贩卖人口！这卖药人弄出来这么个漂亮的男孩，到底想干什么？

“客人，不要着急。药可不仅仅限于服用或者涂抹的，很多生物不也是可以入药吗？”卖药人不紧不慢地说。

何成栋这下更是从恼怒变成惊恐：“你、你是说要杀了这个孩子，把他做成药？”

“哎呀，当然不是这么血腥的方式。这孩子是‘点金兽’，名字叫白锡，他能让任何东西变成黄金。不过这孩子还小，药效可能还没那么强。”

“等、等一下！这……这个孩子……是、是药？”何成栋上下打量这个叫白锡的少年，饶是他见识过再多的场面，还是没办法一下子接受这么一个男孩竟然是一味药。

卖药人轻笑道：“就跟鹿或蝎子可以作为药一样，现在只不过是换了人类的外形而已，这样就无法接受了？何先生，那点石成金的效果你难道不想见识一下吗？”

何成栋当然想。他天天都在想怎样才能自己造出黄金，现在这个传说中的卖药人真的出现在他面前，还带来了他梦寐以求的“药”，尽管这“药”是一个活生生的人类少年，这一点还是令他非常疑惑。不过对他而言，这世界上暂时还不存在比黄金魅力更大的事物。

“那就让他留下来吧。”何成栋说，然后皱着眉不大情愿地问，“这……这孩子，多少钱？”这好似买卖人口一样的感觉，还是让他很不舒服。

“你先看看效果再说。”卖药人道，“不过请注意，由他生成的黄金，一定要分他一半。这件事无论如何都要做到，可以吗？”

何成栋正想着要怎么测试效果呢，对卖药人的话也不甚在意，随口便答应了。

白锡不安地看着卖药人，只听他意味深长地安抚道：“和这位先生一起，你一定能吃饱的。”

2

楚禾是整个大学里最勤快的学生，他风雨不改地去上每一节课，逮着课时的空隙兼职打零工，晚上去给一户有钱人当晚间看守，让每天赖床翘课的同龄人羞愧不已。然而就好像把全部力气都用在学习和打工上了，楚禾脸上的表情总是很少。他整个冬天永远只有一件黑色毛呢长外套，笔直熨帖地穿在他身上，独自走过落满雪的校道。

他是一个特困生，容貌端正，学习认真，成绩优异，是奖学金得主，法学院没正式毕业就拿到了资格证。楚禾像往常一样，从提款机取出这个月的工资，这是给太真买药的钱。他跟校方说太真是他患病的妹妹，要照顾她，就在校外租了个小房子，和太真一起住，其实他和太真根本没有血缘关系。

太真是他从医院附近捡回来的，听起来似乎不是什么合法的事情，但那天警察告诉他，与他相依为命的姐姐死了，所以那天他所做的一切事情都不能用常理来衡量。

楚禾与姐姐是世人眼中悲惨的小孩，从小父母双亡在福利院长大，是姐姐放弃了自己的人生成全了他。她16岁就开始工作，努力赚钱，让楚禾能像普通的小孩一样念书。但是她因为过劳在楚禾刚考上大学时病倒了，因为没有钱，她一直不肯去好一点儿的医院，靠着社会救济住在一个除了清静外没有任何优势的破旧医院里。然后有一天，她跑出医院，遭遇不测，在医院附近的马路上留下了大片血迹，但是没有找到尸体。

警察说流了那么多血的人是活不了的，已经足够判定死亡。护士说，她是不想继续拖累楚禾才偷跑出去的，然后遭遇了意外，这年头肇事逃逸的缺德司机还少吗？小破医院外面又没有摄像头，没有人说得清到底发生了什么。

楚禾收拾好姐姐的遗物离开了医院，他很讨厌医院，这个地方总是夺去他最重要的人，以前是父母，然后是姐姐，现在只有他孤零零一个人了。走出医院时，他看到一个十七八岁的少女站在马路边，那是发现姐姐血迹的地方。她看起来有点儿呆，茫然地注视着马路，那里现在已经被洗得很干净了，但她好像能从那里看出什么来。

少女看着看着突然走出去，跪在马路地面摸着那片曾经被血浸润的地方，一辆大卡车疯按喇叭，但她好像聋子似的一动不动。楚禾下意识地就冲了上去，拎着她的后脖领把她拽回来，巨大的车轮擦着鼻尖掠过，伴随着司机粗鲁的谩骂。

“很危险的！你在干什么？”楚禾也吓出一身冷汗，难得激动了一回。

“我想摸摸那里是不是暖的。”少女说。原来她不是聋子，也不是哑巴，夕阳的光刚好落在那块地面上，让人有种错觉，以为地面是橘红色的。

楚禾觉得她可能智商有点儿问题，他问了一些情况，少女说自己叫太真，没有父母，也不知道家在那里。楚禾看到她的衣服，很像福利院孤儿穿的，他和姐姐以前都有一套。他可以选择报警，将太真交给他们处理，但他不愿意这么做，他比谁都清楚福利院是个怎样的地方。

楚禾把太真带回了家，告诉她从今以后他们就是兄妹。楚禾不迷信，但他觉得太真的出现就好像姐姐的转生一样，是冥冥中的安排。

太真有一种怪病，如果不定期服用某种药就会变得很虚弱，好像随时会死。那药非常贵，是太真带着他在一个奇怪的男人手上买的。那男人仿佛从古画里走出来似的，神秘而风雅，背着一个绘满了眼睛的大箱子。

如果不是那药真的有效，楚禾一定会举报这看似神经病的家伙。

太真在家里等着他，开门时楚禾就看到她亮闪闪的期待目光，像等待喂食的小狗，桌面上铺开留给她的作业。太真没上过学，字都不认识几个，楚禾从兼职家教的地方拿来旧课本给她上课。他们就靠在小桌旁学习，楚禾恍惚回到小时候，姐姐也这样教他九九乘法口诀。

太真对知识充满了兴趣，学什么都很认真，废纸钉成的练字册上全是她歪歪扭扭的字。她最近进步神速，已经会主动提问，虽然很少说话，但在学习的时候她总有问不完的问题。

“楚禾，圣诞节是什么？好多书都说人们喜欢过圣诞节。”太真问。

楚禾有点儿头疼，看吧，这就是懂太多的坏处。

“我们中国人，不过圣诞节。”楚禾严肃地说。

“哦。”太真点点头，眼里有些遗憾，“是不是因为给我买了药，所以没有钱过圣诞节？书上说圣诞节要花钱。”

“哪本书上说的？”楚禾平静地问。太真递来夹杂在课本里的言情小说，楚禾面无表情地没收，准备等下拿去丢掉。

“对不起。”太真道歉，“因为我，楚禾没办法过圣诞节了。”

楚禾突然说不出话来，太真又问：“楚禾想要很多很多钱吗？我给你变金子你要不要？”

太真偶尔会说些这样的话，楚禾只当是玩笑，摸摸她的头说：“不用了，我以后会靠自己赚钱的。”

楚禾想，他应该和太真过一个圣诞节，圣诞节对女孩来说就是神仙教母给灰姑娘的魔法时间，是闪闪发亮的童话，让最悲惨的人也相信世界还有美好。

3

何成栋把白锡带到一个佣人住的小房间，房里有一股陈腐的霉味，连窗户都没有，然后他又给了一些食物，便把白锡关在了里面。

“不许出来。”何成栋冷冰冰地说，他可不想被人发现自己藏了个小男孩。

白锡倒是很乖，安安静静地坐在角落。锁上门前，何成栋还是留了几块石头，他一边嗤笑自己异想天开，一边又不禁幻想万一那卖药人说的是真的呢……

第二天何成栋才想起白锡，那点儿食物可能不够一个小鬼吃一天的。何成栋不怕他饿死，他有的是钱和手段，他担心的是白锡肚子饿了会大喊大叫，引起别人怀疑。

打开房门，里面一片昏黑，食物没有动过，少年裹着一条脏兮兮的薄毯正在睡觉，何成栋先去看那些石头，一股火瞬间就冒了上来。

石头根本就没变成黄金！不能点石成金，那这小鬼就是个废物，他被骗了！他一伸手就把白锡拽了起来，看他一副蠢样心里更是火大，粗暴地甩了个耳光，少年白净的脸颊顿时红了，人也摔在了地上。

"咚咚咚"，一个圆圆的东西滚落在地，是白锡摔倒时从他手里掉出来的。

是金珠！一枚弹珠那么大的金珠子！何成栋连滚带爬地扑上去，惊奇无比地看来看去，比这更大的金珠他当然也看过，可是这个房间里不可能有这么大一颗金珠子而他不知道吧？那这金珠子是哪里来的呢？

"这珠子你哪里来的？"何成栋转身冲向白锡，抓着他的肩膀问。

白锡被他吓到了，委屈地说："是这里捡到的弹珠……"被关在房间里太无聊了，还好他在地板缝里找到了一颗弹珠玩。

他把一颗弹珠变成了金珠！何成栋紧接着又看到白锡身上的毯子变成了金毯。柔软的纯金编织物，只有在遥远的古代才存在这种用极细金线编织的柔软织物，即使放在科技发达的现代，也完全无法用机械做出如此精细的东西。那是完全依靠手工制造的梦幻织物，是只有坐拥无数黄金的国王才配享有的奢侈品。

何成栋完全相信了！点石成金是真的！不，不对！这个孩子，大概能把任何东西变成黄金！何成栋的态度立刻大为转变，笑得宛如和蔼慈祥的长辈："你怎么做到的？你碰一碰这些东西就变成金子了吗？"

白锡摇摇头："要我想把那东西变成金子才行。"

那就不能把他绑起来强迫他不停变金子了，何成栋有点儿遗憾，但还是摆出好人脸说："之前是我错了，我给你道歉！你想要什么我都买给你好不好？"

"我饿。"白锡说。

"好好好，我带你去吃饭，想吃什么都行！"何成栋一口答应，白锡这么听话真是最好不过了，他并没有忘记卖药人的忠告，但要他把一半的金子分出去，那比杀了他还痛苦。

之前他不知道白锡的能力，为了避嫌所以不希望别人知道白锡的存在。现在情况大不相同了，与其偷偷摸摸把这个宝贝藏起来，还不如通过法律手段让白锡成为他的养子。这么一来，连那个卖药人也不能把白锡要回去了，他养的精英律师团能把那卖药人塑造成一个无耻的人口贩子。

“楚禾，你快过来看啊，有大新闻！”课间时间，同学大喊他的名字，楚禾虽然不开朗，但人际关系处理得还不错。

一堆人挤在某个人的手机前，楚禾也凑上去看，临时插播的新闻有着耸动的标题——超级富豪何成栋收养孤儿，亿万财产后继有人！

“真羡慕啊，何成栋一死，他就能继承全部的财产！”“能花多少辈子啊！”“怎么我就没那么走运呢……”“他家还缺养子吗？过了英语六级那种！”一群人七嘴八舌地讨论着，满脸的羡慕嫉妒。

楚禾没多大感觉，他也没有告诉这些人一直以来自己就是给这个富豪做夜班看守的，这工作很简单，报酬却很高，他可以待在有暖气的看守室看一晚的书。但楚禾认真记住了那个被众人羡慕的男孩，免得哪天见到他了忘了打招呼。除此之外，他满脑子都是过圣诞节的事，今晚就是平安夜了。

下课回家的路上，楚禾遇到了那个卖药人。刚开始他还会吓一跳，现在已经很习惯了，他总是会在楚禾需要买药时恰到好处地出现。

卖药人似笑非笑地看着他，问：“她还好吗？”

楚禾一直觉得这人来路不明，向来不愿和他多说话。卖药人也不在意，递给他一个小小的白瓷长颈瓶，拿在手上比看起来要沉得多，里面是一种金色的液体，没有任何气味，像蜂蜜一样浓稠，宛如半融化的黄金。

每一次太真都会把瓶子里的东西喝得干干净净，还会把手指探进药瓶里转一圈，然后意犹未尽地舔舔手指，好像吃着什么无上美味的东西。那饥渴的模样让楚禾脊背发寒，心底有个声音跟他说这不正常、这不正常，这很可能是什么新型毒品，会令人上瘾。

之前他一直无视，因为姐姐是没钱治疗才死的，他把这份遗憾转嫁到了太真身上。但现在仔细想想，他如果真是为了太真好，或许不应该让她继续依赖这种药才对。

楚禾很少过圣诞节，其实所有节日过不过对他而言都没差，但今年家里的墙上画上了雪花，是他和太真一起用粉笔画的，红的、绿的、黄的、蓝的……五颜六色，连天花板都有，不过这跟楚禾没关系，不知道太真怎么爬上去画的。

“圣诞快乐！”太真站在门口对他说，撒了一捧碎纸屑过来，“我在楼下小卖店蹭电视看到的。”

太真平时吃得极少，疯狂控制体重的名模都没有她这么苛刻，所以圣诞大餐也就省了。

晚上楚禾把灯全关了，租金廉价的小房子里黑得伸手不见五指，她拿出准备好的剪纸贴在台灯灯罩上，然后打开。

画满雪花的墙上投射出圣诞老人骑着驯鹿的剪影和装满礼物的袋子，灯光亮起的同时太真的眼睛也亮了起来，少见地发出“哇哇”的惊叹声，楚禾顿时觉得这段时间苦练的剪纸技术没有白费。

太真安静下来，定定地看着他，问：“楚禾，如果圣诞老人给你很多很多黄金，你会觉得这是人生最开心的事吗？”

楚禾觉得好笑：“你怎么总喜欢问这种问题呢？”他想了想，“有一年姐姐突然说要过圣诞节，她买了个便宜的蛋糕，然后我们就坐在商场的圣诞树下吃蛋糕，因为那里最有节日气氛。那蛋糕很甜很难吃，下雨天气又湿又冷，但是圣诞树很漂亮，彩灯让夜晚看起来闪闪发亮，大家都在唱歌，就好像是为我们唱的。虽然我不肯承认，但我其实很开心。”

他对太真说：“但是全世界的黄金堆在我面前，也换不回那个平安夜的开心。”

“我现在也很开心。”太真轻声说，“学习很开心，画雪花也很开心，但现在一定是我最开心的时候。”

楚禾笑她：“你的人生还很长呢，以后一定有比这更开心的时候。”然后他关了灯，时间到了，他要去何家豪宅上夜班了。

他没有把药交给太真。

4

白锡无聊地翻着一册绘本，这个房间比普通人的房子还大，堆满了各种各样的玩具。白锡想要什么何成栋都会立刻派人给他送来，所有人都说何成栋简直把这个养子宠到了天上。

何成栋用狂热的目光盯着他手里的绘本，每当白锡看完翻过一页，那一页就变成一张金灿灿的金纸。白锡看过一遍后，整本书从封面到内页便都变成了纯金，何成栋巴不得他能看《四库全书》之类的。

但最近白锡的精神不太好，变成金子的东西少了很多。何成栋心急如焚，又不敢苛责，便小心翼翼地哄道：“我的好儿子，你最近怎么啦？哪里不舒服吗？”

白锡闷闷不乐地说：“我饿。”

何成栋堆满笑容的脸僵了僵，要不是白锡有变金能力，他真的就一耳光甩过去了。饿饿饿，就会喊饿！这些天来各种珍馐百味源源不绝地送到这小鬼面前，可他呢？就吃那么一两口，真不知道他想怎么样！

何成栋依然假惺惺地说：“好好好，我马上让厨房给你做好吃的。哎呀，这书看完了，给你拿本新的吧。”接着他急忙拿着金绘本离开，就好像担心白锡会跟他抢这本金书似的。

白锡倒还真的想跟他抢。何成栋每次都搜刮得干干净净，房间里连一点点金屑都没留下来。当初说好每天的量要分他一半的，但是何成栋根本没有遵守约定，白锡觉得委屈，他每天可都为了那一半黄金好好表现的。

何成栋以为点金兽把东西变成黄金很容易，其实对于点金兽而言，要把无机物变成黄金是很费力的，一天之内能变多少是有限的。但把有机物变成黄金则轻松得多，现在房间里唯一的有机物就是花瓶里的玫瑰。

无奈之下，白锡也只好把玫瑰变成纯金的玫瑰，然后把花瓣摘下来塞进嘴里，很快花瓶里的玫瑰都被吃光了。

点金兽有让万物变成黄金的能力，他们也只能以黄金为食。他们的点金能力就好比人类的烹饪一样，纯粹为了处理食材。玫瑰花能缓解一下饥饿，但一点都不饱肚子。让花变成黄金的速度比翻一页纸要快，何成栋若是看见了绝对会大吃一惊，每天恨不得用卡车把花往白锡身上倒。

白锡委屈地说：“骗人……都吃不饱……好饿……”

其实还有一种生物，对点金兽来说是最优的食物，但白锡并不是很愿意，如果何成栋每天能好好分他一半黄金，他是不会这么做的。但饥饿是可怕的，这是点金兽的弱点，饥饿会让他们发疯，丧失一切理智。

“叩叩”，一个女佣奉命来送餐点给小少爷，她敲了门，然后规矩地等在门外。门打开了，一脸纯真的少年站在她面前，脸上带着笑容，却似乎很难过，他说：“对不起。”

然后他朝她伸出了双手……

距离该服药的时间已经过去一周，太真一开始还会追问楚禾买到药没有，但这两天她根本不说话了，就只缩在床上，好像连动的力气都没有了，而且消瘦得很快，比起上瘾症状，楚禾觉得更像是饿得脱力了。

“太真，你很不舒服吗？要不要吃点什么？”楚禾小心翼翼地问，这几天他甚至推掉了一些零工，专门腾出时间来照顾太真。他刚想要摸摸太真的额头，不料太真反应极大地跳起来躲开他，并且尖叫道：“不要碰我！”

楚禾被吓了一跳，太真仿佛这时才察觉到自己的失态，也被自己吓到了，她捂着脸，脱力般倒在地上。

两人久久都不说话，直到太真说：“我知道你在骗我，我能闻到的，‘药’就在你口袋里。”

楚禾也不想继续骗她，直接说："太真，你老实告诉我那个药是不是什么违禁品？"

"那是'金浆'。"太真的声音有气无力，显得很虚弱，"那也不是药，是我的食物。楚禾，你知道'点金兽'吗？"

楚禾摇头。

"那是女娲创造万物中的一种，他们有着人类的外形，以黄金为食，所以拥有能让其他东西变成黄金的能力，如果有足够的黄金作为食物，寿命也会很长。虽然能将各种各样的东西变成黄金，但对于我们来说……"

楚禾发现太真的人称变了，她说的是"我们"，那就是说……

"你就是那个什么……点金兽？那个瓶子里……是、是真的黄金？！"

"没错。"太真缓缓点头，她已经无力行走，像一只瘦骨嶙峋的大蜘蛛般手脚并用地向他爬来，"楚禾，把'金浆'给我，求求你，不然我会对你……我控制不住自己的……就跟你姐姐那时候一样……"

"姐姐？这和我姐姐有什么关系？"楚禾从惊骇中回过神来，姐姐的尸体失踪，他在姐姐死亡的现场发现太真，难道这不是巧合？

"你把我姐姐……吃了？"楚禾难以置信地问。

太真爬到他身边看着他，低下头呜呜地哭了，不说一句话。

楚禾深吸几口气，让自己能用冷静的声音说话："太真，你给我说清楚，我就把'金浆'给你。"

太真饿得不太清醒，一听便抓住他的袖子哭着说："对不起，对不起，我当时太饿了，人类是我们最好的食物，饱腹感可以持续很久，是其他东西都比不了的。我发现你姐姐的时候她被车撞了，伤得很重，我想反正她都没救了，还不如……不如……"

"所以你就吃了她，而不是想着怎么救她？滚开！你这个怪物！如果那时你稍微有点善心，而不是只顾着你自己，我姐姐说不定还能活下来！"楚禾一把推开她，他现在满脑子都是太真害死姐姐的画面。

他拿出那个药瓶，把里面的东西全倒进了厕所，并一把冲掉了。然后他把空瓶扔在太真面前，无情地说："你就饿死吧。"

说完，他走了出去。他不再是那个会耐心温柔教太真写字的楚禾，也不再是那个花一个月练习剪纸就为了给她一个圣诞惊喜的人，现在楚禾一想到太真就觉得恶心，他竟然和怪物同住了那么久，他觉得整个房子都是脏的。

楚禾漫无目的地走在人来人往的大街上，夜晚的大城市总是很热闹，但楚禾觉得自己与这座城市格格不入。他满心都是无从发泄的怒火，很想打一架或者摔些什么东西来缓解心中的愤怒，这时他在人群中看到一个背着巨大药箱的熟悉身影。

卖药人，这家伙也绝对不是什么好东西！楚禾捏紧拳头，拨开人群追了上去。

5

宅子里的佣人少了两个何成栋是知道的，但他不是很在意，因为白锡最近状态很好这件事更让他高兴。今天他约了律师想更新一下条款，之前他太心急，签下了同意白锡继承他全部财产的条约，现在急需改回来，但形式上律师需要白锡本人也在场。

想着要糊弄白锡这个小笨蛋还不容易，何成栋便和律师一起去了白锡的房间。他们进去后才发现他躲在角落里不知在啃些什么，看见他们进来时吓了一跳，手上的东西掉了下来。

那是个已经不成样子的人头，但还是可以认出是之前失踪的女佣。

律师见状立刻尖叫起来，但他的叫声并没有持续太久，白锡飞快地扑上来，一把抓住了他的手，然后眨眼间，律师就变成了一尊纯金的人像，表情凝固在充满恐惧的一瞬。

何成栋目睹这一切，首先想到的是快，然后想到的是多！

这比将一本书变成黄金要快得多，而且变成的金子也更多！何成栋没有一点儿害怕的感觉，他满脑子都是金子，他贪婪地摸着金灿灿的纯金人像，丝毫不在意它刚才还是一个活生生的人。他激动地喘着粗气，兴奋地问："这个好啊！白锡，你一天可以把多少人变成黄金？十个？二十个？还是一百人也行？！"

饶是白锡也被他这副疯狂的模样吓得倒退几步。何成栋上前按住了白锡的肩膀，从他鼻孔和嘴里喷出的热气，统统扑在了白锡脸上。

他狂喜地问："你要多少人都没问题，没问题啊！人命根本不值钱，变成了金子，他们才能更有价值啊！我这是在帮助他们，对不对啊？"

"这当然不对！你疯了！"身后传来一声暴喝，何成栋放开白锡，回头一看，房间里闯进来一个年轻人，也不知道他是怎么进来的。

来人正是楚禾，他本想跟在卖药人身后找个地方拦下他打一顿，却不知道为什么他明明走得不紧不慢，自己却怎么都追不上。直到他拐进了一栋别墅，楚禾一看，这不就是他值夜班的地方吗！

所以尽管何成栋没认出楚禾，但今晚看门的人还是轻易就让他进来了。楚禾在别墅花园里怎么都找不见那卖药人，这时刚好听到律师的惨叫，赶过来一看便目睹了刚才那一幕。他看到了金人头，也看到了变成纯金人像的律师，而此时何成栋的脸孔更是丑陋，直让人想吐。

何成栋哼了哼，不可一世地问道："说吧，你要多少钱？今天的事你就当没见过。"

楚禾还在震惊中，他刚知道太真是点金兽，现在眼前这个小少爷竟然也是点金兽？而何成栋显然一副知情的样子，这些人……不对，他们都是怪物！

"我不要你的钱！那种东西……"楚禾颤声道，"是怪物，他们都应该被消灭掉！"

何成栋一听就知道楚禾没有谈判的打算，情急之下他随手抄起一个沉甸甸的金属座钟朝楚禾头上砸去。楚禾猝不及防，一下就被打趴在地，头晕目眩中第二下、第三下紧接而来，何成栋下手毫不留情，他一边砸一边自言自语道："金子！金子！白锡把他也变成我的金子……"

突然，何成栋动不了了，他困惑地发现自己的手臂正在变成他最爱的黄金。

"咦？"他没弄懂发生了什么，因为白锡还远远地站着，那为什么……他会变成黄金呢？

一个女孩悄无声息地站在他旁边，抓住了他的手腕。

他是喜欢黄金，但他不想自己变成黄金啊！不，他不要啊——

"楚禾！楚禾！"太真大喊着他的名字。

她像狗一样舔完瓶中剩下的金浆就出来追楚禾了，点金兽的五感和速度都比人类优秀许多，这才让她赶上了。但她还是晚了一步，楚禾伤势过重，命将不久矣，他口中吐着血，讽刺道："你很高兴吧……可以像吃掉姐姐一样……吃掉我……"

"我不会吃你的！我就是饿死也不会吃你的！"

"撒……谎……"楚禾知道自己快死了，"你是想……吃掉我……才……接近我……怪物……滚……我不……原谅……你……"他说着说着便没有了声息。

太真跪在他的血泊中痛哭。很久很久以前，久到她都不记得有多久的时候，她就是一个人，躲在深山里，看时代不断前进，族人不断死去。山里面很孤独，但有很多食物，尽管人类是最好的食物，但山里不靠吃人也可以活下去。

她躲在山里活了很久，每一天她都想去外面的世界看一看，但是她不敢。

直到铲土车把山林推平，高楼大厦建起，女性点金兽很难转化无机物，在钢筋水泥的森林生活变得艰难起来。她开始流连于医院之类的地方，吃那些将死之人。然后那一天她遇到一个叫楚禾的人类，他教她这个时代的知识，手把手教她写字，他们一起在墙上画雪花，幻想那是一场彩色的雪。

染上夕阳的地面还是冰冷的，温暖的是那个人握着她的手。

尽管那个人用"怪物"两个字摧毁了她的世界，但她还是不讨厌他。她怎么会讨厌他呢？在她漫长的生命里，只有他给了她"活过"的感觉。

只要楚禾愿意，她会把全世界变成黄金送给他，让他变成最富有的人，她希望的只是能在他身边。她已经活得够久了，“楚禾不在的世界”和“楚禾讨厌她的世界”，她都毫无眷恋。

头顶上突然有声音传来，温文尔雅得像在念一首古老的诗：“他还有一口气，我有能救他一命的药，你需要吗？”

楚禾没想过自己还能醒来，宛如纯真男孩的点金兽趴在他床头，饶有兴趣地盯着他，似乎很好奇。楚禾吓得坐起来，发现这里是白锡的房间。他还记得昨晚这里发生了什么，但现在房间里只有他和白锡，还有走进来的卖药人。

那些变成黄金的人、太真，以及血迹，都不见了。

“你是学法律的，也快毕业了，对吧？何成栋不会回来了，白锡需要一个能帮他执行法律条款的代理人，白锡少爷的专属律师，听起来很不错吧？”

“我为什么要替怪物做事？！”楚禾嘶吼道。

“怪物？你是这么看他们的吗？”卖药人冷笑道，“因为他们吃人？你吃了鸡，你在鸡眼里也是怪物，人要是被狮子吃了，你会觉得狮子是怪物吗？你不知道点金兽是多么可悲的生物，这个种族生来就是为了灭绝。”

楚禾无法反驳，其实他也是自私的，他一直在太真身上寻找姐姐的影子，把太真带回家也不是为了帮助她，他只是想拯救自己而已，为了不让自己变成孤身一人。那时就算有人来救姐姐，姐姐就能活下去吗？她选择偷偷离开医院，本来就是为了赴死吧。

“太真已经走了，她觉得对不起你。”卖药人说，然后继续推销白锡，“他也是点金兽，你不是恨点金兽吗，那就由你来看管这只怪物吧，这样悲剧就不会重演了。点金兽在承受伤害方面和普通人没什么两样，白锡现在继承了巨额财产，没人替他打理会很危险的。”

“多余的金子都给你啊，我只要够吃就行了。”白锡插话道。

突然变成富豪的卖药人恍若未闻，转头对楚禾说：“如果太真愿意回来，她会知道来这里找你。”

楚禾漠然地说：“谁说我要等她了？”他看了看白锡，白锡也在看他，他的眼睛很清澈，楚禾心里很清楚，如果没有人类的欲望，点金兽确实只是很单纯的生物。

“我只是看着这只点金兽，我并不是想等她回来。”楚禾这么对自己说了一遍又一遍后，答应了卖药人。

6

点金兽，其触碰之物皆可化作黄金，以黄金为食，并在体内凝结一种活黄金，杀之剖其腹可得。此金名“太真”，是黄金的古称，约有指甲片大小，从其上刮下一小块，次日又可恢复原状，用之不尽。点金兽同族相残，繁衍概率非常低，因为用不尽的黄金对他们而言也是吃不尽的食物，所以他们是注定自我消亡的种族。

卖药人把玩着手里小小的金块，太真用这个换楚禾一命，他自当欣然同意。金，自古便是稀有药材的一种。

只可惜，楚禾等不到她回来了。

卖药人正想着，突然有人喊道：“阿蜜！阿蜜！”

他有些意外，知道这个名字的，也就只有一个人了。

第七章 人面疮

贝母，又称苦花、空草、药实，形似聚贝子，因此名贝母。能治人面恶疮，用时先于柳木灰中炮黄，擘去内米许大者心一颗，拌糯米炒之，以酒灌服，其疮皱眉闭口，遂康复。

1

卖药人看着面前香肩半露的少年，因为经常游泳的关系，荣光肩背的线条很好看，他衬衫半褪，隐约露出漂亮的蝴蝶骨，上面长满了大片大片的苔藓。

没错，就是那种喜欢长在阴暗湿地的、绿茸茸的植物。

但深受其害的荣光知道完全不是这么回事，这东西是一个多月前长出来的，开始只是一块小小的青斑，他还以为是在哪里撞出来的淤青，并没放在心上。等他发现的时候，它们已经悄悄蔓延，他用手去抓，这些苔藓就会发出哀怨的饮泣声，弄掉了也会再长出来。

怎么这些奇奇怪怪的东西就爱往他身上长呢？荣光被迫与这些苔藓一起生活，以至于他还得知这些苔藓喜欢泡澡，对水温极其讲究，要是太烫或者太冷都会失望地唉声叹气……

荣光一直在找卖药人，大概只有这个之前帮他拔掉幽灵草的家伙能解决他的难题了。但城市那么大，人那么多，只有过一面之缘的人根本无从找起。如今好不容易遇上了，他心急如焚，卖药人却气定神闲地审视着他的背，好像在看什么艺术品一样。

卖药人赞叹道："这是鬼女苔啊，难得一见，可以给我一些吗？"

"给给给！都给你！快弄掉它们！"荣光简直抓狂，他看起来像是会想要这鬼苔藓的样子吗？

卖药人从他的大箱子里拿出一把青竹小刀，这把刀只能用刚从竹笋长成竹子的新竹制作，埋进海盐里封存数月再取出。卖药人先用火灸烤竹刀，然后轻轻刮去荣光背上的苔藓，鬼女苔没有发出哭声，它们安静地被取了下来，卖药人小心地将其收好。

如此重要的事情，他们是躲在一个儿童滑梯下面完成的。这是一个免费的小游乐园，还有一些攀爬架、跷跷板之类的，设置在一座高架桥下的绿化带里，恰逢周六早上，时间尚早，所以没什么人。

卖药人背起箱子作势要走，突然发现大腿被人抱住了，他无语地看着不肯放他走的荣光。

"我身上为什么老是长奇怪的东西？下次再长怎么办？留个联系方式给我吧！"荣光未雨绸缪。

卖药人没好气地将荣光从自己身上推开："如果再长出来，我会再来找你的。"说完他便走了，相当没有售后服务的意识。

荣光急忙从地上爬起来追赶，却只来得及看见卖药人的衣摆一闪而过。

荣光跑出小游乐园，不小心与一个人迎面撞上，对方发出"哎哟"一声，是个女孩子，而且还是他认识的。她叫骆晓晓，跟荣光是表亲关系，两人年龄上只差了几个月，所以基本上都是互相直呼其名。

"骆晓晓，你有看见一个长头发、穿着古装、背着大箱子的人走过去吗？"荣光焦急地问，都没注意到女孩手上大包小包地拿着许多东西。

长发？是女人？名叫骆晓晓的女孩胡乱猜测着，她噘起嘴不高兴地说："你撞了我都不说声'对不起'吗？"

荣光赶紧道歉，骆晓晓才不情不愿地指了个方向说："那边啦。"

荣光二话不说就冲了过去，冲到一半突然折返，认真地说："那个人会卖些奇奇怪怪的药，你以后要是见到他一定要小心！"说完他便继续去追卖药人了。

看着荣光的背影越跑越远，骆晓晓得意地弯起嘴角笑了起来，她刚才是故意骗他的，其实她谁也没看到，荣光这个笨蛋还是这么好骗，想到他白跑一趟她就有种恶作剧得逞的快意。

这时她手机响了，是家里打来的电话。刚接通她便听到弟弟声嘶力竭的哭声，妈妈在哄弟弟，爸爸则焦头烂额地对她说："晓晓，东西买好了吗？买好赶紧回来，我们都忙不过来了……"

骆晓晓应了一声，情绪顿时低落起来，她一大清早就起来去给弟弟买营养辅食、爽身粉等一堆东西，回去还得顺便买爸妈的早餐。以前她是家里的小公主，自从弟弟出生后，父母对她的关注便一落千丈，她还成了劳碌的小跑腿。

"当然了，你已经是个姐姐了，怎么好意思跟小孩子争风吃醋呢？"骆晓晓自嘲地想。

家里还真是一片战场，两个大人围着一个两岁多的小宝宝急得团团转，玩具扔了一地，厨房的水早就烧开了，正"哔哔"地狂叫着。骆晓晓无奈地放下东西便开始整理，等收拾得差不多了，弟弟也不哭了，一看早餐已经被吃了一半，竟然也没人想到要喊她一声。

她闷闷地坐到桌边，强烈的被忽视的感觉让她很不高兴。

"注意我啊，注意我啊！我也是你们的孩子啊！"骆晓晓在心里呼喊着。

"说点儿有趣的事给他们听啊！"脑海里似乎有个声音在说话，但是……要说什么呢？

"对了，我刚才看到荣光了。"骆晓晓装作漫不经心地说，父母敷衍地应了声，她继续说了下去，"他啊……好像交了个很可疑的女朋友呢！"

2

荣光只觉得自己的霉运好像走不到头，好不容易清理了背上的苔藓，还没高兴几天，突然就被年级主任教训了一顿。这几天为了赶上落下的训练，荣光天天到游泳队报到，于是上课时难免打瞌睡，结果被巡查的年级主任逮了个正着。

年级主任是个有点儿年纪的男人，一直不支持学生参加与学习无关的社团活动，但由于游泳队比赛成绩优秀，每年都为学校争光，他也就不好发作。这次捉到荣光上课睡觉，年级主任立刻就把他数落了一顿，最后还不忘装作明白事理地总结一番："精力分散上课不专心，你还像个学生吗？游泳训练也得合理安排，有时间多看书多做练习，少跟社会上的不良女青年来往，年纪轻轻的还不到谈恋爱的时候！"

荣光乖乖挨了一顿训，等年级主任走后他才一头雾水地问朋友："我什么时候谈恋爱了？"

朋友一脸鄙视："你还装！谁不知道你有个身材火辣的御姐女朋友啊！"这位男同学还有点儿委屈，"我们关系这么铁你都不跟我说，你已经不是我认识的荣光了！"

"啊，不是喜欢玩 Cosplay 的二点五次元软妹子吗？"马上有人插嘴。

"我怎么听说是个伪娘？"又有人跳起来说道。

"都是些什么鬼！"荣光怒了，作为一条单身狗，他怎么都不知道自己脱团了！但是全班同学已经就这件事热烈地八卦起来，各种五花八门的版本都冒了出来，还有人信誓旦旦地说亲眼看见荣光跟对方大清早从旅馆里出来，听得荣光满头黑线。

千辛万苦地澄清了一番，大家才半信半疑地散了。

苦难到此还未结束，这天一回到家荣光就觉得家里气氛不太对，刚进门就被妈妈扭着耳朵拖进门，向来晚归的爸爸竟然早就回来了，正一脸威严地坐在沙发上，单刀直入地说："跟那个女孩分手！"

怎么又是这件事？！荣光欲哭无泪，妈妈以为他想效仿言情剧里痴情男主角的坚贞不屈，不由分说地加重了扭耳朵的力度："你别想瞒下去了，我们都知道了！那个女孩有什么好？不上学到酒吧打工，打扮得稀奇古怪的。荣光，总有一天她会害了你的！"

怎么连人物资料都这么完整了？！荣光忍着痛说道："我真没有交女朋友啊！你们都是从哪里听说的啊？"

爸妈顿时都愣住了，其实搞了半天，他们也只是听某个亲戚说的，某个亲戚又是听另一个亲戚说的，最后谁也说不清到底是从哪里听来的。荣光只觉得自己的清白没了，他现在真的好想知道到底是谁在胡说八道，有本事造谣生事就有本事真的给他个妹子啊！

但流言就是这样的东西，一传十十传百，版本翻新速度比道琼斯指数变得还快，到了最后可能连最初说的那个人都不知道这是自己说的了。荣光也没有别的办法，他相信也许最初说的那个人只是开玩笑，只是内容传着传着就变了样，他还是愿意相信人心是善的。

只是他没有想到，如果真不是故意的，这则流言会散播得如此迅猛吗？

骆晓晓放学后本来和几个同学约好了去逛街，结果家里一个电话打来，说弟弟在家没人照顾，让她早点儿回去。骆晓晓只得爽约，郁闷地在车站一边等车，一边拿着手机刷微信，正好看到荣光发了一条朋友圈，配上一堆泪流满面的表情澄清他真的没有女朋友，这本来是能让骆晓晓点个赞的事，但她的心情并没有因此变好一些。

原本约好的逛街活动，班上最受欢迎的女生杜百灵也会一起去。杜百灵家里比较富裕，却没有小姐脾气，对待同学大方，性格又爽朗，大家都很喜欢她。骆晓晓面上不说，心里却很不服气，觉得她就是靠钱收买了人心，今天自己去不了，肯定又会让杜百灵抢尽风头。

骆晓晓长相标致，是那种一看就让人颇有好感的清纯类型，平时也很乖巧，所以在班上挺受欢迎，但她并不满足于此，她希望自己能成为所有人的焦点。可班上的同学都会分成一些小团体，大家兴趣爱好各有不同，到哪里都自然而然地有这种情况，不过总有些人天生就能和所有人打成一片，不仅有属于自己的团体，还能受到其他团体的欢迎。

比如荣光，比如杜百灵。

骆晓晓正生着闷气，冷不防听到有人窃窃私语："知道杜百灵吗？她不是有个很要好的朋友吗？我听过她私下抱怨哦，说那个朋友父母下岗，明明没钱还要和她一起出去玩，为了照顾那个朋友她也只能选些便宜的地方，还经常要替对方买单，因为怕对方没钱难堪，人真好啊，嘻嘻……"

这人说话的声音阴阳怪气的，听不出是男是女，但骆晓晓一听就知道说的是杜百灵和她的死党莫青。骆晓晓悄悄四下打量，想找出是谁在说话，但等车的人里有学生也有上班族，没有谁特别可疑的。

想到被自己一句话弄得焦头烂额的荣光，骆晓晓立刻用手机登陆 QQ，在只有几个比较熟的朋友的聊天群里发言："你们知道吗？杜百灵原来很烦莫青呢，听说是这样的……"

安静的聊天群里顿时炸出了几个人，其中一个正跟杜百灵她们一起逛街，不禁惊讶地嚷嚷："不是吧？杜百灵和莫青今天都来了啊！""快看看是谁买单啊！""当然是杜百灵啊，她刚刚还请我们吃芋圆仙草了。""说起来我也听杜百灵说过莫青喜欢蹭饭呢……"

骆晓晓发了第一句后就不怎么说话了，她把分寸拿捏得很好，不能让自己看起来太积极。她现在变成了旁听者，只在适当的时候附和一下，充分表现出这件事她也只是“听说”的。

骆晓晓等的车来了，拥挤的车厢没有影响她的好心情，聊天群的对话不断翻滚，不一会儿她加的另一个小聊天群的头像也闪动起来，也说起了这件事。骆晓晓看得专注，突然觉得手肘处有点儿奇怪，像是冬天干燥时皮肤干裂的感觉，刺刺的、痒痒的，可是春天都快来了啊……

但是她没有多想，继续关注她的聊天群去了。

没过几天，杜百灵就和莫青在班上大吵了一架，莫青抹着眼泪说：“谁稀罕你的钱了？是啊，我穷酸我配不上你大小姐，你给我的东西我全都还你！还你！”

杜百灵脸色发黑，冷冷地说：“我才不跟你一样小家子气！”

全班同学都被吓到了，要好的朋友纷纷交换眼色，对事情的起因心照不宣。骆晓晓不失时机地在聊天群里发言道：“怎么跟闹分手似的……”

“搞不好是真的哦，她们不是走得很近吗……”“这么说来我也一直很奇怪她们总喜欢手牵手呢……”

骆晓晓捂着嘴偷笑起来，她觉得痛快极了。两个向来形影不离的好朋友，没多久就成为陌路人，大多数人又更倾向于同情弱者，于是大家在觉得莫青很可怜的同时，也觉得杜百灵有些过分。这时候骆晓晓无意中听到有人说：“果然还是晓晓性格更好些，杜百灵性子太傲了呢……”

骆晓晓已经爱上这种感觉了，让大家把注意力集中在自己身上原来是这么容易的事，操纵舆论太简单了，两三句话就能把他们耍得团团转，真是一群笨蛋！

她只顾着开心，没发现自己的手肘渐渐鼓起了一个小包。

3

尽管又过了一段时间，但那莫名其妙的流言仍然困扰着荣光。今天去游泳队训练时，连向来不八卦的前辈徐明子也问他：“听说你交了个女朋友？”那一刻荣光觉得整个人都是崩溃的。

爸妈已经不再提这件事了，但亲戚间已不知传成了什么样子，就连荣光这么神经大条的人都有些受不了，害他又做起了奇怪的梦，再次梦见了那片庄严古老的森林。

与开始时不同，森林不再宛如倒影般存在于水底下，不过荣光也说不清是森林到了水面上，还是他到了水底下。而且这片森林是明亮的，光线透过茂密林木的缝隙，像成千上万的光箭贯穿了绿色的穹顶，落在地上化作细密的光柱，把纷飞的浮尘照耀得宛如奢华的金粉。荣光置身其中，感受到这铺天盖地的绿意融合了无穷的生命力，他震惊于这座森林的威严与庞大，但是它太安静了，仿佛还在沉睡。

其实对于荣光来说，森林原本都是一个样的，根本分不清是不是同一个，但他就是非常肯定这是他之前梦见过的森林，它肃穆庄严，但也亲切。

荣光在森林里漫步，他很清楚自己在做梦，所以也不怕迷路。他摸了摸身旁的一棵老树，树干上突然抽出了细嫩的枝条，一丛紫蓝色的花从他指缝间挤了出来。

“你最好别乱碰，不然醒来头上又要开花啦。”森林里响起女孩子脆生生的声音，荣光大吃一惊，这森林里竟然还有别人？不过想想，这是做梦，发生什么都不奇怪吧。

容貌端丽的少女从森林深处走出来，她梳着精致的盘发，充满了灵气，瞳仁乌亮清澈，透着孩子气的狡猾，她抿着嘴笑，眼波流转间仿佛就生出无数个捉弄人的鬼点子。她斜挎着一个小巧的药箱，穿着一套中华风的洋装，荣光在漫展上看过有女生这样穿，但穿不出眼前这个少女百分之一的古典优雅。

还不等荣光问起，少女便当先自报了姓名：“我叫春景，小荣光。”

这少女看起来和自己差不多年纪，凭什么在自己名字前加个“小”字啊！荣光很是不平，却忽视了少女知道他名字这件事。

春景走到荣光面前说：“刚才你的哪只手碰到树了？伸出来。”

荣光像听到主人说“握手手”的小狗般举起了手，等他察觉到不对劲时春景已经捏住了他的手，从她的小药箱里抽出了一把戒尺似的东西，不说一声便猛打荣光的手心！荣光“嗷呜”痛呼一声，还来不及抱怨就看到自己手心里飞出了无数紫色的粉末。

“要是沾上了它们就会在你的血管里开枝散叶哦。”春景若无其事地说出可怕的话，“就跟幽灵草和鬼女苔一样，会被你带出去的。”

“可是我之前什么都没碰啊！”荣光纳闷地说，手心里没再飞出紫色的花粉。

“情况有很多种，并不一定是真实的触碰，以后你就会知道的……”春景说着，便往森林深处走去。

“等等！”荣光追了上去，他还有许多问题想要问，比如这是哪里、这座森林是什么东西、她又是谁、他为什么会到这里……

春景背对着他，边走边说：“你最近情绪不稳定，这样可不行，你的心必须要平静才行。你一定要记住，因为——”

春景突然停下脚步，无数的荆棘条在她脚边破土而出，一瞬间就吞没了少女的身影。

荣光大叫着在闹铃声中醒来，半个身子都挂在床边，睡姿清奇。即使醒来了，那个梦境依旧无比清晰，荆棘笼中传来春景的声音，她说："人心的变异会招致身体上的异变。"

骆晓晓觉得自己最近太走运了，无论走到哪里，她总是能恰好偷听到别人的谈话，比如在厕所里她会听见洗手池附近有人对话，坐地铁或公交车时身后总会传来窃窃私语，有时候是两个或两人以上的声音在谈论，有时候又自言自语像在打电话。

然而奇怪的是，不管她怎么留意却从来没发现过这些说话的人。

这些人的声音总是很低很含糊，时而尖细，时而沙哑，分不出男女。不过骆晓晓更关心的是谈话的内容，她丝毫不在乎这些诡异之处。

骆晓晓沉迷在这个流言游戏中，完全没察觉到身边的环境发生了变化。一开始只是她所在的班，然后是整个年级，现在整个学校都笼罩在一种诡异的气氛中，大家相互猜疑、相互顾忌、相互提防……学校里人心惶惶，流言之中又生出无数流言，如病毒般迅速扩散。

年级第一的勤奋学生成了花钱走后门买试题的卑鄙小人，人缘颇佳的漂亮女孩被说是脚踏多只船、臭不要脸，得到全市作文比赛冠军的人成了无耻的抄袭者……

和善的人百般辩解却毫无作用，聪明的人小心翼翼地回避着一切，敢出头的人就会变成下一条流言的主角，只有不怀好意的人宛如身处盛宴，比如骆晓晓。

骆晓晓这天一回来，就有好些女孩子嘻嘻哈哈地围上来，这已经成为常态，总是知道各种新消息的骆晓晓俨然成了她们之中的女王，大家都关注着她，这让骆晓晓很满意。

她们交换着新听来的八卦，正聊得开心，其中一个女孩突然问："晓晓，你怎么老是抓自己的手肘啊？"

"呃，可能是过敏吧。"骆晓晓有点儿不自然地说，她的手肘最近总是使不上力气，动作也不灵便，感觉好像长了个包，痒痒的，但对着镜子看了半天，又没发现什么问题。

"该不会是生了什么怪病吧，嘻嘻嘻……"那个女孩子阴阳怪气地说。

骆晓晓有点儿生气，微微提高了声音："不要胡说八道！"

一群女孩子面面相觑，骆晓晓这才察觉到不对劲，果然，那个女生疑惑地问："干吗突然骂人啊，我没说你什么啊。"其他人也都不解地看着她。

骆晓晓愣住了，刚刚那个声音既像是那个女生的却又不是，倒更像她听到的那些谈话的人的声音，她没来由地感到一阵寒意。

上课铃响了，大家各自回到座位上。骆晓晓才坐下，就听到她们嘀嘀咕咕的声音："发什么神经啊她……""她以为自己是谁？""差劲，跟泼妇一样。"

骆晓晓马上抬头去看刚才那几个女孩，发现她们几个也在偷看她，只是与她的目光一接触便飞快地移开了。她们似乎都没有说话，但骆晓晓还是听到了细碎的、若有似无的讨论声："她在看呢……""看什么看？心虚吗？""好讨厌哦……"

专心上课就好了！骆晓晓正想去拿课本，突然，她觉得手肘的骨头似乎动了起来，一下使不上力气，课本"啪"地掉在地上，在安静的教室里分外突兀。所有人的目光顿时都集中在她身上，各种各样的声音如潮水般从四面八方涌进她耳里：怪人、丑八怪、装模作样、最讨厌她啦、一直看她就不顺眼、真以为自己是个小公主啊……

骆晓晓傻愣愣地站着，手肘上异样的感觉更明显了，那里的皮肤像是要裂开一般。她猛然回过神，借口身体不舒服匆忙跑出了教室。骆晓晓心想她一定是生病了，可能是发烧了脑子不清醒才会出现幻听吧。她到保健室想要点儿药，看保健室里没有人，却有一面全身镜。

骆晓晓鬼使神差地走到镜子前，卷起了衣袖，她看见……手肘上长出了一张人脸！骆晓晓难以置信地看着自己的手，又看看镜子，是真的，她的手肘上有一张人脸，那脸有着清晰的五官，而且还叽里咕噜地说着什么，正是她连日来一直听到的那种声音。

"啊啊啊！"骆晓晓尖叫着去抓这张人脸，而这张脸是活的，骆晓晓用手抠它，它便皱起五官，张大嘴巴去咬她的手指，嘴里还发出难听的叫声。紧接着，骆晓晓听到了另一个声音，这次是从她膝盖上发出的，她低头一看，那里也长出了一张人脸，正朝她挤眉弄眼。

"怎、怎么……"骆晓晓浑身瘫软地坐在地上，她变成了怪物？她一定是在做梦吧？这时有人推开保健室的门走了进来，骆晓晓立刻把自己蜷缩成一团，用自己的身体藏起了那些人脸。

就算痛也不能松开！绝对不能被人发现！不能让人知道骆晓晓变成了一个怪物！绝对不能！不然的话……她一定会变成全校最热门的话题，每个人都会来取笑她、围观她！

"哎呀，果然是人面疮。"进来的是个五官秀逸的年轻人，年龄让人捉摸不透，长发编成的辫子搭在肩上，整个人看起来有几分风流。他穿着一身古装，还背着一个巨大的箱子，显然不是学校的人。

但骆晓晓莫名地觉得这个人并不陌生，她是在哪里见过他吗？

"我是个卖药人，我这里什么药都有，只要你想买，我就卖。"对方的声音很轻柔，"你想治好这人面疮吗？"

4

骆晓晓从卖药人那里拿到了药，她没有回去上课，而是直接回了家。膝盖上的人面疮让她走路不太灵便，而且两个人面疮好像还在对话一样，叽里咕噜讲个不停，旁人虽然听不见，但骆晓晓已经快要疯了。

回到家，请来的保姆出去买菜了，家里只有弟弟，看到姐姐回来他很是兴奋，但骆晓晓根本不想理他。她把弟弟用力推开，跑进浴室飞快地放了一大缸热水。卖药人给她的是一个干燥的草药包，按照卖药人说的那样把草药包扔进浴缸，浴缸里的水顿时变了颜色，飘出一股药材的味道。

骆晓晓衣服也没脱就直接泡了进去，两个人面疮一接触到药水便呱呱大叫起来，声音无比凄厉刺耳，过了好一会儿才渐渐没了声音。

淹死了？骆晓晓心里一喜，更是严格按照卖药人说的那样老老实实泡了十五分钟，然后才从浴缸里爬起来。但是当她一照镜子，她的脸顿时扭曲起来，因为她看到了无比恐怖的画面。

不仅手肘和膝盖的人面疮还在，旁边还生出了许许多多小的人面疮，它们的嘴巴一张一合，发出像哭又像笑的声音……

骆晓晓崩溃了，那个卖药人骗了她！她的身体上忽然传来一阵阵剧痛，那些人面疮竟然互相噬咬起来，但是它们咬下的每一口血肉，都是骆晓晓的……

骆晓晓看过一部纪录片，说是非洲的河里有一种食人鱼，它们体型娇小，但当它们群聚起来时可以生生把一条大鱼啃成骨架……而现在，这个场面正在她的身体上上演着。

“姐……姐姐……”弟弟的哭声从外面传来，骆晓晓从剧痛中回过神，做的第一件事就是硬撑着爬过去把门锁上。她不知道这些人面疮会不会咬别人，她不能让它们咬弟弟。

真讨厌啊，年纪相差这么多的弟弟就像一只从天而降的小怪物，吵得要死，连自己不喜欢他都不明白，还在外面疯狂地拍门，好像知道姐姐在里面出了事一样。他抢走了父母的关爱，取代她成了家庭的中心，但既然那么讨厌，为什么她还会一大早出门给弟弟买东西，知道他一个人在家就赶回来照看他？为了在父母面前卖弄乖巧吗？不是的，她从来就是个坏脾气的小公主，她可以一边装乖一边欺负弟弟，但她没有这么做。

其实，她也并没有那么讨厌这个弟弟。

骆晓晓痛得几乎晕厥，但这时候她反而脑子清醒起来，她想起了自己在哪里见过卖药人。严格来说，她没有见过他，她是听荣光说的。

那天偶遇时，荣光跟她描述的人不就是长那样的吗？他还告诫了她，但她不仅没有当真，还把整件事扭曲了到处散播。

骆晓晓最讨厌荣光了，他是个笨蛋，成绩不好，但无论什么时候，只要有他在，气氛就会变得融洽，大家都喜欢他。为什么她就不行呢？说到底，最初那则谣言的开始，只是单纯的嫉妒而已啊。

她突然发现，那些人面疮都长得有几分像她，像因为嫉妒和不甘而咬牙切齿的她，像因为别人的不幸而愉快偷笑的她。这些人面疮就好像是她心里的恶意，原来那样的自己是这么扭曲和丑陋。

她总是嫉妒荣光能得到大家的喜欢，嫉妒他的坦率，但她根本没想过为什么荣光可以得到这些。也许是因为他太纯粹，从未有过陷害他人获得利益或愉悦的心思，单纯得愚笨，所以才会有那么多人被吸引到他身边。

人们总是下意识追求这样纯净剔透的事物，因为这会让人觉得自己也如初生般干净。

骆晓晓为自己做过的事感到无比羞愧，她哭着摸出手机，她吃力地拨了个电话，说："喂……荣光吗？"

她并没有发现，弟弟的哭声渐渐消失了。

荣光接到骆晓晓的电话，连课都没上就赶去了她家，发现大门没有锁。走进去，看到骆晓晓的弟弟躺在地上一动不动，荣光吓坏了，上去一看才发现原来他只是睡着了。

浴室里传出来"嘎吱嘎吱"的声音，像是几百张嘴在咀嚼。荣光小心地走过去，当他看到眼前的画面时，在因为惊恐而尖叫出来前，已经因为太过恶心而干呕起来。浴室的地板上躺着一具发胀的人体，她身上长满了人面疮，早已看不出原本的样子。

而卖药人站在旁边好整以暇地看着，不用问都知道是这家伙搞的鬼！上次幽灵草那件事中他就对尚香见死不救，现在他又对骆晓晓做了什么？！

"嘘！"卖药人只是做了个普通的动作，荣光竟然动不了了。

"好好看着，差不多了。"卖药人刚说完，荣光就发现那些人面疮开始减少了，准确来说是都被吃掉了。它们互相吞食，到得最后只有个人面疮留了下来，它长在骆晓晓的脖子上，有一半还藏在头发里。

卖药人这才行动起来，他从箱子里拿出一瓶酒喂给那张脸，它似乎很爱喝酒，很快便喝得醉醺醺的。卖药人趁着这机会往人脸嘴里塞了什么，然后那张脸的五官立刻就痛苦地皱了起来。

"人面疮最讨厌贝母。"卖药人说着,从药箱里拿出一把金色的小刀。他的动作很轻快，显然心情很好，连药箱上那只最大的眼睛也兴致勃勃地转动着。

荣光的身体终于能动了，但他没有上前阻止卖药人，因为他知道卖药人要割下那人面疮了。浓黑的血瞬间流了一地，人面疮慢慢从骆晓晓身上被揭了下来。

那人面疮竟然还是活的，正对着卖药人龇牙咧嘴。卖药人笑了笑，将它收在一个扁平的匣子里。他说："好了，她会没事的，不过身上的疤会留下来，因为曾经长过人面疮，被割掉的头发也不会再长出来了。”

“你不是什么药都有吗？让她恢复原来的样子不行吗？”荣光难过地看着骆晓晓，原本清纯标致的脸蛋现在布满了狰狞的红斑，就连身上也是。

“人面疮从怨愤、嫉妒之类的负面情绪中滋生，为了更好的生存环境，它们会散播各种谣言，会把人面疮养得很大。她自己也有责任，这个下场是她自作自受。”

“大？不是多吗？”荣光难得聪明一次，捉到了卖药人话里的漏洞。

“一开始长了两个大的，然后我给了她一点儿药，刺激人面疮在她身上繁殖成长，就好像培养土一样，因为她的身体非常合适。”卖药人也不掩饰，大方地坦白，“最后，我得到了最强壮的人面疮，她拔除了人面疮又吸取了教训，皆大欢喜。”

“欢喜个鬼！她以后怎么见人啊……”一想到骆晓晓骄傲的小公主个性，荣光就替她难过，她再也当不成漂亮的小公主了，她只能是一个丑陋的女孩。尽管在电话里，骆晓晓坦白了那则困扰荣光的流言是她散布的，但荣光还是没办法因此幸灾乐祸。

可是，他也无能为力。

荣光不知道自己是怎么回到家的，晚饭过后他听见妈妈接了一通电话，然后唉声叹气地跟爸爸说：“骆晓晓出事了，好像是全身烫伤被送进医院了。”荣光没有听下去，他比谁都清楚到底发生了什么事。

晚上睡觉时，荣光又进入了那座森林，这里一如既往地宁静优美，但他提不起什么精神。冷不防面前垂下一双修长白皙的小腿，在眼前晃啊晃的，荣光抬头一看，春景正坐在树丫上，笑眯眯地说：“你好啊，小荣光。”说着她像女子单杠运动员般来了个利落的侧手翻，在半空转了一圈，然后稳稳落在荣光面前，裙摆飘扬，像一朵盛放的花。

“你不高兴？发生什么事了吗？”春景敏锐地问。

荣光把骆晓晓的事说了一遍，他最生气的是卖药人完全可以在情况并不严重的时候治好骆晓晓，但他并没有那么做。他利用了骆晓晓，把女孩当作一件道具，在他眼里，骆晓晓与种植蘑菇的培养土没有区别。荣光想就算骆晓晓因此死了，卖药人大概也不会有任何愧疚。

骆晓晓确实是做错了，她伤害了很多人，荣光也认为她应该得到教训，可是把她的未来作为代价，他还是觉得太残忍了。她还有改正的机会，为什么不给她一个机会呢？

因为那个人心里好像有一杆秤，严苛地衡量每个人的价值。荣光搞不懂他的标准，如果是他的话，他就不会这么做；如果是他的话……

春景安静地听着，有一瞬间，她清亮的眼瞳骤然黯淡，好像积起了厚厚的雨云，与此同时，整座森林随之陷入一片晦暗，仿佛天地刹那间失去了颜色。这复杂的情绪只在她眼中一闪而过，顷刻之后森林又恢复了光明。

“骆晓晓……真的只能那样了吗？”荣光没有察觉这细微的变化，低落地问道。他没有期望过春景能给他答案，他只是太需要向人倾诉了。

然而他却听到春景悠然地说：“狐媚子、落雪生根、蒲生莲各取适量，烘干研磨成粉，掺入醴泉水沐浴，可以让那个女孩恢复原状。”

荣光狐疑地看着她，这些东西他听都没听过，不能怪他没文化，只是这些名字实在太过奇特，该不会是随口胡编的吧？

春景轻易就猜到了他的想法，继续说道：“这些东西寻常医书上都没有记载，跟鬼女苔、幽灵草一样本该只生长在蓬莱仙岛上，但这座森林里有，如果你愿意接纳它，这里的所有东西……任君取。”

荣光迷糊地看着她，他不懂她在说什么。

“做好觉悟吧，小荣光。”春景笑眯眯地捧起他的脸，她身上有一种混合着草药和香料的气息，荣光从未与一个女孩子如此靠近，顿时满脸涨红，像喝了酒一般头晕目眩。

春景附在他耳边浅笑低语：“‘蓬莱’正为你醒来。”

5

卖药人坐在黑暗的微光中，巨大的药箱成了他的桌子，上面摆放着一个小酒坛和一只酒杯。“苦酒”已经酿好，揭开封盖，酒香中带着凌冽的冷意。

他舀出小小一杯，紧皱着眉一口喝下。

刹那间，无数回忆翻涌，却都是最让人不愉快的。沾满血的铁笼、满地的白骨、永远灰暗的天空、狂笑的君王、孩童撕心裂肺的惨叫……

卖药人抓紧心脏的位置，面露痛苦，冷汗滑过他的脸，他把嘴唇都咬出了血。

最后，他颤抖着吐出一个名字。

“春景……”

第八章 诸鱼目

诸鱼有毒，鱼目有睫，杀人。目得开合，杀人。逆腮，杀人。脑中白连珠，杀人。无鳃，杀人。二目不同，杀人。连鳞者，杀人。白，杀人。腹中丹字，杀人。

1

人是追求认同感的生物，所以谁都喜欢听好话，喜欢别人赞美自己，和食欲一样，这也是人类的本能。但要是老实承认这一点，就会被认为是虚荣、肤浅，所以平庸的凡人只好假装谦虚，嘴上说着客套的话，其实心里很渴望那些好听的话语。

但宁颜从来不屑这么做，奉承、赞美、鲜花和掌声，这都是他应得的。

宁颜的父母都是上流社会出身的名家，而他自己从小便展现出惊人的绘画天赋，在其他孩子用蜡笔涂鸦的时候，他已经征战国内外的各种比赛，优胜者的奖牌和奖杯还有名誉证书伴随着他的成长。

与宁颜的才华同样有名的是他的狂妄和自负。最出名的一次是他受邀出席某个艺术沙龙的聚会，一群人围在他身边祝贺他又拿下了某个国际比赛的优胜奖，宁颜听得正高兴，有一个女声突然道："也没有你们说的那么好吧，比赛是不是有什么黑幕啊？"

对方是个艺术家的女儿，在圈子里也算有点儿名气，水平还不错，但也仅此而已。宁颜笑容不变，直截了当地说："你不能认同只说明你水平太低。"

那个女生当即愣在原地，宁颜却多一个字都懒得跟她说，转身离去。和平庸者站在一起，他觉得空气质量都变差了。

本市最有名气的美术学院搞了个小型展览，说是展览，其实是为了与巴黎美术学院、英国皇家美术学院等名校联合举办的美术比赛而展出的一些新生代画家的优秀作品。这个比赛每两年举办一次，上届的冠军就是宁颜，可别人求之不得的优胜奖杯被他扔在了不知哪个角落里积灰。

宁颜作为这一届特邀评委出席展览，别人努力创作出来的作品在宁颜看来都是垃圾，连看一眼都觉得伤眼，但他还是忍耐着在学院院长的带领下，和其他评委沿着展览长廊边走边看。

他们需要在筛选过的作品中再进行严格挑选，只有少数几幅作品才能送往巴黎参加决赛。宁颜盘算着怎么应付过去，反正旁边这群老头子也有了大概的结论，他就是个陪衬而已。

况且，能画出让他看得上眼的作品的人，只有一个，不过那家伙早就不画了，确切地说，是什么都画不出来的废物一个了。

院长在一幅画前停下了脚步，宁颜之前根本就没怎么留意那些作品，这时才不情不愿地抬起头，当他看到那幅画的时候终于理解为什么馆长一定要他来了。

确实是非常特别的作品。

这是一幅只有黑与白及两者之间过渡色的画，画的是深夜时熄灭了一切照明的城市，高耸的金融大楼、设计独特的购物中心、寂静宽阔的马路……没有霓虹灯也没有路灯，所有建筑都被涂上了阴影，在月色下覆着玻璃幕墙的高楼群宛如水晶簇，与漫天繁星交相辉映。

宁静的十字路口，一个少女在孤独地徘徊。

其他评委纷纷给出了高度评价，连连赞叹："很有趣的作品，画的名字是《现实》呢。""这样的场景在现实中却不太可能实现呢，在光害污染下大城市是无法看到这样的星空的。略带讽刺批判的意味，相当优秀。"

"它让我想起了宁颜当年拿下首个冠军的作品。""从立意和氛围来说，我觉得要比宁颜当年更出色……""嘘，小声点儿……"

宁颜根本没有听他们在说什么，他正看着画里的女孩。她有着稚气而天真的脸，作者画功了得，把她刻画得栩栩如生，一如宁颜记忆中的那副模样。如果她还活着，现在也与他们一样是二十出头的年纪了。

画家的笔触、线条、手法……也都一如当年，只是失去了色彩。

柏蓝绿，这个让宁颜以为早就放弃画画的废物，突然又出现在他面前。他下意识地去看画作下方的作者名，却发现不是柏蓝绿——这是一幅作弊的作品。

最初看到时的震惊，一瞬间转化为愤怒。

"宁颜，你是蒋老的得意门生，你看看这作品如何？我们都很看好……"院长正说着，宁颜大步上前，取下那幅画摔在地上，咬牙切齿地说："这样的画别说获奖了，就连参赛的资格都没有！"

宁颜恨不得往那幅画上踩上几脚泄愤，但是看着画里少女的脸，他终究没能这么做。他握紧拳头，愤恨地离去，心里有个声音在嘶吼，向那个并不在他面前的人质问：为什么你要替别人画画？为什么你愿意做这么低级的事情？你的理想呢？你的自尊呢？柏蓝绿！

2

宁颜并不是一开始就选择了画画这条路，作为一个富二代，他的人生注定要比别人多出无数倍的选择，他可以出国留学，念商科或者念管理，然后继承家业；或者去进修一个艺术学位，然后仗着与生俱来的天赋，当一个动动嘴皮子就好的艺术评论家或者鉴定师，这都是更轻松的事情。

最初他也只把画画当作消遣和爱好，但天赋过人，抱着游戏般的心态也能轻易获奖。他从未认真对待过这件事，只是享受胜利者的姿态。

宁颜会坚定不移地走下去的契机，是柏蓝绿。

小学时参加一次美术比赛，对于宁颜来说，只拿到第二名可以说是破天荒的事，他第一次知道落败的滋味。他不甘心地跑去看冠军的作品，在展厅看到那幅画时，他就明白自己为什么会输了，那是一幅尽管不一定能看明白但也会被深深吸引的画。

抽象的画面上是让人看不懂的各种颜色叠加，全是偏红的暖色调，整幅画看起来就像是在燃烧般明亮热烈。仿佛是用颜色演奏的一场盛大音乐会，遵循灵魂的脉动而泼洒的色彩有一种张狂热烈的生命力。这明艳的颜色落在他眼眸深处，点起了小小的火种。

如果说宁颜是天才，那么这幅画的作者就是奇才。

作者的名字被写在画作下方的小角落——柏蓝绿。和色彩浓艳的画作不一样，这是个念出来会让舌尖感到一丝沁凉的名字，令人联想到树影斑驳的湖泊、盛夏里迎面而来的清凉。

宁颜处于震撼中时，旁边有个女孩用脆生生的声音撒娇般问道：“蓝绿拿奖了，爷爷一定很开心，你这次画的是什么呢？”

“唔……”男孩子的声音听起来很温吞，想了许久才慢慢回答，“就是……铃儿你上次说过的，凤凰花……开时的景色。”

女孩兴高采烈地说：“一等奖呢！蓝绿是第一名，好棒好棒！”

宁颜精致的小脸顿时皱成一团，他倔强地仰着脖子，眼睛却不由自主地偷看旁边——是两个年纪和自己差不多的孩子。让人眼前一亮的是那个说话声音清脆的女孩，她有一双非常美的眼睛。宁颜年纪尚小，不知道该如何描述，但是他可以确定，再怎么高明的画家都无法描绘出那双眼睛顾盼生姿的风采。

相比之下，男孩则黯淡许多，一副老实得没有脾气的样子，看起来有些呆滞。明明自己的作品获得了大奖却一点儿都看不出自豪和高兴，反而好像觉得哪里弄错了一样，东张西望着，然后指着挂在旁边的宁颜的作品说：“其实……我觉得那个……画得比我……好。”

宁颜立刻把偷偷摸摸的视线收回来，“唰”地把脸转过去，两个人被他凶巴巴的目光吓了一跳，但是在把同龄小女孩吓哭之前，宁颜的眼泪却先流了出来。

他泪光闪闪，一脸倔强地朝柏蓝绿吼道：“我、我不要你同情！”

“同情……”柏蓝绿木然地跟着重复，他的语气没有太多的感情起伏，听在宁颜耳里，却觉得这句话的意思是：对啊，我就是在同情你这个失败者。

“可恶！你不要得意，下一次我会把第一名从你手上拿回来！”

“下一次……”柏蓝绿根本没跟上他说话的节奏。宁颜自动把这句话翻译为：等你下次比赛入选了再说吧！他气得哇哇叫：“我一定会让你跪下来认输！”

柏蓝绿这下有点儿反应过来了，双眼无神地看着宁颜好一会儿，慢吞吞地问：“你是……谁？”宁颜却将这句话自动翻译为：你什么人啊？你算老几？

宁颜的脸蛋涨得通红，在他快喷出一口血之前，那个女孩挺身而出，手忙脚乱地解释道：“哎呀，蓝绿说话就是这个样子的啦，他没恶意的。那个，我叫蒋铃儿，他是柏蓝绿，你叫什么名字？”

女孩绽放的笑脸宛如一朵灿烂的花，宁颜这才恍然大悟对方真的不知道他是谁。三个孩子间的吵闹已经引来了其他人的注意，宁颜从怒转羞，连耳根都变得通红，高傲的小少爷从来没有这么丢脸过，在蒋铃儿担忧地问“你怎么了”的同时，他“呜哇”一声大哭出来，就这么逃跑了。

为了争一口气，从来不屑跟老师认真学习什么技法的宁颜哭闹着要父母替他找老师，父母对宁颜的教育从来是宁缺毋滥，于是在各种各样的关系下，联系到了一位脾气古怪的大师。这位大师因为过于严苛，至今只收了一位学生，而他看了宁颜的画后，欣然收下宁颜作为他的第二个学生。

第一次上门拜见老师，宁颜精神抖擞，穿着妈妈给他定制的小西服，头发也梳得整整齐齐，派头十足。然而大师家的门一打开，迎接宁颜的是一张无神的脸和一双死鱼般的眼睛，还有那个眼神灵动的小女孩。

柏蓝绿，蒋大师的第一个学生，认真算起来，宁颜还得喊他一声“师兄”。

蒋铃儿，蒋大师唯一的孙女，是个色盲。

尽管被宁颜指责得一无是处，那幅名为《现实》的作品还是毫无疑问地内定入选。美术学院还郑重其事地请了作者前来参加本市美术协会的一个聚会，宁颜当然也在被邀请之列，不过平时他懒得来这种干巴巴的交流会，这次却还是来了。

宁颜嘴上不说，其实他是想看看柏蓝绿，想知道他为什么选择了黑白的世界。宁颜无法理解柏蓝绿为什么替人当枪手，在正规的比赛上这种做法无疑是严重违规，更重要的是，这是对自己作品的侮辱。

《现实》的作者被一群人簇拥着，宁颜看了一眼，果然是个不认识的男子。闪烁的镁光灯中，这人得意洋洋地笑着。他一点儿都不心虚，面对记者的采访和众人的祝贺，他谈笑风生，厚着脸皮将这些不属于他的赞美毫不客气地收下，让宁颜只觉得恶心。

不管他多么费心打扮自己，如何努力演绎优胜者的姿态，宁颜依旧没有从他身上看到一点才华横溢之人该有的气质。喜欢赞美并没有错，享受奉承也没有错，但这必须是以自己的实力得到的。

颁奖典礼结束后，宁颜跟踪那人从会场离开。他和柏蓝绿已有六年没见，早就断了联络，如今只能靠这个方法找出柏蓝绿。他跟着那人开车来到一个远离市中心、环境清幽的半山别墅区。因为远离繁华的大都市，这里可以看到更多的星星，虽然比不上那张画里浩瀚的星空，但宁颜似乎能感受到那张画里同样的意境。

为了不让对方发现被跟踪，宁颜的车子一直与他保持距离行驶，所以当宁颜抵达后，那人已经不知去向。宁颜随便找了个方向，很不巧这段路的路灯出了故障，在这一片漆黑中，一点亮光飘浮在空中从他身边经过，他吓了一跳，仔细一看才发现是有人提着灯笼从他身边经过。

仿佛对于惊吓到宁颜有些抱歉，提灯人停下了脚步，看起来是个古怪的年轻男子。他穿着一身说不出是哪个朝代的古装，背着一个巨大的箱子，走起路来却一点儿声音都没有。宁颜警戒地看着那人，在古式灯笼朦胧的亮光中，对方微微笑了起来。仿佛为了表示自己没有恶意，他先开口道："晚上好。"

不知道是不是艺术家的天性在作怪，尽管场面十分诡异，宁颜却不感到害怕，倒是觉得这人的穿着打扮虽然奇怪，但还挺有古典韵味的。

"你是住在这里的？"宁颜问。

"我是个卖药人，是来送药的。"对方勾着嘴角，笑容里越发有种难以言喻的诡异。

这么晚了，该不会是送什么非法的药物吧？是不是先报警比较好？

好像知道宁颜在担心什么，卖药人接着说："因为不是夜晚他就什么都看不见，不过却是个能画出奇妙作品的画家。"

宁颜愣了愣，他说的画家是柏蓝绿？他病了吗？宁颜早就肯定柏蓝绿是出于某种原因才会替人作弊。宁颜从来不喜欢柏蓝绿，但他也绝对不会轻视柏蓝绿对绘画的热情，柏蓝绿不会轻易把自己的作品拱手让给他人，只有这一点，宁颜可以无条件地信任他。

"你是那位画家的朋友吗？需要我带你去见见他吗？"卖药人以低柔的嗓音劝诱般询问着宁颜，灯笼里的烛光映着他的眼瞳，如妖兽般森然可怖。

3

宁颜进了师门一个月就后悔了，蒋大师是个追求完美的变态艺术家，一开始宁颜只以为他是个脾气古怪的老头，后来才知道他是个古怪孤僻还暴躁的老疯子，气极了会用画笔抽他的脸，十分吓人。也不知道是不是遗传，他的孙女蒋铃儿也是个神经病。

她一个色盲居然教训他用的颜色不对：“红色是凤凰花的颜色，凤凰花是火的颜色，火是会让人觉得烫的颜色，所以凤凰花开的时候，一定是让人觉得眼睛都要被灼伤般火热吧？”

于是便有了那幅整个画面都在燃烧般的画。

蒋铃儿只能用声音和触觉来区分颜色，她是全色盲，这就意味着整个世界对她而言是没有颜色的，但她喜欢缠着人问“色彩”是怎样的，很长一段时间她都让宁颜很头疼。

“黄色是怎样的？”“绿色是什么颜色？”“蓝色呢？”“白色就是我看到的白色吗？”她喜欢反复地问这些问题，每次都不一样的回答会让她觉得很有趣。

跟一个色盲讨论“颜色是什么颜色”这个问题是件很累人的事情，因为根本没法解释，而且宁颜又是少爷脾气，没多久就很不耐烦，对蒋铃儿的好印象也都消磨殆尽。偏偏小姑娘还特别委屈，嘟着嘴说：“宁颜好笨哦，颜色都不会分，蓝绿比你厉害多了。”

宁颜从小就最经不起挑拨，他本来就看柏蓝绿不顺眼，听蒋铃儿这么一说心里更气了，伸手就推了她一把。没想到她就这么撞到了桌子，桌子上的鱼缸掉了下来，虽然没砸到他们，鱼缸却摔了个粉碎。蒋铃儿哭了起来，宁颜也没想到会变成这样，但他拉不下脸道歉，尴尬地看着满地碎片和垂死挣扎的金鱼。

蒋大师不在，声音把柏蓝绿引来了，他什么都没说，开始收拾地上的碎片，抢救金鱼的时候他的手被地上的玻璃碎片割了一下，鲜血滴滴答答地往下滴落。宁颜连忙要给他纸巾，但是柏蓝绿摇了摇头，他走到蒋铃儿身边，拉着她的手让自己的血滴在她手心里。

“这是血的颜色。”他还是那张呆滞的脸。

“热热的……”蒋铃儿不哭了，她认真感受着手心里鲜血的温度，“所以血是红色的，但是不会烫，血的颜色和凤凰花不一样。”

“对，铃儿好聪明。”柏蓝绿浅浅地笑了，他用这种方式一点一点教给蒋铃儿“色彩”的定义。

虽然这一幕十分诡异，而且还有点儿变态，看着这一切的宁颜却不觉得恶心，他们之间有着他无法干涉的领域，正是这一点决定了他与柏蓝绿之间的差距。

也是因为蒋铃儿的存在，柏蓝绿才有了与众不同的色感，在他向蒋铃儿描述某一个颜色时，他也在重新认识那个颜色。他笔下的画是蒋铃儿无法看见的世界，却能给看到的每个人带来强烈的感觉。他的画是活的，会让人感觉到情绪、温度，那是可以被冠以“奇迹”之名的画。

自从蒋铃儿死后，柏蓝绿就再也画不出画了。

宁颜跟着自称卖药人的可疑人士走进了一栋小别墅，这里被布置成一个画室，室内没有开灯，却不是很暗，因为月光透过落地窗照进来，银辉满屋。宁颜看到一个人背对着他在画画，专心致志地勾勒一张少女的脸。

那是十四岁的蒋铃儿的脸。

为了看得真切一点儿，宁颜下意识打开了照明开关，可画画的人一点儿都没有察觉到，作画的手甚至不曾停顿。宁颜大步走到他面前，踩得木质地板咚咚作响。他确实是柏蓝绿没错，那张平凡的脸六年都没怎么变，看着让人火大的没出息。因为角度的原因，宁颜看不见柏蓝绿的眼睛，而柏蓝绿竟然还是没有发现宁颜。

宁颜强行扳过他的头，要他正视自己，叱问：“喂，柏蓝绿！你到底在干什么？为什么——”他的话在看到柏蓝绿的眼睛时戛然而止。

他的眼睛是淡蓝色的，没有眼白和瞳孔，就好像在原本的眼睛上覆盖了一层淡蓝色的膜，瞳仁与眼白变得模糊不清。这并不像是人类的眼睛。

“这声音……宁颜？”柏蓝绿放下画笔站了起来，拉着宁颜站到窗边，捧着他的脸仔仔细细地看起来。这场面实在诡异，明明是在灯火通明的房间里，但柏蓝绿好像完全感受不到那光线，似乎是个在一片黑暗中只能借助月色看清东西的人……但是，这可能吗？

“真的是你，宁颜。”他向来缺乏起伏的声音里好像带着一点儿激动。

宁颜搞不清这是什么状况，他的目光落在站在角落默不作声只是微笑的卖药人身上。接触到他的目光，宁颜全身一颤，感觉在卖药人看来，他和柏蓝绿就是水族箱里的两条观赏鱼，而他在外面优雅而冷酷地观看着。

“现在他的眼睛只能接收到自然光，人工光线对他而言是不存在的，但是太阳光太强会灼伤他的眼睛，也就是说，他所处的世界永远是黑夜。”

“为什么会变成这样？是生病了吗？”

“不，这是他自己的要求。”卖药人说，“《本草纲目》记载，鱼眼有睫毛的，人吃了会死；鱼眼可以睁闭的，人吃了会死；逆腮、无腮、脑中白连珠的、鳞片连起来的、鱼鳍白色的……这样奇形怪状的鱼吃了都会置人于死地。有那么一种鱼，生活在深海，综合了上述特征，其名为‘诸鱼’，身带剧毒，但是它们的眼睛很独特，能最大限度择取射入深海的天然光线，以便它们在深海觅食，然而强光则会让它们死去。”

他说着拿出一个小瓶：“这就是他的药。用诸鱼目萃取所制的药水，滴入眼内可形成一层薄膜，可以隔绝所有自然光外的光源。”

宁颜瞪着柏蓝绿质问：“你为什么要这么做？”

“因为……我想知道铃儿所看见的世界。”柏蓝绿平静地回答，“看见了……就能继续画画了……”

宁颜顿时不知道该怎么骂他好，他转而瞪着卖药人：“那个药水不许卖给他，你有多少我全买了！”

“那可不行。”卖药人笑着摇头，“你的欲望很强烈，但是……”

下面的话他没有说下去，因为有人进来了，是那个拿了柏蓝绿的画参赛获奖的家伙，手里拿着便利店的塑料袋，原来刚才是跑去买东西了。他一进门就惊呆了，结结巴巴地问：“怎、怎么了？柏老师，这是您的朋友吗？哎呀，还有卖药的先生……”

庸才就是庸才，在人前风光无限的样子，但在真正有实力的人面前他便恭顺起来，点头哈腰讨好地问：“说起来，柏老师您的新作品画好了吗？下个月还有展览……”

“闭嘴！你这一无是处的垃圾！”宁颜一声怒吼。那人顿时被吓得呆住，好一会儿才想起哪里不对，便大着胆子问：“这、这是我的房子！你是谁？你怎么进来的？我要报、警……”

宁颜走过去提着他衣领将他拽起来：“我是谁？你这笨脑子看不出来吗？我是美术学会的人，你比赛作弊的事我已经发现了，你还敢报警？瞪大你的狗眼好好看看这是什么情况！”当然，宁颜只是吓唬他，他没打算真的告发，因为这会连累柏蓝绿失去名誉。

“比赛……作弊？”柏蓝绿并不蠢，他抓住了关键的地方，“不是说替我拿去展览吗？你骗了我？”

“我、我……”那人顿时慌了神。他家境不错，喜欢画画却奈何实在没有这方面的才华，可是他又不肯放弃，千方百计之下他居然联系到了柏蓝绿，当时柏蓝绿的眼睛已经无法适应外界的自然光线了。

他不能忘记当时看到柏蓝绿满室的黑白画作时的感受，即便这些作品不像柏蓝绿以前的画作那么色彩强烈，但也是他一辈子都画不出来的。他盘算着，柏蓝绿很久没有作品，风格又与以前相距甚远，好像本人还行动不便的样子，于是他心里立刻动了邪念，借口说替柏蓝绿把画拿去参展，实际上却擅自以自己的名义拿去参赛了。

“滚！”宁颜厉喝一声，当即把那人吓跑了。他没好气地看向卖药人：“你也滚远点儿！什么奇奇怪怪的药，我们不需要！”

卖药人没有说话，他暧昧地看了眼宁颜，离开了。

宁颜最后看着一脸呆滞的柏蓝绿：“你也滚，该去哪里去哪里，真是受不了，多大的人了还那么容易上当。”

“这又不是你的家……”

“你还会顶嘴了？”宁颜难以置信，真是世风日下，连柏蓝绿这种软包子都会反抗了。

“那幅画……《现实》……”

他们相识多年，尽管宁颜不承认，但他们之间有时候确实不需要把话说明白也能理解对方的意思，他心烦气躁地说：“你现在知道心疼那幅画了？太晚了，早就以别人的名义得奖了。不过那人靠自己是画不出来的，没了你替他画，他什么都画不出来，就当是仅此一幅的作品吧。”

“不对。”柏蓝绿摇摇头，“有很多幅，都在……旧画室……”

宁颜一听就知道不好了，柏蓝绿在这种状态下画出来的作品大部分都放在蒋大师的旧画室里，他这人除了蒋铃儿和画画别的都不关心，十有八九把钥匙都给了那人保管，现在东窗事发，刚才那人应该不是被他吓跑了，估计是先行一步把那些画作都占为己有了！

柏蓝绿摇摇晃晃地站起来往门外走去，喃喃自语道：“不能让他拿走……铃儿……”

4

柏蓝绿是个很笨拙的人，除了画画，他什么都做不好。宁颜一直觉得，平时的柏蓝绿处于一种假死的状态，只有画画才会令他整个活过来，像吸收了充足养分和水分的花，一瞬间怒放，芳香盈满宇宙。

蒋大师一直比较喜欢柏蓝绿，他认为好的画家应该这样淡泊而安静，而宁颜功利心强，比较争强好胜。因为风格和理念不和的问题，宁颜不知道和老师吵过多少次，后来一次吵得厉害，他摔门离去，再也没有回过画室。即使如此，宁颜还是很尊敬蒋大师。

所以蒋大师收了这样两个极端的学生，他觉得刚刚好，两人可以互相弥补，符合平衡之美。蒋大师终老前，宁颜去见了他最后一面，病房里只有他们两个人，他用瘦骨嶙峋的手握着宁颜，说：“我最喜欢蓝绿，最不放心铃儿，但最信任你。你肯定会好好照顾他们。”

“真自私啊，老师。”宁颜说着，拍了拍他的手。

“因为你和他们一起时，也最开心。”

“胡说！蒋铃儿烦死了，柏蓝绿最讨厌。”宁颜嘟嘟囔囔，“还有你，超级啰唆……”

“呵呵……”蒋大师像听到小孩子跟他撒娇般笑起来，然后老生常谈地重复念叨，“要画画啊，要一直画下去……别放弃……”他每说一次，宁颜就握着他的手应一声“好”，一直陪他咽下最后一口气。

这是他们师徒最安宁的最后相处时刻。

但是后来蒋铃儿死了，她因为爷爷去世而过度伤心，过马路时精神涣散没有注意交通灯，遇车祸死了。随后柏蓝绿也陷入了创作低潮，放弃了画画。曾经与他一路走来的人都不在了，只有宁颜一个人坚持了下来。

他曾经对就此放弃画画的柏蓝绿很失望，但现在他发现并不是这样的。失去了蒋铃儿让柏蓝绿很痛苦，但他依然没有放弃，他只是用错了方法，靠着奇怪的药重新握起画笔，可画出来的根本不是真正的作品。

宁颜开车带着柏蓝绿来到蒋大师的旧画室，还没进门就听到里面传出很大的动静，两人连忙冲进去，却被眼前的一片狼藉吓了一跳。他们以为对方是来偷画的，结果却看到那个人拿着一把小刀，将画作全部割坏了。

柏蓝绿眼神发直地看着他把小刀插进画中蒋铃儿的脸上，然后用力一扯，“嘶啦”一声，蒋铃儿的脸和画布一起变得四分五裂。那人一边割画，一边嘶吼：“让你看不起我！看不起我！有什么了不起的！这些破画！”

柏蓝绿发疯般扑上去，宁颜却一把拉住他，任由那人恣意毁坏那些画。柏蓝绿生平第一次大吼：“放开我！宁颜，他在欺负铃儿，你快阻止他啊！我的画，那是我的画——”

“那不是你的画。”宁颜冷冷地说，就算没有那个人，他也打算一把火烧光这些在诸鱼目作用下画出来的伪作。

“那是我的画！是我的！是我画的！”柏蓝绿嘶吼着，但他力气不如宁颜，很快便气喘吁吁，很委屈地说，“那是……我的……铃儿的……”

“醒醒吧，那样的画有什么好执着的？那种药让你看到没有色彩的世界，你觉得那就是铃儿的世界？开什么玩笑，你根本不了解她吧？她最讨厌自己眼里的世界了，知道自己是个色盲过马路一定比谁都小心的她，真的会没留意交通信号吗？她是自杀的，柏蓝绿，她厌倦了这个灰暗单调的世界。”

柏蓝绿好像被迎头重击了一下，整个人呆住了：“我……不信……”

“什么信不信的，你根本就没好好想过。”宁颜不屑地说，“所以别再画那种画了，铃儿根本就不喜欢，死后还要让她留在只有黑白的世界里，你不觉得她太可怜了吗？其实你自己也知道，你看你自己画的……”

他指着那些被割破的画，黑白的森林、灰暗的游乐园、没有色彩只有明暗之分的天空……这是映在用了诸鱼目的柏蓝绿眼中的世界，每一张画里面都有一个与蒋铃儿一模一样的少女，每一个都不开心。

柏蓝绿没等他说完就停止了挣扎，他呆呆地看着那些被割得破碎的画，少女的脸支离破碎，但眼睛仿佛在笑。他好像看见了蒋铃儿从坏掉的画里走出来，欢天喜地地蹦着跳着，从他身边走过，穿过墙壁、大门，一直走到外面的世界。

"是时候解脱了。"他不知道这是蒋铃儿对他说的，还是宁颜对他说的。

"呜呜呜……"他哽咽着痛哭起来。

割画割得无比投入的那人有些累了，抬头就看到宁颜抱着手臂，目光炯炯有神地看着他，不禁吓得一哆嗦，刀子都掉在了地上。

"割啊，别客气，继续啊。"宁颜一脸无情冷酷，他扬了扬拿在手里的手机，"我都拍下来了，你聪明的话就自己退出比赛，别逼我把证据交给警察。"

"你、你别嚣张！"对方底气不足地叫唤道。

"有才华的人为什么不能嚣张？不自量力的丧家犬，别乱吠！"宁颜的刻薄和狂妄一如既往。

那人灰溜溜地走了，不知不觉太阳已经升起，阳光落入室内时，柏蓝绿痛苦地捂起了眼睛，诸鱼目的药效正在发作，过于强烈的阳光让他备感煎熬。宁颜连忙拉上窗帘，然而还是不行，虽然室内已经很暗了，但对于柏蓝绿来说光线还是太强，他根本睁不开眼睛。

因为刺激过大，他的双眼变得通红，宁颜连忙捧起他的脸细看，那一层淡蓝色薄膜下的眼球仿佛充血般鲜红，眼泪控制不住地流了出来。柏蓝绿伸手要抠自己的眼球，吓得宁颜连忙脱了衣服帮他把脸包住，这才好了一点儿。

"真的不要我的药吗？"黑暗中一个戏谑的声音响起，"我是个卖药人，我这里什么药都有，只要你想买，我就卖。他想要摒除一切色彩的药，我给了他。现在，你想要替他解除痛苦的药吗？"

他以言语诱惑着宁颜，然后递出一个小药瓶。

"不要。"宁颜果断地一巴掌挥开他的手，药瓶飞起又落地，被宁颜一脚踩碎。

卖药人愣了愣，他还没遇到过被拒绝得这么干脆的，仍然不死心地问："你不问问他的意见？"

他话音刚落，宁颜的拳头就揍了上来，毫不留情地正中脸部。卖药人猝不及防，连人带箱同时被揍翻，这一瞬间宁颜好像看到箱子上绘着的无数眼睛同时眨动起来，眼珠子滴溜溜地转，仿佛受到惊吓似的四处张望，然而等他再细细看去，发现它们又老老实实地不动了。

“你这个非法卖药的变态给我闭嘴！不用你来操心，他敢说要，我就打得他以后都没法画画！”宁颜凶残又干脆地说，他甩了甩有点儿痛的手，懒得思考这个卖药人是怎么跟来的，但与他做交易这种想法，他半点儿都没有。

“不要再依赖这些有的没的，柏蓝绿，我只说一次，我是看了你的画才决定走这条路的，我不许你让我失望。”

他就是这么狂妄，这么嚣张，这么自以为是。他喜欢被赞美，因为这是他人对他的认可和肯定，是完完全全属于他的东西，而这一切建立在名为“柏蓝绿”的基础上。他无法放下柏蓝绿，他是他的起始，是他眼瞳里经久不熄的一点火种。

我讨厌你，从最开始就最讨厌你，我们从来不是朋友，我们是对手，是竞争者。当我们其中一个成为赢家，就说明另一个成了败者。就算你无法理解，我还是会把你当成一生的对手，追赶你、超越你。

所以，我比谁都了解你，比任何人都无法容忍你的自暴自弃。

“喂，听到了吗？废物，听到就应一声啊！”不然他一个人唱独角戏似的，好丢人！

“嗯，听到了……”因为强光而备感痛苦的人闷闷地回应道。

卖药人狼狈地爬起来，揉揉被打痛的脸，遗憾地对宁颜说：“真可惜，我还挺想与你做生意的。”

“谢谢，不过我不需要。”宁颜将耍帅进行到底。

“如果我当年也能像你这样就好了，不依赖任何东西，而是一直相信自己到最后，虽然可笑，但现在看起来不坏。”卖药人突然说了句，仿佛感触颇深，“作为对你的奖励，我就告诉你吧，诸鱼目只要停止使用，药效就会慢慢消失。”

虽然不知道要费时多久，也不知道能恢复到什么程度，但是比起继续使用药的下场还是好得多。能落入深海的光线非常微弱，使用诸鱼目的人会无法适应陆地的光线，到时候只有两个下场——要么眼球爆裂，要么疯狂地渴望回到深海，最后在海中活活淹死。

5

一天晚上，柏蓝绿解下缠在眼睛上的纱布，他看到宁颜已经准备好了。他们面前是一幅巨大的画布，那个作弊者自动弃权了，突然空出了名额，根据比赛的规定可以重新寻找替补。

“要赶在截止日期前交上去，你行吗？”宁颜瞄了眼柏蓝绿，他最近情况好了一些，但还是不能在白天解开纱布。

“可以。”柏蓝绿拿起画笔，“老师说过，有才华的人有相对应的义务。别人一个鸡蛋画三天，你一个鸡蛋要画三年，一直画到完美为止。别人可以偷懒，但你不行，你要一直走下去才对得起你的天赋。”

“对啊，现实是残酷的，优秀的人才有资格追求美好的未来，所以无论多么艰辛都要成为优秀的人。没有事情是不需要付出代价的，依靠邪门歪道走捷径是一定会后悔的。”

宁颜不忘挖苦他一番，柏蓝绿不好意思地笑起来：“是啊，是我错了。”

色彩是这个世界上最伟大的奇迹，正是因为缤纷多彩，世界才如此美丽。直到死，蒋铃儿最大的愿望都是看一眼这个色彩绚丽的世界，所以即使很伤心、很难过，宁颜还是选择继续画下去。

他走在创作这条路上，很孤独，所以渴望掌声。但同时，他也享受这份孤独，因为在逆境中努力前行，就一定能有收获。

一幅作品在最后关头被送到比赛审查组，那是一幅令人惊叹不已的作品。画面是单调的，因为画了一座庞大的黑白的废墟，天空是灰暗的，没有一丝色彩，然而它又是绚烂的，因为画面的最前方有一名少女。

她穿着由鲜花编织的裙子，头上戴着花冠，新绿、粉红、蓝紫、珍珠白、柠檬黄……她身上混杂着最美好最活泼的色彩，作者对颜色的运用大胆又细腻，与冰冷阴暗的废墟形成了强烈对比。

少女面朝废墟背对画面，展开双臂，长发扬在风中，像在拥抱这个世界，又像在与这个世界道别。

画的名字是《新生》，没有署名。

第九章 核桃脑

核桃，又称羌桃、胡桃，味甘，性温平，无毒，汉朝张骞出使西域带回种植在秦中。果实有房，成熟时取果核食之，能健壮身体、润肌、黑须发。

1

他最爱的人死了，他这一生都是为了爱她而活，现在她却比他先走一步。他只能扶着铺满白花的棺材与她告别，心如刀割，悲痛欲绝。她的家人安慰他，但这并没有让他好过多少。

灵堂里的窃窃私语不断传入他耳中。他们都说她太可怜了，才 26 岁，如花似玉，温柔可爱，正准备结婚，男友各方面条件俱佳，又十分爱她，她本来会很幸福，却不幸在夜归路上遇到歹徒，整个脑袋都被砸碎了，连告别仪式上都无法让人看见她的遗容。

葬礼之后，他喝了很多酒，失魂落魄地走在路上，不知不觉走到她遇害的地方。这段路是她回家的捷径，路灯只有一盏，因为长期无人维修，灯光一闪一闪的，照得行人的影子如同鬼魅。

他停在路灯下茫然地抬起头，她的死让他觉得人生都失去了意义，如果她能回来多好啊，他甚至不介意她是不是以曾经的容颜回来，他只想她再回到他身边。

灯光闪烁，一明一暗，再亮起时，眼前突然多了个人，是个年轻而俊美的男子，一身不伦不类的古装，看起来既华丽又诡异。他背着一个暗红色的巨大箱子，上面绘满了大大小小的无数个眼睛，古朴得如一幅远古的壁画。

这个怪人说自己拥有天下间所有不可思议的药，他情不自禁地问："我想让我最爱的人回到我身边，你有这样的药吗？即使……她的尸体已经烧成了灰？"

那卖药人应答着，放下了背后的箱子。只见他打开一个小抽屉，箱子上那些眼睛像被惊扰了似的，一个个眨动起来，他觉得自己一定是喝醉了，不然怎么会看到画出来的眼睛会动？

一个绸缎小锦囊递到他面前，他拿在手里，感觉到里面的东西圆圆的、硬硬的。

"这是核桃脑，剥开之后，你吃一半，留下一半。如果你真的深爱那个女孩，那么接下来该怎么做，你自然就会知道了。"卖药人缓缓解释，笑容里带着蜜也含着毒。路灯又是一闪，卖药人便从他面前消失了。

他打开锦囊，里面果然有两枚核桃，他取出一枚仔细观察，没发现它和普通核桃有什么不同。他打了个酒嗝，没拿稳的那枚核桃掉了出去，伴随着“哒哒哒”的声音，沿着昏暗漆黑的小路不知滚到哪儿去了。

反正还有一个，他把锦囊胡乱塞进口袋里，摇摇晃晃地走了。

季薄荷在放学路上得到了一枚核桃，确切来说，是班上顽劣的男同学拿地上捡的核桃扔她，然后被她接住了。她虽然接住了核桃，但还是被一同扔来的小石子砸到了额头，把她鼻梁上的红色粗框眼镜都打歪了，她觉得额头好像擦破皮了，但并没有露出什么表情。

“哇！砸到也不会痛耶！她果然是机器人！嘎吱嘎吱,哈哈哈哈——”男生们大声起哄，欺负完季薄荷后成群结队地笑着跑走了。

怎么可能不痛呢？真是一帮白痴，初中生不是该比小学生好一点儿吗，没想到连幼儿园的孩子都不如。季薄荷揉揉被打痛的额头，砸她的石块有着尖锐的边缘，划破了她的皮肤，她扶了扶眼镜，摊开手掌，看着手上的血，她舔了一下，尝到了铁锈的味道。

为什么呢？她表情凝重地思考起来。血液之所以呈现红色是因为红细胞中含有大量的血红蛋白，而血红蛋白中铁的含量约占33%，其中一种铁离子的存在形式是三氧化二铁，这就是血液带有铁锈味的原因。

因为找到了答案，季薄荷顿时感觉轻松不少，额头上的伤也不痛不痒了，她胡乱用手擦了擦，然后用蹭到血的手握着那枚核桃，放进了口袋里。

她的血沾在核桃壳上，逐渐被吸收了。

季薄荷回到家，妈妈看到她额上的伤口大惊小怪地拿出医药箱，教训道：“怎么老是不小心呢？说过你多少次了，你是女孩子，要斯文一点儿……”

难道你就从来没想想我为什么经常受伤吗？每次她说是自己不小心弄伤的，妈妈也就真的相信了，从来不怀疑。季薄荷一直觉得妈妈有点儿笨笨的，如果爸爸还在的话……一定会发现自己是被欺负了吧？

“薄荷，你有在听吗？”妈妈察觉到她的漫不经心，忍不住板起了脸。

“我又没患阿兹海默氏症，记得的啦。”她闷闷地说。妈妈听到她的话有些茫然，大概不知道这是一种会造成记忆障碍的疾病。在妈妈啰啰唆唆地抱怨她老说些让人听不懂的话时，季薄荷逃回了自己的房间。

她翻出了那枚核桃。距离晚饭还有点儿时间，而她刚好有些饿了。她喜欢吃核桃，核桃富含蛋白质和碳水化合物，更含有人体必需的钙、磷、铁等多种微量元素和矿物质，以及胡萝卜素、核黄素等多种维生素和36种以上神经传递素，对大脑功能开发极有好处。

所以季薄荷并不介意核桃是地上捡的，反正剥了壳都一样。这个核桃的壳比她想象的要薄，她轻轻一摁外壳就碎开了。核桃仁就像一个微型的大脑，皱褶和沟裂都酷似复杂而精致的大脑皮层，季薄荷对它特别有好感。

她把核桃仁一分为二，它不像普通核桃的硬脆，这个核桃的果肉有些软，放到嘴里的时候季薄荷差点儿要吐出来——口感完全不像坚果，倒像是某种肉类，吃起来黏糊糊的，但是入口便化了，只留下满嘴核桃的芳香。

季薄荷咂咂嘴，感觉还挺好吃的，猜想也许是什么新品种的核桃吧，虽然口感实在太怪异。这时妈妈喊她吃晚饭了，她便把吃剩的一半核桃随手放在了书桌上。

2

虽然有着可爱的名字，但季薄荷并不是可爱的女孩子，她缺乏同龄孩子该有的天真和好奇，脸上总是一个表情——不笑、不哭、不生气。在一群唧唧喳喳爱热闹的同龄人之中，她总是显得格格不入，于是他们私下都说她其实是没有感情的、冷冰冰的机器人。

她的智商全校最高，而朋友却全校最少，因为根本就没有。不过季薄荷也不屑与同龄人做朋友，她认为他们太幼稚。他们会为了在沙坑里刨到一只僵死的蝉而尖叫；他们以为抬头看天空是很傻的事，却不知道她正在通过流云的速度和方向估算风力；而且他们居然不知道魔方是通过数学原理破解的而不是乱转一气，她简直没办法和他们沟通。

晚饭后，季薄荷和所有同龄人一样开始做作业，不同的是她手起笔落，“刷刷”几下就全部做完了。她的作业没有解答过程只有最终答案，因为解题的过程已经靠着心算完成，她懒得写下来。

老师们不喜欢她这种行为，总觉得她是抄答案，季薄荷让他们随手选一道自己当场做，做出来后他们先是目瞪口呆，然后又语重心长地对季薄荷说：“你是不是看过后面的答案然后记住了？小小年纪，不要仗着有点儿小聪明就四处卖弄。”

他们不相信一个小女孩会比自己聪明，这种自以为看破一切的嘴脸令她感到厌恶。从那以后，季薄荷不再辩解，但是不管作业还是考试她都坚持只写答案，所以考试的大题她只能勉强拿个答案分，不过加上选择题的分数也够她顺利及格，成绩跻身中游水平。

她就是个梗着脖子要跟全世界对着干的小女孩，开多少次家长会都不知悔改，妈妈老是说她这顽固的脾气太像早早逝世的爸爸，也只有说到爸爸时她才会低下脖子，眼泪在眼眶里打转。

季薄荷的爸爸是一名出色的科研人员，她很喜欢他，因为爸爸能理解她。她从小就偷爸爸书架上的书看。她看《物种起源》和《时间简史》，爸爸会托着眼镜思索许久，然后拿出他当年看这些书时的笔记给她，告诉她哪里看不懂可以问他，而不会像那些老师一样一边不耐烦地说着“这么深奥你怎么看得懂”，一边抽走她的书塞给她一本《初中优秀作文选》，老师们觉得她只是在装模作样而已。

其实他们父女间的交流并不多，在旁人看来甚至有些冷淡，但这是最合适他们的相处之道。家人之所以是家人，不是因为亲密，而是因为无条件的理解和接受。

爸爸是在季薄荷小学三年级的时候去世的。他将毕生奉献给了研究，工作起来废寝忘食，项目大获成功的同时他却因过劳猝死。妈妈在生活上尽责地照顾她，却不懂与她交流，从此没有人能理解季薄荷。所以她常常会想，如果爸爸还在就好了，或者出现一个和爸爸一样的人吧，她其实很寂寞，很想跟人说说话……

季薄荷想得出神，没发现书桌上的核桃突然动了动。

到了夜晚，季薄荷睡得正熟，核桃突然开始渗出血来。确切来说，是先前吸收的季薄荷的血盈满了它复杂的沟回，沿着纹路流动。紧接着核桃底端长出了植物一样的须根，它们长得非常快，就好像突然涌出来的一大把头发，从门缝下、窗户的缝隙间延伸，然后蔓延到整个房子。这些触须钻进各种电器，甚至钻进了电脑。季薄荷家有很多书，大部分是父亲留下的，这些触须就像植物的根一样从这些东西里吸收养分。

天快亮的时候，须根又像退潮一般回到核桃里，其中一根却伸向了床上的季薄荷。它用发丝一样细的须根碰了碰季薄荷，仿佛在模拟一个温柔抚摸熟睡中的女儿的父亲。

第二天，季薄荷起床刚摸到眼镜戴上，就发现吃剩的半个核桃发生了诡异的变化，却不是发霉变坏。她用手指拈起那半个核桃，端详着它垂下的浓密须根，在脑袋里搜刮着相关的理论解释。季薄荷没有像普通女孩子一样觉得恶心然后扔掉，她非常认真地判断出这样的须根非常接近水生植物，于是找来水壶装满水，将它扔了进去。

干巴巴的须根接触到水后缓缓舒展，水壶的外壁是透明的，里面的核桃就像一只形态诡异的丑陋水母，在水壶里浮浮沉沉。

会不会是什么新物种？季薄荷极为理性地思考着，她昨天还吃了半个，不过现在也没觉得哪里不舒服，看起来应该是无毒的品种。她越看越觉得有趣，这可比什么游戏机遥控车好玩多了，她想继续观察这个核桃，于是把水壶塞进了书包里。

“放学后早点儿回来哦，薄荷，不要四处游荡，最近外面很危险。”出门前妈妈叮嘱道，前段时间这附近发生了一起凶杀案，一个年约 26 岁的年轻女子在回家的路上被残忍杀害，凶手至今还没找到，让附近居民提心吊胆。

季薄荷原本就嫌妈妈啰唆，现在又想着书包里泡水的核桃，不知道它有没有变大，或者又长出了什么东西，便没有回妈妈的话。她走出家门时，妈妈拽住她的书包严肃地说：“你到底有没有听到我的话？”

“听到了啦。”她不情不愿地拖长了声音。

季薄荷的态度激怒了妈妈，她生气地说：“你就不能好好跟妈妈讲话吗？总是这么阴阳怪气的，我一个人照顾你容易吗？”

季薄荷只想快点儿离开家，虽然假装听话地应付了妈妈，其实心里还是记挂着核桃。这种状态一直持续到上课。因为季薄荷一贯的自负态度非常不得老师喜欢，看到她一副神游的模样便点她起来回答问题。

她这时正偷偷摸摸拿了水壶出来，突然被喊到名字，只得把水壶藏在身后站起来。

老师严厉地瞪着她：“回答问题。”

季薄荷没有听课，不知道老师问的是什么，自然回答不上来。同学们都在偷笑，乐得看她难堪的样子。这个老师平日里不太会点季薄荷回答问题，因为她不仅能准确说出答案，有时候还会质疑他的算法太复杂，不够简洁。今天看她答不上来，他不由得有了底气，厉声教训道：“你看你，做作业就知道抄答案，跟你说过多少次这样对你一点儿好处都没有，不懂就要认真听课……”

季薄荷是骄傲的，她咬紧嘴唇忍耐着屈辱，而让她觉得最屈辱的地方是老师从来没相信过她，一味固执地认为她是抄答案。本以为老师说两句就会作罢，但不知道是不是机会难得，他竟然开始滔滔不绝地批判起季薄荷来，同学们的笑声也越来越大，其中以那个喜欢带头欺负季薄荷的顽皮男同学最为放肆……

一个模糊的画面突然跃入她的脑海，像是回放一样把刚才老师提问的片段呈现在季薄荷眼前，虽然画面和声音有些失真，但她还是听清楚了，稍微心算了一下，便立刻说出了答案。

正在兴头上的老师突然哑了，闷声发笑的同学们也安静了。

“我回答得对吗？这道题是老师你在黑板的例题上变动了已知条件出的，我想无论哪里都没有答案可以给我抄吧？”季薄荷推了推眼镜，毫不客气地说。她的回答无疑是正确的，老师只得讪讪地让她坐下。

季薄荷并不认为刚才闪现的影像是她的记忆，因为那画面太清晰、太真实，就好像是直接传输到她大脑里一样。大脑……她在课桌下悄悄观察那个奇怪的核桃，发现它正用几根细须根扭成一根粗的、触手似的东西，隔着水壶触碰她的手指。

一瞬间，有什么东西直接进入了她的大脑，正是刚才她回答的那道题目的其他演算方式，数字和符号有条不紊地罗列排布，因为有规律，所以有一种逻辑紧密的美感，季薄荷激动地发现她能看懂！

她贴着壶壁移动手指，而那条粗须根也跟着移动。

季薄荷感到前所未有的兴奋，这个核桃是拥有意识的！

3

放学后，季薄荷想赶去图书馆查一下有没有关于这个神奇核桃的资料，才走出教室，那个老爱找她麻烦的男同学突然从后面往她身上扔了只蜘蛛。他原本只打算扔在季薄荷衣服上吓她一跳，没想到季薄荷仿佛后脑勺长了眼睛似的，早一步转过头来，他手一抖就扔偏了。那只蜘蛛长着特别细长的腿，身体比小拇指的指甲还小，就那么趴在了季薄荷的脸上。

女生们纷纷“哎呀呀”地叫起来，楚楚可怜地躲开，男生们则在惊讶过后忍着笑。季薄荷因为太过孤傲在班上不得人缘，他们大概是觉得女孩子都会怕虫子，所以他们想冷冰冰宛如小女王般的季薄荷这次搞不好要哭出来了。

而季薄荷之所以会提前转过头，是因为她知道将会发生什么，水壶里的核桃把那个景象传到了她的脑袋里——它明明被塞进了书包里，却仿佛能“看到”外界的一切。换作以往，季薄荷会一声不吭地挥开蜘蛛然后走开，这时又有一些影像在她脑中闪现，那是生物、民俗、古文学方面的书页，像是扫描般在她脑中逐页翻过……这些书她其实都看过，此时浮现在眼前仿佛在引导什么似的，她突然灵光一闪。

其他人以为季薄荷吓呆了的时候，她抬起手让蜘蛛爬到她的手背上，然后走到护栏边。原本站在那里的人“呼啦啦”地散开，其中一个女生还尖叫起来。季薄荷把蜘蛛放到护栏上让它自己爬走，瞥了那个女生一眼，没好气地说：“叫什么叫，这叫盲蛛，户外常见的一种蜘蛛，有什么好怕的？古代人还把蜘蛛看作吉祥的象征，苏东坡写过‘喜子垂窗报捷书’，里面的‘喜子’说的就是蜘蛛。”

其他人没想过季薄荷能滔滔不绝说这么多。就跟那些批评季薄荷的老师一样，以往他们都觉得季薄荷是什么都不懂又爱装模作样，所以才故意捉弄她，现在他们一个个都被惊得呆住了。

季薄荷扬眉吐气地走了，那些拙劣恶作剧她早就受够了，但是她不知道该如何处理，打一架然后落败吗？大哭一场然后被取笑吗？告诉老师然后被敷衍吗？季薄荷不认为这些是好办法。

而当那些书页闪现在她脑海时，她感觉就好像有人在背后轻轻推了她一把，让她踏出了还击的第一步。对啊，她为什么不用她的知识来还击呢？就好像在课堂上回答问题一样，堵住他们的嘴就好了啊！

季薄荷情不自禁弯起嘴角笑了起来，她开心极了，她觉得如果爸爸在的话，肯定也会这么告诉她的。

季薄荷来到图书馆时，距离闭馆的时间已经很近了，她目的明确地跑到与生物学相关的区域，搜索着书架上与植物相关的书本。书包不让带进来，她就在装有核桃的透明水壶外面包了一张纸，把它也带了进来。

她轻轻晃了晃水壶，在心里默念："要是有与你有关的书，就告诉我吧。"

但是没有得到任何回应，是沟通失败了吗？还是……这里根本就没有与它相关的书？

季薄荷只好自己找书。图书馆是她最喜欢的地方，这里的很多书她都看过，没有关于这种奇怪核桃的记载。这时她看到较高的书架上有一本很厚的《本草纲目》，很想拿下来看看，可是书架对她而言太高了，她踮起脚尖绷直了手指才碰到书，她一点一点把书抠出来，但是没拿稳，厚重的精装书直往她头顶砸下来。

季薄荷吓得赶紧蹲下，一手捂住头一手紧紧抱着水壶，这时她感觉到水壶里的核桃仿佛受到什么刺激般骚动起来，大量奇怪的画面涌入到她的脑海——那是一片古老庄严的森林，有五种不同蓝色的湖，里面的鱼长着玉石般的鳞片，风中有着清脆的铃声，森林里有各种奇形怪状的动物和植物，脑袋上长着翅膀的鹿轻盈地跳过……

她被这些景象迷住了，然后才发现预想中的疼痛并没有发生。

一个高中男生及时接住了那本书，他长得有些孩子气，大概是因为那双圆亮的眼睛给人类似过于活泼的小狗的感觉，整个人充满了生机和活力。他看到季薄荷没事，不禁松了口气："很危险的啊小妹妹，那边有梯子，下回记得用……"说着他还随手翻看起《本草纲目》，边看边喃喃低语，"哦，这就是刘寄奴草，看着挺正常的，不知道跟王不留行有什么关系，名字都这么奇怪……止刀伤流血极其有效，跟春景说的一样……"

"这是我的！"季薄荷跳起来抢回那本书，她碰到这本书的时候就看到了那些奇妙的景象，这本书一定和那枚核桃有什么关系！

"呃，你……"男生被吓了一跳，直勾勾地看着她，却不是看着季薄荷，而是看着她手上的水壶，有些犹豫地问，"你那个水壶里面……"

"变态！"季薄荷冲上前踢了他小腿一脚，然后抱着书飞快离开了。

荣光眼含泪花地揉着被踹痛的地方，他感觉到那个水壶里装着些不同寻常的东西，但又说不出到底是什么。他担心地看着女孩跑走的方向，直觉她可能和卖药人有关，他又不负责任地给了人奇怪的药吗？看那个女孩还很宝贝的样子，真不希望她出事啊……

晚上进入那片梦境时问问春景吧，也许她会有办法。

回家晚了的季薄荷被妈妈狠狠骂了一顿。季薄荷觉得妈妈实在太啰唆了，她已经不是小孩子了，但在妈妈眼里她好像还是个什么都不懂的婴儿，明明一点儿都不了解自己，却还要摆出处处控制她的态度，于是季薄荷忍不住顶了一句："如果爸爸在的话，他才不会这么说我呢！"

"他一天到晚就知道研究、研究、研究，他怎么会管你做什么！你跟他倒是一个样，整天就会看些乱七八糟的书，成绩却那么差！"妈妈一直以来压抑的委屈彻底爆发了。

"你也不管我啊！你知道我想要什么吗？成绩差是我的错吗？你什么时候听过我说话了？那些老师说什么你都信，但是我说什么你都不信！"季薄荷大吼一声，在妈妈惊愕的瞬间跑回自己房间关上了门，边哭边看起书来。

阅读让她冷静下来，但最终也没在这本书里查到什么有用的资料，那些仙境般的画面也没再出现。季薄荷支着下巴打量水壶里的核桃，对着它说："不是因为这本书吗？那是因为什么，你告诉我嘛……"

核桃的须根在水里轻轻漂动，季薄荷给它换了水，她敲了敲壶壁，那些须根立刻就围了过来。季薄荷出于好奇打开了水壶，须根伸了出来，绕住她的手指。刚开始她有点儿害怕，但是随着一些画面的出现，她逐渐安定下来。

那是个因为醉心研究总是显得很邋遢的男人，头发乱糟糟的，下巴上胡子拉碴，身上的白袍皱巴巴的，裤管一边高一边低，脚上还穿着拖鞋，一看就知道他不会好好打理自己。但是他怀里抱着一个小小的婴儿，表情很温柔，他注视着怀里的婴儿，好像那就是他毕生研究的最伟大作品。

"就叫你'薄荷'吧。"他说着低下头用鼻子碰了碰襁褓中的女儿，"我的宝贝小薄荷，如果你也像我一样喜欢看书就好了，爸爸有好多好多东西想教给你呢……"

画面消失的时候，季薄荷才发现眼泪"吧嗒吧嗒"地掉下来，那是爸爸！是爸爸！她欣喜若狂，又哭又笑，这个核桃……

是爸爸啊！爸爸回来了！

那些须根缠满了她的手，但是她一点儿都不害怕了！这是爸爸啊，是她最爱的爸爸，她做梦都希望能回来的爸爸！她有什么好怕的！

她手指动了动，那些须根松开她，缩回了水壶里。

4

接下来数日，季薄荷与妈妈陷入了冷战，但是她不觉得有什么不好。她把原来的塑料水壶换成了漂亮的玻璃水杯，还可以随身携带。她只要有空就会打开盖子和那枚核桃交流，被须根缠绕手指时，她感觉就好像被爸爸温柔地抱着。

季薄荷是个理智得过了头的孩子，但此刻沉浸在巨大幸福感中的她，拒绝去思考其中的不合理性，以及这样是否会招致什么坏的后果。

放学后季薄荷不想回家，打算找个没人的地方和爸爸说说话，她现在已经不会把那看作是核桃了。

"喂！季薄荷！"大煞风景的声音突然响起，那个总是欺负她的男生磨磨蹭蹭地走过来，双手藏在身后。季薄荷还以为他要对自己做什么，紧张地后退了一步，同时也把玻璃水杯藏在了身后。

结果他小心翼翼地捧出一个小昆虫箱，里面是一只扁平状的蜘蛛，他跨前几步走到季薄荷面前，非常诚恳地问："你知道这是什么蜘蛛吗？是我抓到的，大人们都不回答我，还要我赶紧把它打死……"

因为太意外了，季薄荷还真的老实回答道："这叫珍奇扁蛛，非常非常稀有，遇到袭击时会为了逃跑自断一足，这个习性跟壁虎有点儿像，不过你这只看起来很完好……"

男孩得意地揉了揉鼻子："那当然，我很小心很小心的。"

"你喜欢蜘蛛？"季薄荷想起这个男生就是因为敢抓各种虫子而获得了同龄人的敬意，看来是她之前那一番话让对方对她产生了崇拜。

"不止蜘蛛，只要是昆虫我都喜欢。"他试探着问，"你会觉得这恶心吗？"

"我不喜欢也不讨厌，但是你喜不喜欢跟我没关系。"季薄荷冷淡地说。要是那半个核桃的事情被人发现了，大家大概只会觉得她更恶心吧。

"那我该怎么办？这蜘蛛如果很珍稀的话应该交给谁呢？"

"我怎么知道，你去问老师啦。"季薄荷不耐烦地说。

好不容易甩掉了这个突然对她充满好感的家伙，她找了个僻静的地方坐下来。核桃的须根缠上她，并不是每一次都会看到爸爸，有时候会是一串字符数据，有时候是一系列化学反应方程式，有时候又是图案……不管看见什么，季薄荷都觉得是爸爸在她身边，像过去一样为她讲解奇妙的知识。

一直到天色暗下来，季薄荷准备回家时才发现这次的须根好像缠得过于结实了。

"咦？咦……"须根爬到了她的小臂上，不管她怎么拉都扯不开它们！

她慌张起来，不知道发生了什么，玻璃水杯掉在地上发出响亮的声音，惊扰到了什么人，对方喊了一声："谁在那里？"

是个男人的声音，语气带着急躁和紧张。季薄荷找的这个地方太僻静了，后面是一片长得特别茂盛的绿化带，她依稀记得之前的凶杀案就发生在那边……

"沙沙沙"，有人拨开草丛走了过来，夜幕降临后光线变得极差，季薄荷陷入了双重困境，她扯不掉手臂上的须根，而一个一看就知道精神不正常的男人出现在了她面前。他很年轻，衣服和双手沾满了泥土，好像刚才一直在绿化带里刨着什么。

季薄荷吓得根本不会动了，男人走上前一步，借助不怎么清晰的光线，季薄荷看到他脖子上长着半个核桃，身上也缠着那些细细的须根！他也看到了季薄荷小臂上的核桃，不禁怔了怔。

"你也是吗？你也有核桃脑啊？"男人喃喃说着，步步逼近，疯疯癫癫地说，"我看到她啦，你看到谁了？她回来啦，可是……她怪我杀了她啊……我不想她和别人结婚有错吗？我那么爱她……不过她回来后也很爱我，还告诉我她被我杀掉时，有个重要的证据掉在这里被泥土埋住了……"

这是那个凶杀案的凶手！季薄荷腿都软了，别说跑了，她满脑子的知识此时一点儿用都没有！

"爸、爸爸……救我……救救我……"她怕得哭起来，不管她看过多少书终究还是个小女孩，原来妈妈说得没错，她确实还是个不成熟的孩子。

"既然你看到了，那我只好杀了你。"男人说着用满是泥土的手掐住了季薄荷的脖子，与男人相比她实在太纤弱了，她的反抗和挣扎都毫无作用。

不能呼吸了，好辛苦……季薄荷双腿乱蹬，双手乱抓，她很困惑，爸爸不是在吗？那个核桃不就是爸爸吗？为什么他不来救自己，为什么……

男人被她的反抗弄得很不耐烦，他空出一只手抓到她小臂上的核桃，用力一扯，须根被连根拔起，原来它们早已探进了季薄荷的皮肤里，这一扯她的手臂顿时鲜血淋漓，但也因此让季薄荷喘了一口气。然而很快她便知道这不是什么好事，刚吸了一口气紧接着又继续被掐住，这种感觉更绝望。季薄荷这时想起了妈妈，突然很内疚，如果她也死了，不就只剩下妈妈一个人了吗？爸爸死后她们母女相依为命，妈妈独立支撑并且从来没说过要再组建一个家庭。

难怪妈妈总是啰唆，总是教训她，把她当成小孩子一样紧张兮兮的，因为她是妈妈唯一的家人啊！

她一直觉得妈妈笨，不理解她，但其实她也太倔强了，只想着让妈妈理解她，却从来不肯对妈妈敞开心扉，好好地交流。

不可以就这么放弃，她要回去，要回去跟妈妈道歉，要跟妈妈说出自己的想法！季薄荷的双手在地上胡乱摸索，居然被她摸到一个硬硬的东西，她想也不想就抓起来往男人头上砸去！

“哗啦”一声，刚才掉在地上都没碎掉的玻璃水杯这下被砸得粉碎，玻璃的碎片混着水溅到男人眼里，他呱呱大叫着松开了季薄荷，她连忙从地上爬起来慌不择路地跑了。黑暗中她不知道跑了多久，她钻进了一个树丛里，树木的枝叶刮得她脸上刺痛，就在她脱力倒下时，一个人接住了她。

是那个在图书馆里见过一面的高中男生，季薄荷迷迷糊糊地认出他来了，虽然她上次踹了他一脚还骂他变态，但季薄荷知道这个人不是坏人。

“救……救我……”

“哦，这时候知道求人啦？之前不是挺嚣张的吗？”他的口气里带着揶揄，一点儿都没有之前笨蛋好人的感觉。他眉眼弯弯的，神色中带着一股少女的灵动，十分诡异。

“你……你是谁？”季薄荷觉得他和上次不是同一个人，外表虽然一样，内在却不同。

“我叫春景，因为小荣光想救你，所以我就顺水推舟帮了他一下。”春景说着把手伸向她血淋淋的小臂，那半个核桃还没完全被扯掉，一些须根还缠在她手上，被她一路带了过来。

季薄荷看到眼前的人捏住那枚核桃脑，轻巧地将它整个拔了下来，并把核桃脑握在手心准备捏爆，于是她立刻大叫起来：“不要！那是我爸爸！”

“舍不得？哎，它还吸过你的血，你吃下之后的效果一定特别好吧？这东西就跟迷幻药一样，会让人上瘾，逐渐离不开它。为了追求更逼真的影像，你会让它扎根在自己身上。不过其实就算不管，它早晚也会枯竭，因为……它毕竟只是‘药’而已。无论它给你看到的东西有多逼真，都只是虚幻的假象，是核桃脑吸取你的记忆，再组合外界搜集的信息制造出来的。”

春景用温婉的声音说：“追逐无形之物者，最为悲哀。”

那不是真的爸爸，其实季薄荷隐约是明白的，她只是不想承认。她一直以来都太寂寞、太孤独了，她想要一个能与她分享世界的人，所以沉沦于幻象。但是现在她也该清醒了，幻象终究是幻象，在生命攸关的时刻，救她的不是核桃脑造出来的爸爸，而是她与妈妈之间真实存在的联系。

“看来你是想通了。”春景说着手腕一翻，手心里突然多了一条极细的金链，上面挂着的吊坠是一个极精致的小香炉，里面还透出袅袅青烟。

小香炉在季薄荷眼前晃动，闻着这股淡雅的香气，她渐渐安睡过去。自称春景的男生拨开她的嘴，喂了她一枚小药丸，这药能消去她体内核桃脑的效力，她不会再依赖它，而醒来之后，她也不会记得她见过春景。

5

凶杀案的犯人数日后被抓捕归案，他因为犯案时掉了一枚纽扣返回案发现场，被一个初中女生发现。犯人企图杀人灭口，但女生机智逃脱，并在家人的陪同下到警局报案，提供了犯罪嫌疑人的肖像。

警方顺着这个证据，查到了一个对女死者纠缠不休的男性追求者，因为被女死者拒绝一直怀恨在心，于是在她结婚前痛下杀手。被捕时凶手神志很不正常，精神错乱的模样让人怀疑他是不是嗑了药，而他的脖子上还有一个肿得不可思议的包，以前却是没有的。

弄得人心惶惶的杀人犯被关在监狱的单间里，精神恍惚地坐在床边，摇头晃脑，浑然不觉自己旁边正坐着一个身穿古装的男子。他有着水墨画卷中工笔细描的外貌，妖异但并不阴柔，他拉开脚边巨大木箱的抽屉，拿出一枚核桃递了过去。

杀人犯迫不及待地剥开，吃一半，留下另一半珍惜地收好。

卖药人笑眯眯地看着陷入痴狂的他。人类的记忆是很奇妙的，不管是本人意识到的还是没意识到的。一些细节本人也许已经忘记了，比如婴儿时抱着自己的父亲，比如杀人时发生的任何细微之处，这些记忆自以为不知道，但其实都储存在了大脑里，被吃掉的那一半核桃脑会吸取这些记忆，而另一半的核桃脑以须根收集外界的一切信息，然后合成为最真实的假象，让人无限沉沦。

而药所带来的效果并不是永远的，你总会渴求更多，这是一个没有终点的轮回。

那最终会变成什么样呢？卖药人并不关心，他在意的是能从这些人身上取得多少欲望。

他敲了敲箱子，上面宛如干涸血迹般的暗红逐渐鲜艳起来，像涂了一层新生的、鲜活的血，这层妖艳的血红中浮现出神经和脉络。木箱上大大小小的眼睛一起眨动起来，等候着那唯一一只偌大的金色巨目缓缓睁开。

这并不是一个箱子，它是活的，仿佛有着无数颗心脏在里面跳动，细小的血管与经脉连起每一只眼睛。当金色巨目完全睁开时，卖药人在箱子上随意挑了只“眼睛”，放入自己口中。

这是他的“药”。

箱子恢复到平时的模样，卖药人背起箱子，径直穿过铁栏。消失前，他回头看了一眼沉溺在幻觉中的凶手，讥讽道：“追逐无形之物者，最为悲哀。”

他说的是世人，也是他自己。

卖药人在夕阳下的小路上慢慢走着，两个看似初中生模样的学生从他身边走过。男生抱着一个昆虫箱，女生说话的口气带着一点儿傲慢，催促着他："快点儿，昆虫博物馆要关门了！"

"谢谢你啊，薄荷，老师只让我随便找个地方放生，还是你厉害呢，居然知道昆虫博物馆这种地方。"

"闭嘴啦！夸我我也不会高兴的！还有不许叫我薄荷！"女生的脸蛋红得跟夕阳似的。

男生继续说："但你是很厉害啊！你还要跳级去念高中呢，我也想和你考同一所高中！"

卖药人与季薄荷擦肩而过，谁也没注意到谁。

第十章 泣鸟啼

《山海经·西山经》中记载，符禹山上有一种名为“条”的草，植株与葵相似，开红花，结黄色果实，形似小童舌头。人们吃下这种果实，可以不受妖邪迷惑，保持神志清醒。

1

这原本只是一块极普通的冰，如果它不是在沙漠里被发现的话。

挖出这块冰的是当地一个男人，他的工作是给旅客牵骆驼。一天他看到一个古怪的男人站在沙漠里盯着某个地方看，那人十分年轻，容貌是他们当地人绝对想象不到的俊秀，他没有遮阳的帽子也没有缠头巾，在猛烈的太阳照射下却没有流一滴汗，他的肤色宛如白玉，看起来光滑而冰凉。

因为他穿着一身不伦不类的古装，还背着一个几乎比他还要大的木箱，男人还以为他是哪个剧组的演员，所以也见怪不怪，就这么走过了。当他牵着骆驼回来时，怪人还站在那里，他好像一直保持这个姿势看着那堆黄沙。

男人好奇地上前打听，怪人对他微微一笑，说这下面埋着东西，他在想要不要挖出来。男人晚上回到家中翻来覆去地想，总觉得那下面肯定有什么好东西，心里一旦动了贪念就压抑不住了，他立马叫了两三个关系好的汉子，偷偷跑到那里开挖。

他们一直挖一直挖，除了沙子还是沙子，不知道又挖了多久，最后他们挖出了一块手掌大的、水晶似的东西，白蒙蒙的半透明，拿在手里无比冰冷，冻得手掌刺痛。男人拿着这块东西回家，一路上他总听到有鸟儿在啼叫，其他人也听到了“咿咿咿”的叫声，然而谁都没放在上心。男人回到家，把那块东西随手一放，做着发财的美梦睡去了。

第二天，太阳如常升起，但是再炽热的阳光也晒不暖尸体。他们所居住的村庄，全部的人都死了。

这件事很快引起了警方的重视，这些尸体被解剖后，发现内脏都像是被高温灼烧过一般。法医一开始以为这是集体中毒事件，结果那些进入村庄进行调查的警察也纷纷出现了异常，他们身体发热，满口胡话，神志不清。这时，他们终于意识到了一件更严重的事情——病毒！

疾病控制中心紧急出动，隔离了所有相关人员，他们穿上密封的防护服一寸一寸地搜查整个地区，最终把目标锁定在男人挖出来的那块东西上。检查仪器在扫描这块东西的时候发出了尖锐的声音，各种指标更是疯狂乱蹿。

这块东西被严密封存，疾病控制中心在自己的实验室中对这块东西进行检测，这才震惊地发现它只是一块冰！正当他们准备进一步研究时，未知的病毒却开始在实验室内扩散……

顾之行是生物研究中心的新人，这所研究中心知名度极高，这里拥有最先进的技术、最好的设备、最优秀的人才，对于他这种从小就只有念书比较擅长的书呆子来说，简直是天堂。

顾之行一开始也难以置信，跟他同期的有不少成绩比他好的人，都在面试时被刷下去了，留下来的反而是既无背景，也没有特殊学术贡献，成绩只是中上的顾之行。听了不少冷嘲热讽后，顾之行觉得委屈，但又不知道该如何辩解，因为过于无趣的性格，他也没什么朋友，最后沦落到跟找他补习生物的隔壁邻居少年诉苦。

少年长着一张可爱的脸，眼睛圆圆的，个性很开朗直率，在学校里还是游泳队的小王牌，可惜学习上很简单的问题却总是怎么教都不会。不过顾之行还是挺喜欢这个叫荣光的少年，在研究中心工作后，只要有空他都会指导一下荣光那惨不忍睹的生物作业。

荣光最近对生物的兴趣好像增加了不少，还会主动拿一些问题来请教他。昨天他拿了个奇怪的东西来问他见没见过，顾之行当时因为熬夜写观察资料所以有点儿头昏脑涨，看他递来的东西是黄色的，看起来像一根小舌头，以为是什么新出的糖果，接过来就吃了。

顾之行其实没吃出什么味道，口感嘛……就跟什么果子一样，吃完才发现荣光瞪大眼睛盯着他，目光哀怨地说："我还想问问你知不知道……"

他讪讪地发现人家不是要给他吃的，顿时有种抢了小孩子糖果的负罪感。荣光的表情虽然有些纠结，但最终也没说什么，只是有点儿失落地回去了。顾之行心想，自己还是买点儿好吃的零食去道个歉吧。

"小顾。"突然有人喊他，顾之行一听这声音连忙从离心机前抬起头，但叫他的人早已消失在走廊外，他只听到逐渐远去的年轻男人说，"跟我来。"

对方没有说去哪里，顾之行追出去时差点儿连人影都看不到了。他认得那是罗智的声音，罗智是顾之行所在小组的负责人，做病毒传播方面的研究。

平心而论，罗智是个出色的研究员，但为人太傲气，他本以为能分配给他更好的研究助理，结果派来的却是顾之行。

罗智得知是老院长淘汰了一批精英候选人把他留下来的，便更不喜欢顾之行了，觉得把他派给自己简直就是羞辱，于是处处排挤顾之行，有时候连同组的成员都看不过眼，但顾之行总是忍了下去。

顾之行跟着罗智的背影一路追赶，最后竟然跑到了天台上，直升机的旋翼“啪嗒啪嗒”地转着，刮起的气流差点儿把单薄瘦弱的他掀飞。又有人喊他名字，声音脆脆的、冷冷的，女王般命令道：“顾之行，快上来。”

他什么前因后果都没搞懂，就这样没头没脑地钻上去了，直升机两侧门一关，他就跟两个乘客大眼瞪小眼。一个是罗智，另一个是生物研究中心让人闻风丧胆的精英女博士杜奈薇。顾之行摸不着头脑，惴惴不安地问：“这是要去哪里？”

杜奈薇冷冷地看了他一眼，答道：“北极。”

2

顾之行身上穿着的虽然已经是有点儿厚度的秋装，但穿成这样去北极跟在冰天雪地里裸奔并没有多大差别。杜奈薇也察觉到不对劲，她皱着弯弯的细眉问：“你怎么都不准备一下，邮件没看吗？”

见顾之行茫然地摇摇头，杜奈薇一脸不满地告诉他，他们这次是接到特别的任务，要到北极的病毒研究基地协助检测一种未知病毒，将会与多国的专业病毒研究专家共同合作，她事先已经发了邮件通知，让大家各自做好准备。

顾之行瞥了一眼罗智，发现他正在偷笑，不由在心里叹了口气，罗智最近一口气给了自己那么多费时费神的工作，原来就是不想让他查看工作邮件。

罗智也是看到邮件才知道顾之行居然也被选入其中，心里很不痛快。其实别说罗智，就连顾之行都不明白自己怎么就被选上了，听杜奈薇说还是老院长亲自点名的。

杜奈薇数落完顾之行，转过头对罗智说：“罗博士，你是他上级，你这个负责人是怎么当的？”

罗智冷不防被问住，挤出笑容道：“这是他自己工作安排不当，跟我……”

“就是跟你有关系。”杜奈薇生得明艳动人，说起话来却毫不客气，“那份邮件是有抄送给你的，顾之行没看你难道没提醒过他？既然你知道他工作安排不合理，为什么不主动替他调整？不负责任就是不负责任，给自己找借口更不是一名专业科学家该有的态度。”

罗智尴尬地应和着，杜奈薇的职称和学术成就都远在他之上，而且实际上这次他们两个大男人都是来当她助理的。

这架直升机当然不是直接就飞去北极，他们先赶赴机场乘坐专机飞往冰岛，抵达冰岛后，直升机再把他们送到位于北极冰原上的病毒研究基地。为了让顾之行中途不至于被冻死，杜奈薇让飞机等了他们一会儿，拎着顾之行在机场买了合适的装备后才出发。

坐在飞机上，杜奈薇面色凝重地看着平板电脑。顾之行咽了咽唾沫，鼓起勇气向她了解这次的任务。

杜奈薇确实聪明至极，但只限于学术和研究，她完全没有察觉到罗智和顾之行之间矛盾和尴尬的气氛。虽然对顾之行有明显的不满，但出于对工作的忠诚负责，她还是简明扼要地把在沙漠里发现带有未知病毒的冰块的事说了一遍。

“在沙漠找到的冰块？！”顾之行大吃一惊，闭目养神的罗智却瞪了他一眼。

“没错，冰块里面的未知病毒在极短的时间内杀死了一个村的人，还快速地感染了疾病控制中心。这块样本曾经被送往其他生物实验中心进行研究，但无论在多封闭的环境下病毒还是会扩散，由于只有低温可以减缓病毒活性，所以才把联合研究的场地安排在了北极的基地。”杜奈薇顿了顿，极具魄力的美丽眼眸直视顾之行，“这是冒着生命危险的研究，我希望你做好准备。”

杜奈薇是个狂热的病毒研究科学家，对于任何新型病毒都抱有极大的研究欲，像这样的未知病毒只会让她兴奋，绝对不会令她感到害怕。

顾之行却毛骨悚然，他想了想，小心翼翼地问：“那感染病毒后的症状如何？”

“尸体的内脏几乎都被高温蒸熟，但这并不是他们的死亡原因，他们都是自杀的。”她猛地把平板转过来，上面血淋淋的照片清晰地出现在顾之行眼前。

“村里的人有上吊的、有割脉的，还有人把自己的舌头吞下肚的……”明明说着那么可怕的话，杜奈薇的神色却毫无变化，但顾之行看着那些鲜血淋漓的照片，已经想吐了。

他从杜奈薇一闪而过的眼神里看出她对自己的轻视，不由苦笑着想，没办法啊，他只是个普通人，他甚至不知道为什么老院长要把他安排进来。他记得面试当天坐在他面前的就是慈眉善目的老院长，他问顾之行：“你为什么想来我们研究中心？”

顾之行老实地回答：“因为我想要在这里工作，我……只擅长这些。”

“那你的工作是什么？”

顾之行没有迟疑，用很轻的声音非常确定地说：“就是一个科学家……啊，不，研究人员该做的全部吧。”

接下来顾之行找杜奈薇要了资料，一个人认真专注地看起来。以他的水平在这次任务里大概做不了什么，老院长也许只是让他来打杂的，毕竟是这么危险的任务，派出一个杜奈薇这么顶尖的优秀人才已经冒了极大的风险，总不能把研究中心的精英都搭进来吧。

像他这样的人，是不是牺牲了也不重要呢？

不知道飞行了多久，中途转机转得顾之行头都晕了，罗智则一副心事重重的样子，只有杜奈薇一如既往，昂首挺胸地走在最前面。

终于抵达了北极，这真是个极寒之地，不管穿上多少衣服都还是觉得太冷。放眼看去都是冰雪，沉默的巨大冰川就像一位肃穆的旧神，沉静地看着蝼蚁般的人类不知天高地厚地踏入神域。

这个位于北极的研究基地是挖空了一部分冰山搭建的，苍白的建筑与冰山融为一体，这样才能抵御北极强悍的狂暴风雪。从飞机上下来到研究基地的大门前不过短短的距离，但顾之行感觉自己快要冻僵了。

幸好基地大门一打开，一股暖意迎面而来，简直像重回人间。一个身穿研究员白袍、体态颀长的男青年向他们走来，出乎意料的是，他居然是个中国人。他有一张古典小说中风雅美男子的脸，长发编成一根辫子垂在肩上，鼻梁上的银色细框眼镜为他增添了一丝现代人的真实感。

“久等了，你们是最后到达的研究员。”青年抿着嘴唇笑道，他的唇色有种诡异的艳丽，像是吸够了血的妖兽，“我是这里的负责人，请跟我来。”说完礼貌地与三人握手，他的皮肤像白玉一般光滑冰凉。

顾之行奇怪这个人怎么没有介绍自己的名字，但杜奈薇和罗智似乎都不在意，他也就不好多嘴。

“护送你们的军队已经撤离，由于病毒的危险性太高，所以这里必须与外界全面隔离。基地里有恒温系统，所有研究设备一应俱全，食物和饮用水也都很充足。”年轻俊美的负责人一边走一边介绍。

“我想马上开始工作。”杜奈薇断然道，她可不是来这里参观的。

顾之行这才发现基地里安静得可怕，这里的天花板特别高，他抬起头觉得那上面像一片倒转的深渊，黑漆漆的看不到尽头。恍惚间，顾之行听到鸟类振翅的声音，从上方深不见底的黑暗里传来。

“怎么有鸟在叫？”罗智奇怪地问，走在前面的负责人不知道是不是没听见，并没有回答他，而杜奈薇的全部心思都在工作上，也没有理会，但是顾之行也听见了，是“咿咿咿”这样似哭非哭的叫声。

为了节约能源，这里公共区域的照明都是声控的，有人走过灯才会亮起，眼前身后都是浓得化不开的黑暗，像是走在坟墓里。走到一条岔路时，他们在负责人的带领下左转，灯光亮起的一瞬间，顾之行瞥见右边的通道里有一个身穿彩衣的少女蹲在漆黑中，那衣服仿佛是由无数片鸟的羽毛缝制而成，显得华贵又艳丽，她长发盖面，似在轻轻啜泣。

顾之行不禁停下脚步，侧耳细听。

“咿咿咿——”那鸟的叫声竟然是一个少女发出的？顾之行正想走过去看看，可杜奈薇他们早已走到前方了，这里的灯自然就熄灭了。漆黑中，顾之行看不见彩衣少女了，但依旧能听见“咿咿咿”的声音。顾之行心底兀然翻涌起一阵冷彻心扉的寒意，他连忙掉头，追上远处亮起的灯光。

3

冰块被放在一个完全密封的透明房间里，浸泡在一种特殊的溶液中。负责人站在外面对罗智和杜奈薇讲解进入房间的注意事项，杜奈薇听得专注，罗智却有点儿心不在焉，眼神到处乱瞟。

“太神奇了，这真的是冰？”杜奈薇的语气第一次出现惊叹，“它完全没有融化？大小和刚被发现时一样吗？”

“它有轻微缩减，但减小的部分并非融化了，而是直接气化了。”

“我想立刻开始工作。”杜奈薇干劲十足，她眼里除了这块冰什么都看不见了。

“呃，其他人呢？”顾之行忍不住问道，“不需要先开个集体讨论会吗？不知道其他团队是不是已经有什么结论了，工作开始前最好还是先沟通一下……”

杜奈薇嗤之以鼻：“别人的结论我不管，我只承认我自己找到的答案，你不能总指望别人给你帮助。”

顾之行觉得委屈，他并没有想要偷懒的意思，只是觉得相互合作才能更快得出结论。无论科学还是研究，都不应该是封闭和孤立的。

罗智这时也稍微提起了精神，赞同杜奈薇的提议。于是那俊美得不真实的负责人微微笑道：“那我替各位准备。”

“咿咿咿——”又来了，又是那种哭泣般的鸟鸣，这次杜奈薇也听见了，她嘟囔着：“有人把宠物鸟带来了吗？”

顾之行四处张望，他想知道那个彩衣少女是不是在附近，但是没看到。

炭疽、SARS、天花、埃博拉……还有法国科学家在不久前发现的超大型古老病毒“潘多拉”，它们在地球上不知存在了多少年，人类文明与之相比只能说非常短暂。在遥远的过去，黑死病的爆发几乎毁灭了欧洲，死者不计其数，即使在医学和科技发达的今天，瘟疫依旧是让人闻风丧胆的灾难。

没有人知道海底下、冰层下、地面下还沉睡着多少可怕的、未知的病毒，如果它们苏醒又将会带来什么后果。就好比这冰块里的病毒，它藏在寒冰之中，却带给人类灼烧一样的死亡，顾之行没来由地觉得，这像是在报复什么似的……

“喂，滴管。”罗智不耐烦地提醒道。顾之行原本盯着冰块发呆，惊吓之余差点儿打翻显微镜下的样本玻片——他们都穿着防护服，所以动作不太灵便。

“真没用……”罗智嘀嘀咕咕的，心情非常不好。因为重要的部分都是杜奈薇负责，连罗智也只能做些辅佐性的工作，顾之行真的就是在打杂了。

他们从浸泡冰块的溶液中提取了样本，也从冰块上刮下了一些碎末，以不同的方式开始检测，但是一无所获。得出来的数据是混乱的，尽管各种仪器都对样品产生了强烈反应，但是当他们用阿米巴原虫进行测试时，病毒却并没有杀死阿米巴原虫。

“真是太神奇了！”杜奈薇在防护头罩下惊叹，“这种病毒可以在一夜之间杀死一个村庄的上百人，在数小时内感染一座实验室，却对阿米巴原虫甚至其他细菌毫无伤害性。它到底是怎么传染的？天啊，这一定会是最了不起的发现！”

罗智的眼神也亮了起来，防护罩下没有人发现他贪婪地舔了舔嘴巴：“我觉得这个病毒极有可能只对人体细胞产生作用，这要是用在军事上……”接下来的话他没有说完。

顾之行犹豫片刻，缓缓说道：“我觉得……这样的病毒还是不被发现比较好。”

“你怎么能这么说？”杜奈薇又皱起了眉，言辞严厉，“只有不断地发现未知病毒，才能不断研发新的药物和抗体，人类才能进步，社会才会发展，这是我们身为研究人员的职责。”

顾之行不想与她争辩，杜奈薇显然对他极为失望，便找了个借口让他离开实验室去找负责人——因为总是听到鸟叫的声音，罗智变得越来越烦躁，杜奈薇因为全神贯注倒没有被影响，但她确实是个敏锐的领导，察觉到罗智的状态不好，于是顺势打发顾之行去找负责人，看是谁把鸟带过来了，还让它到处乱飞。

走到外面脱下防护服，顾之行这才松了口气，刚才里面的压力让他差点儿窒息，杜奈薇让他出来虽然有嫌弃他的意味，但顾之行很感谢她。

他想去喝点儿水，刚走进休息室，里面的灯就亮了。休息室很宽阔，从桌椅的数量来看，这里的研究员应该不少。自动贩卖机的灯亮着，顾之行想买一瓶可乐，但这台自动贩卖机是刷 ID 卡购买的，他这才发现负责人根本没把研究基地的通行 ID 卡交给他们。仔细想想，那个容貌俊美得宛如妖怪的负责人身上也没有佩戴 ID 卡，他自称是这里的负责人，但从头到尾都没有可以证实他身份的东西。更可怕的是，无论是他还是罗智，甚至杜奈薇，都没有察觉到哪里不对，就好像被催眠了一样，满脑子都是要尽快开始研究。想到这一点，恒温系统仿佛突然出故障了，顾之行只觉得从脚底到指尖一寸一寸地冰冷起来。

“啪！”所有灯突然熄灭了，只有顾之行惶惶然地站在不断电的自动贩卖机前。他浑身僵硬地站了很久，声控灯以为没有人，所以自动关闭了。

顾之行站在小得可怜的光圈里，又听见了那“咿咿咿”的叫声。他吸了口气，鼓起勇气大声问：“有人吗？小姑娘，是你吗？”

“咿咿咿——”那声音仿佛在回应他。

灯又亮了，突如其来的明亮让顾之行只来得及看见那个彩色的娇小身影从休息室外一闪而过。

“等等！”顾之行几乎是本能般，想也不想地追了上去。他想起杜奈薇是让他去找负责人的，但这座庞大的北极研究基地就像一座巨大的迷宫。杜奈薇之前拒绝了负责人的带领参观，所以现在顾之行也只能琢磨着各种英文指示，吃力地摸索前行，可那种奇怪的、像是鸟叫又像是哭泣的声音一直在他耳边回荡着。

身穿彩色羽毛衣的少女像幻影一样忽隐忽现，顾之行不知不觉地走到一个类似住宿区的楼层。这一层有许多房间，每个房间都有编号，直到来到这里，顾之行才发现这栋建筑里不是只有他们。

他听到房间里有人的动静，他走近其中一扇门，里面传出含糊的声音，既不是中文也不是英文，顾之行觉得大概是俄文。他敲了敲门，发现门没上锁，房门缓缓敞开，这确实是一间寝室，顾之行往里看了一眼，立刻吓得跌坐在门口。

一个研究员打扮的金发外国女人坐在床上，看起来很悲伤、很恐惧，满眼都是泪水，她正用力地撕扯自己的皮肤……

女人嘴里叽里咕噜不知道说着什么，顾之行觉得她一定是疯了，他从地上爬起来想要找东西给女人止血，但是不管他怎么喊她，她都没有回应。顾之行用手测试了一下她的体温，觉得高温异常，他心里一沉，高温、神志不清、无意识地做出自残行为并毫无知觉……这不正是感染了病毒后的特征吗？！

“天啊！”顾之行忍不住叫出了声，“这里也被感染了！”

但是据负责人说，那冰块一直处于密封保存的状态下，任何人要触碰都必须进行严密的防护措施，那这病毒到底是怎样扩散的呢？而且……顾之行心里一阵酸楚，如果病毒早已经扩散，那么现在没穿防护服的他应该也被感染了吧。

顾之行突然放声大笑，笑得眼泪都流出来了，他真的没想到自己会这样结束一生。他平庸、普通，没有任何杰出的地方，好不容易才进入了自己梦寐以求的研究中心，然而什么都还没来得及做就感染了这种可怕的未知病毒，现在只能等待死亡了。

他不想死，他当然不想死，但是如果结局只有这一个那又有什么办法？顾之行的笑声渐渐变小，他擦了擦眼角的泪花，用力吸了一口气。

作为一个被感染的专业研究人员，他的工作是坚守到最后一刻，以及尽快通知未被感染的人赶紧离开。

4

扩散如此快速的病毒，最可能的传播途径是空气，不穿防护服的人被感染的可能性极大，但顾之行不愿放弃，他一个房间一个房间地找下去，希望还能找到幸存的人。能到这里来的每一个人都是世界上无比珍贵的学者，顾之行认为他们不该像自己一样牺牲在这里。

但是他很快便绝望了，每一个房间里面基本上都只有尸体……不同的肤色、国籍、性别、年龄，唯一相同的大概就是他们死亡时的症状——恐惧、狰狞、悲伤……顾之行放弃了原本的计划，打算原路返回，先行通知罗智和杜奈薇离开，他们刚来这里不久，又一直穿着防护服工作，可能还未被感染。

不过想原路返回也不容易，顾之行反而走到了其他实验室，这里确实有别的团队在进行研究，但他们现在都死了。顾之行发现他们的死法都很匪夷所思，他在这些实验室里遇到了另一个活着的男人，不过他也只在顾之行来之后活了不到十秒。他当时正举着一杯浓酸往自己手上倒去，顾之行觉得他大概是想洗手，但随着“滋滋”的灼烧皮肤的声音响起和白烟冒出，他却十分茫然地看着自己逐渐露出白骨的手掌，好像一点儿也感觉不到疼痛，接着他把剩下的强酸倒进了嘴里，最后死了。

顾之行还发现了两具同样奇怪的尸体，他们面目模糊，只能从衣服上分辨出是一男一女，他们身上没有一块完整的地方，是啃咬致死的，而让顾之行想不通的是，他们的手指上戴着同一款情侣戒指。他们应该是一对恋人，为什么要用如此残酷的方式置对方于死地呢？

一路走来，顾之行发现了越来越多的尸体，看得多了他反而平静了，他唯一害怕的是不知道自己什么时候也会像他们那样发狂而死。顾之行终于看到了一条熟悉的路，正是一开始他们走过的岔道，当时他们往左拐了，他现在正从右边的岔路走回来。

突然，他踢到了什么，那东西“哐当”一声滚出很远，随着一路作响的声音，声控灯也一路亮起。顾之行看到那竟是个鸟笼，做得很不精致，大概是用铁丝和什么工具临时做的，而且上面还血迹斑斑。

为什么会有个鸟笼？他正想着，脚踝突然被人用力一握，吓得他一边大叫一边乱蹬，但那东西牢牢抓着他，一个奄奄一息的男人躺在旁边，顾之行刚才没有发现所以才被吓了一跳。男人用英文断断续续地说："抓住……抓住……该死的……鸟……"

顾之行这才发现他手上都是被铁丝弄出的伤口，那个鸟笼是他做的？顾之行来不及多想，他现在要赶着去通知杜奈薇他们赶紧离开。然而当他摆脱了那个男人回到实验室时，却发现杜奈薇这里也是一团糟！

实验室里乱成一片，地上都是玻璃碎片，一个穿着防护服的人倒在碎片中，另一个人则不知去向。顾之行深感不妙，防护服被割破的可能性太大了，不管里面的人是谁，大概都没办法离开这里了。

防护服里传出微弱的呻吟，顾之行连忙上前扶起对方，防护服里的人是……罗智！

"臭婆娘……"罗智狠狠地说，"她抢了那冰块！快追！"

"可是你……"顾之行本想问他有没有受伤，却被用力推了一把，罗智朝他大吼："她要拿着病毒离开这里！你还呆着干什么？！"

顾之行被他一喝，想起最重要的事情是不能让病毒继续扩散，他连忙抽身去追赶。本以为杜奈薇已经拿着冰块跑远了，没想到在大门附近就看到蜷缩在墙角的杜奈薇，她脱下了防护服，只穿着贴身的内衣，头发披散着，身上可以看到扭打和割伤的痕迹，十分狼狈。没有御寒的衣物她也出不去，她只是紧紧地抱着冰块，好像想用自己的体温来融化它。

顾之行刚才情急没来得及细想，现在突然觉得罗智说的话有点儿矛盾，杜奈薇是那么投入研究的人，只要能让她继续做研究，她不会想着带冰块离开，那肯定是有什么阻碍她研究的事情发生，当时和她一起的只有罗智……

"杜博士，我是小顾，你怎么了？"

杜奈薇看到是他，松了口气说："罗智那个混账，他要抢这冰块！他看了邮件知道这次任务后就打定主意要把病毒偷走。我不知道他的买家是谁，但我知道他们是想用这病毒来研制生化武器！我绝对不允许！"

"所以你就……"顾之行话没说完，就听见杜奈薇尖叫一声："小心！"

顾之行感觉后脑勺一阵剧痛，顿时倒在地上爬不起来。罗智穿着防护服跑了出来，可见他多么想得到这冰块，他拿着沾有顾之行血迹的铁棍走向杜奈薇，一把揪起她的头发，将她从角落里拽了出来。

杜奈薇一边保护冰块一边抵抗，在她尖锐的骂声和叫声中，顾之行挣扎着道："住手！罗智，这里已经被感染了，你不能带着冰块出去！"

"你说什么傻话呢，你摸过这女人没有，她体温已经升高了，她被感染了，但我没事，不过你也要死在这里了，所以这东西只能让我带走！"

顾之行吃力地抬起头，从他的方向可以看到罗智的后背，他突然笑了，他明白这病毒是怎么回事了。他微弱地喘息着说："不，罗智，你也被感染了，不信你摸摸你背后。"一块玻璃碎片穿透了防护服，深深刺入了罗智的后背，他却浑然不觉。

痛觉剥夺，这才是那未知病毒的最主要症状。

在明白到这一点的时候，顾之行发现杜奈薇也被感染了，冰块早已将她的皮肤冻伤，但她也没有发觉。罗智与她争夺着冰块，那冰块因为被杜奈薇抱在怀里太久已经和她的皮肤冻在了一起，在与罗智的激烈撕扯中被连皮带肉地从杜奈薇身上扯了下来，无色的冰块上染满了鲜血。

顾之行知道那两个人已经陷入疯狂，自己是阻止不了的，但他们不知道他其实做了准备，杜奈薇给他看资料的时候，他就留意到为什么会把研究地点安排在这里。

这座位于冰封之地的研究基地有一个最后的安全装置，若是病毒有泄露的危险，只要按下某个紧急安全装置，这里就会完全封闭，恒温系统停止，零下数十度的冷空气涌入，这里会变成整个大冰川的一部分，将病毒封存。

之前折返的时候，顾之行意外地找到了控制室，拿到了这个紧急安全装置。他原本打算等救出罗智和杜奈薇后，再把自己和整座设施以及病毒一起冰封。

他记得自己当初是如何回答老院长的，这也是他作为一个研究人员最应该为人类做出的牺牲。

他叹着气，悄悄按下了安全装置。

"咿咿咿——"宛如悲泣的鸟鸣响起，这次就在他耳边！顾之行猛然睁开双眼，只见身穿彩色羽衣的少女就跪在他面前，体态曼妙婀娜，颈脖如天鹅般细长。她把垂着长发的脑袋向顾之行靠近，当两张脸几乎相贴时，顾之行终于看见了少女的脸，不，那根本不是什么少女！

头发下的那张脸，本应是鼻子和嘴巴的地方只有尖利的喙，而眼睛的地方只有两个巨大的黑窟窿！顾之行吓得大叫，不想牵动了伤口，痛得他龇牙咧嘴。

痛？他能感觉到痛？顾之行猛然回过神。

"融化了。"清冷的声音响起，那个消失了很久的负责人出现了，但他现在穿上了一身不知道哪个朝代的古装，也没有戴眼镜，老实说这样的打扮才更适合他。他还背着一个大得吓人的木箱，而更吓人的是箱子上还绘满了大大小小的眼睛。

"你、你到底……是谁？"顾之行问。

"我是个卖药人，这块冰本来是我发现的，我正犹豫要不要让它重现世间，有人却先我一步将它挖了出来。这东西太古老了，比我还古老……"他沉吟般轻语，罗智和杜奈薇还在争执中，而卖药人不知道从哪里拿出一把药粉，往他们两人那边一吹，他们便"咚"

地倒下了。

冰块掉在地上，它正在慢慢融化，冰水混着血水流了一地，终于露出了冰块里冻着的一具小小的、鸟类的骸骨。

“这是泣鸟,因其叫声如泣如诉而得此名。《山海经》中记载了一种名为翳鸟的鸟类,‘五彩之鸟，飞蔽一乡’，它们的眼睛挖出来是珍贵的宝石‘翳珀’。泣鸟是它们的旁系，甚少有记载，除了体型娇小之外，它们也有漂亮的羽毛和可做宝石的眼睛。这块冰里的泣鸟就是被人活活挖出双眼，它带着伤飞行却一头掉入冰川，骸骨和不散的怨气一并冻结其中，使得这块冰所在的地方，即使从冰川变成大海，从大海变成森林，又从森林化作沙漠，始终不能融化……直到有人血抚慰它的怨恨。”

“就是这……让人们发狂？”顾之行问，那彩衣少女似乎很喜欢他，现在几乎是抱着他了。顾之行虽然是做科学研究的，但这时也不得不认为这少女就是那泣鸟的骸骨。

卖药人拾起那骸骨，悠然说道：“泣鸟少被记载也是因为它们身带剧毒，它们的叫声能让人丧失痛觉，同时又滋生出对痛楚的渴求，所以人们才会变成这样，真是精彩。”

他顿了顿，继而颇有深意地笑起来:“你之所以没受影响，是因为你吃过一种名为‘条’的药草，你嘴里还残留着一丝味道，这可不是世间该有的东西，你是从哪里得来的？”

顾之行因为脑震荡迷迷糊糊的，恍惚想起荣光拿给他看的那个果实，但他没有将这告诉卖药人，因为他虽然脸上在笑，却令人感到不怀好意，似乎……心中有着深深的恨。

“不说也没关系。”卖药人自言自语道,“不管那是谁,泣鸟都会找到那个人的。因为你，我不仅有机会解决那个人，还得到了泣鸟的骨头，接下来的事就当是小小的回报吧。”

泣鸟化身的少女捧起了顾之行的脸，将尖长的喙探入了他的口中……

5

顾之行醒了过来，他躺在病床上，老院长就坐在他旁边，笑眯眯地说:“这次辛苦你了，你做得很好，证明我当初没有看错人。钻研是一件好事，但如果沉迷其中，就会忽略很多事情。有人会走偏，有人太执拗，这时候就需要像你这样的人提醒他们，替他们做出正确的选择。我把你看作一个保险，你会怪我吗？”

顾之行摇摇头：“他们……怎么了？”

“罗智抢救无效死亡，小杜会好起来的。但是我们至今没弄明白，到底是谁发出的求救信号呢？”

顾之行想到那妖冶如同异兽的古怪男子，但他最终只是摇摇头，没有说话。

据他所知，收到信号来救他们的救援队发现，随着冰块的融化，病毒也消失了，而醒来后他就再没看见那身披彩衣、失去双目的少女了。

荣光大晚上的听到有人敲门，父母早就睡了，他正在打游戏，那敲门声十分响亮，穿透了他的耳机，却吵不醒他的父母。荣光满腹疑惑地扒着猫眼往外看，看到一个穿着彩色衣服、身形单薄的少女站在门外。

他开了门，少女仰起脸，垂下的乌发间露出尖细的喙，她的声音如泣如诉，哀伤地问：“你能治治我的眼睛吗？”

第十一章

诃黎勒

诃黎勒，释名诃子，味苦，性温，无毒。生长于岭南一带，花呈白色，实如橄榄，青黄色，以六棱为佳。以新鲜摘下的诃黎勒与井水、甘草煎汤，乃招待贵客的习俗，至今仍有流传。

1

“治好我的眼睛吧。”少女哀怨地恳求着，并一头扑进了荣光怀里。

深夜时分，在自家门前被娇小的少女投怀送抱，这就算不是全部也绝对是大部分男孩子的愿望吧。然而遭遇这种好事的荣光却一点儿都不愉快，因为扑进他怀里的少女虽然娇小，但是……长得也太可怕了啊！

身披彩衣的少女不但有着尖而细长的鸟喙，长发覆盖下的脸庞也极为可怕，本该是长着眼睛的地方却只有两个漆黑的窟窿，就像骷髅深陷的眼窝。荣光可以理解她迫切的心情，但是这跟他有什么关系？

荣光正要推开她问个清楚，但这女孩在搂住他的同时，整个人便像钻进了荣光的身体一般消失了。荣光目瞪口呆地保持着展开双臂的动作，表情十分愚蠢地站在敞开的门前。他最近遇到了太多无法解释的怪事，一时间都无法分清那长着尖喙、没有眼睛的彩衣少女到底是现实还是他的幻觉。

突然，他灵机一动想到了解决疑惑的办法——去睡觉，在梦里找春景问个明白！

春景喜欢捉弄荣光，明明提着个看似沉重的药箱，但每次出现都悄无声息。虽然荣光几乎每夜都会在梦中走进那座森林，却不是每次都会见到春景。

这一次，森林里天色暗沉，还刮着风，吹得荣光浑身发凉。他从未见过森林的这一面，以往这里都是天气晴朗，即便最初梦见这座森林时它宛如沉没在水底，但那也是一种洗练过后的寂静，充满威严。

呜呜的风声回荡在森林里，听起来如同哭泣一般，但又更像是猛兽从喉咙里发出低沉的叫声，在警示它的敌人。即便迟钝如荣光，也感觉到十分不对劲，他没来由地明白森林如此躁动，是因为他来了。

这是怎么回事？他一直觉得自己和这座森林之间的关系就像是猫和逗猫的人，但这次猫咪似乎不愿跟他玩耍，荣光感到有些失落。

“春景，你在吗？”荣光在森林里边走边喊，他从来不担心迷路，因为只要梦醒了就能出去。他觉得越来越冷，可是做梦也会有知觉吗？是下雨了吗，他身上怎么似乎要湿透了？

风声越来越猛烈，就像某种歇斯底里的叫喊，还有如同饮泣般“咿咿咿”的声音，荣光第一次身处森林却感到莫名的恐惧。他发现身边能看到的范围越来越狭小，黑暗在逐渐包围他，这让他想起卖药人自称“阿蜜”时带他走过的那段路。

这次没有任何人带领他。荣光的身体越来越冷、越来越僵硬，为了摆脱包围他的黑暗，他只好全力奔跑，前方有一点亮光，微弱却如同希望般璀璨。他拖着沉重的身体，全凭本能跑向那点光。

荣光真实地感受到死亡带来的恐惧，他没来由地知道一旦被身后的黑暗赶上，自己就会死。不是游戏里的“GAME OVER”，而是没有重来机会的、绝对的“死亡”。做梦也会死吗？世界上哪有这么可怕的梦！太扯淡了吧！

在求生的强烈本能下，他伸出手去捕捉那一点亮光，当他把那星星一样的光抓到手里时，一片淬着阳光的翠绿在他眼前迅速蔓延——黑暗消失了，他重新回到了森林里。不过这不是他常光顾的那片森林，他梦里的森林如同沉睡的古老神灵，肃穆、沉静、庄重而威严，而这里更像是某处的山林。

荣光拨开横在眼前的林木枝桠，看见一座灰墙黛瓦的古刹。他的身体还是沉重，好像有好几个人死命地抓住他的脚踝，他不得不拖着脚步艰辛地向前。

古刹残破不堪，只剩残垣断壁，围墙上的墙灰剥落后露出内里古旧的红砖，有一种独特的宁静致远。荣光从掉了门板的大门走进去，院子正中有一棵长着零星绿叶的树木，树旁是一口古井。

荣光才进古刹便猛地摔在地上，还奇怪怎么在梦里也会摔得浑身痛，他咬着牙爬到树下，气喘吁吁地靠在树干上。他不知道自己脸色苍白、嘴唇发紫，眼瞳也逐渐扩大、涣散，身体更是不听使唤地剧烈发抖，这都是将死之人的表现。

这时，他背后那棵像要凋零的树却迅速地发芽抽枝，以肉眼可见的速度生长着，稀拉拉的树叶眨眼就长出了茂密的树冠，并开出了白色的花。这棵树像在飞快地经历一个生长周期，白花开了谢，在荣光快要失去意识的时候，它竟结出了形似橄榄的青黄色果实。

古刹里匆匆跑出一个身影，惊惶失措地大呼小叫着，还有一群小小的东西乱蹦乱跳。荣光昏昏沉沉只想睡觉，冷不防突然被人连扇了好几记耳光，打得他脸颊肿胀刺痛，几乎就要破口大骂：“我都要挂了还被扇，人性呢？”然而接着他却听到一个女孩子焦急而清脆的声音：“你可千万别睡，等等我！”

接下来发生了什么他不太清楚，意识时而清醒，时而迷糊，当他迷糊的时候就会被扇两记耳光，好让他继续清醒。虽然知道对方是好意，但这手段也太简单粗暴了……

冰凉而柔软的东西贴上了他的嘴唇，微苦带甘的温热液体流入他嘴中，他没有吞咽的力气，一双软软的小手却抚着他的喉咙，帮助他吞咽。就这样喝了好几口后，荣光逐渐恢复了意识，看见一个女孩蹲在他面前，她把脸凑得很近很近，几乎要跟他的脸贴在一起。她的眼睛是极漂亮的碧绿色，是春天的阳光把新芽照得通透的那种绿，美得惊人，让刚醒来的荣光看得呆住了。

女孩十六岁左右的样子，身穿青绿色的朴素古式长袍，乌发垂肩，头顶上扎了两个团子般的发髻，有一点儿婴儿肥的脸庞清丽却还带着稚气，她看见荣光醒来十分激动，竟然一把抱住了他。

荣光恍恍惚惚想起嘴唇上的触感，顿时脸颊涨得通红，又暗自窃喜，难道刚才就是传说中的……

女孩抱着荣光不肯撒手，又哭又笑道：“你终于出现了！我等了好久、好久……”

这样的投怀送抱才像话嘛！荣光幸福地感慨了一下，但听起来她好像是认错人了，要早点儿解释清楚免得尴尬啊，于是连忙问道：“不好意思，你是谁？我刚刚是怎么了？”

女孩松开荣光，一边用手指拭去眼泪，一边说：“我是诃黎勒，你刚才是被厉害的怨毒之气缠住了魂魄，我用新鲜的诃子加一寸甘草，以井水煎汤喂你服下，除掉了你体内的瘴气。”

“谢谢你救了我。”荣光诚恳地道谢，然后看到女孩身边还围着一群小泥人，每只不过十厘米高，都有着石粒般的眼睛，它们呆呆地张着嘴，看着蠢萌蠢萌的。

“哪里，是你救了自己啊。”诃黎勒摇摇头，她摊开手心，上面是几颗橄榄似的东西，正是荣光靠着的那棵树结出的果子。

诃黎勒接着说：“我已经好多年没能开花结果了，但是你一出现，突然就……”

荣光本来还听得入神，突然手腕被诃黎勒紧紧捉住，她睁大了漂亮的眼睛，惊惶不安地哀求道：“你不要走！拜托了，不要走！留下来吧！”

“啥？”荣光糊里糊涂的，这剧情展开有些突然啊，他还没说要走啊。

“不！你不能走！”诃黎勒急得哭起来，她抓起荣光的手，不知道从哪里扯出来一条柔韧的枝条缠到了他手腕上，“不行，我不能让你走！”

“哎……你别哭啊，我没说现在就要走啊。”荣光心肠软，看到她都哭了，连忙安慰她。

“骗子！骗子！我好不容易等到你的！”诃黎勒脸上挂着晶莹的泪珠，她把枝条的另一端绑到了自己手腕上，“不能让你跑掉！”

这明明是救了他一命的可爱女孩，这一刻却让荣光觉得好像又被那长着细长鸟喙的少女紧紧抱住了一般，让他有种被刺痛的寒意。

这个柔弱的女孩力气仿佛无穷大，荣光被抱得太紧了，感到快要窒息了，差点儿就要吐出来。眼前的古刹、蓝天、绿树全混在了一起，像打翻的调色盘，可爱又漂亮的女孩也和泥人混在一起，女孩可爱的脸在他眼里逐渐变得扭曲畸形，他想尖叫，却又发不出声音，只能手足无措地挣扎着。

虽然不知道发生了什么，但荣光记得自己害诃黎勒哭了，他很内疚。女孩的眼泪是发自内心的，光是看着她哭泣的脸都能感到悲切和绝望。荣光不介意尽自己所能去帮助她，但是他不知道自己能做什么，诃黎勒只说不让他走，可这是什么意思呢？

2

荣光喝下诃黎勒所煮药茶的那瞬间，卖药人正走在月色下，突然脚步一顿停了下来。他身上那不知道到底装了什么的箱子上，所有眼睛都如同被吓了一跳般紧张地眨动起来，眼珠滴溜溜地转，好像在窥探着什么，唯独最大的那一只眼睛依然紧紧地闭着。

与此同时，他察觉到泣鸟的怨气已然消失，他放下箱子，弯曲手指轻轻敲了敲，一个小抽屉打开了，里面是用绢布包好的泣鸟的骨头。卖药人刚得到它时，它还是一具完整的骨架，宛如精致的标本，现在却变回一堆零散的骨头，这说明泣鸟萦绕千年的怨气已经散去。

“失败了……”卖药人喃喃自语，然后摇摇头，“也罢，本来就不是必然会成功的事。”

被蓬莱所眷顾的人，也不是那么容易就被泣鸟的怨毒瘴气所害的。虽说如此，他心里还是有一丝遗憾。他郁闷地蹲在箱子旁，用手指戳着上面的眼球泄愤，戳得那些眼睛都慌不择路似的满箱子乱跑。

这种时候除非得到什么珍贵难觅的药材，不然他的心情都不会好转了。

可是在这样的现代都市，连杂草都被压缩了生存空间，哪里会有好药材呢？卖药人灵光一闪，想到了那个身上会长出奇怪药草的少年，好像是叫荣光吧，他的身体倒是有趣。他活了许多许多年了，类似的人也有见过，但从来没见过这么特殊的体质。

卖药人停止欺负那些快被戳出泪水的眼睛，重新背起箱子上路了。

别人找他不容易，但他要是想找什么人，那就不一样了。

荣光以为自己只是睡了一觉，只不过是先做了个噩梦，然后又做了个好梦，醒来后却发现自己躺在医院里。完全不知道这是什么情况的荣光拔掉了身上的各种管子，然后被冲进来的一群医生和护士摁回床上，并给他做了各种检查。

等终于被允许与父母见面时，荣光才知道自己已经昏迷了整整两天。医院查不出他的病因，只知道他全身的内脏和器官都在急速衰竭，最危险的时候差点儿就救不回来了，但是到了今天却又莫名其妙地好转了，最新的检查显示他健康得不能更健康了。

荣光听得满头冷汗，原来梦里那可怕的感觉都是真的，他真的差一点儿就死掉了！那种被黑暗追赶、包围的绝望，他现在回想起来还觉得恐怖。

父母问他最近有没有吃什么奇怪的东西，有没有碰过什么奇怪的东西，荣光都只能装傻摇头。他最近碰过的奇怪东西太多了，吃过的怪东西更是不计其数，大部分都是梦里的春景塞给他吃的，她一边塞还一边滔滔不绝地教他这是什么东西、有什么效用。

不过这跟春景没有关系，导致他昏迷甚至性命垂危的，应该是那个来求他治眼睛的彩衣少女，她是从哪里来的？怎么会找上他呢？

要不是诃黎勒，他真的就会死掉吧，荣光越发感激诃黎勒。然而他还是没有发现诃黎勒就是那棵树，就如诃黎勒所说，她是因为荣光才能重新开花结果，因此才正好救了荣光一命。

这时父亲打开了病房的电视，想让荣光看看解闷。

电视上正在播放一则新闻，K 市一棵历史悠久的古树突然抽枝发芽，该市的植物学家曾经认定这棵树濒临枯死，昨天它却一瞬间变得枝繁叶茂，而且还开花结果了。摄影师给了这棵树上那青黄色如同橄榄般的果实一个特写，荣光马上认出了这是诃黎勒给他看过的果实。

记者滔滔不绝地讲解这棵树的由来，这是一棵诃黎勒树，何时种下的已经不可考证，植物学家认为它可能有三四百年的历史。正因如此，在城市开拓发展的进程中，这棵古树才得以保存下来，政府还将这棵古树所在的地方规划为一个市民公园。而古树逢春这事曝光后，更多的人因好奇前去围观，一时间神木、神树的说法满天飞。

据一些上了年纪的人说，这个地方原本是一个小山丘，这棵古树是山里寺庙的高僧亲手所种，天天听着僧人诵经念佛、高僧讲道，所以沾了灵气，早已不是普通的树了。

是巧合吗？荣光认真地看了一会儿，最终还是否定了这个推测，因为他遇见诃黎勒的时候身处山林之中，而电视上的古树却是种在市中心的，而且……他昏迷的时候怎么会跑到遥远的 K 市去了呢？

因为打了镇静剂，荣光开始犯困。不知道是不是注射了药物的缘故，住院期间他一次都没有梦见那座古老的森林，也没能见到春景。

这次在梦中，他发现自己周围一片漆黑，但并不感到恐惧，只觉得太过安静。他手腕上有一圈荧荧闪亮的绿线，线头的另一端往黑暗深处延伸，不知道与什么相系。出于好奇，他跟着绿线一直走，最后来到一口古井前，那根绿线随之没入井口，垂入井中。

呃……不会有什么爬出来吧？荣光后退了两步，突然听见井底有人高兴地说：“你来了？你是不是来了？”虽然只见过一面，但荣光还是立刻认出了是诃黎勒的声音，可是她怎么会在井里？对了，上次在古刹之中，好像是有一口古井。

“快来！快来！”井底传来诃黎勒兴高采烈的声音，“你这次来了，就不要走了！”

“诃黎勒？你是需要我帮忙吗？”荣光小心翼翼地询问。

“没有你，我们全都要死了，你一定要帮帮我们。”诃黎勒说道。绿线的另一头大概就系在她手上，荣光看着那根绿线剧烈地抖动起来，这根线明明很纤细，但井底的诃黎勒却好像正沿着这根线爬上来。荣光的手腕上传来一阵刺痛，手上那圈线渐渐勒紧，不一会儿就割破了皮肤，他手上鲜血淋漓。

“好痛……”荣光连忙想解开线圈，但无论怎么拉扯都徒劳无功，他只能对着井里说，“诃、诃黎勒，你别动啊，我们有话好好谈……”

“不行，我得赶紧抓住你，不然你会跑掉的！”诃黎勒回应道。

荣光现在也感受到线的另一端沉甸甸的，随着重量的增加，他手腕上的线圈收得越来越紧，再这么下去的话，他的手恐怕就要被割断了。

“你这个笨蛋！你是怎么招惹这麻烦事的？！”不知何处响起一声清喝，春景不知道从哪里出现的，她从随身的药箱里拿出一把金色的小剪刀，“咔嚓”一下就把绿线剪断了，然后牵起荣光就跑。

井里传来诃黎勒的哭声，她一边哭一边委屈地说：“你不能走，你要是走了，我就得去找你……”

荣光从未如此享受被骂的感觉，还不等他问春景任何事情，她便像突然出现一般，又突然消失了。

荣光猛然从病床上坐起，第一件事就是撸起袖子，只见手腕上果然有一圈深而狰狞的勒痕。刚才的一切不是普通的梦，荣光想不明白，为什么见面时救了他的诃黎勒，现在却要伤害他？但他仍然相信诃黎勒没有恶意，因为她的眼睛清澈得没有一丝杂质，天真无垢。

荣光揉了揉手腕，知道自己这样真的有点儿滥好人。但如果他有能力帮助诃黎勒却不这么做，他就跟那个自私的卖药人没有差别。

被割除了人面疮的骆晓晓转了学，她现在一边有着浓密的头发，一边却是秃着的，这对一个原本漂亮的花季少女来说，是多么痛苦的折磨啊……还有之前的尚香，也是被卖药人扔在那个不死不活的地方置之不理，差一点儿就没命了。

所以，即使卖药人帮助过他好几回，他还是无法对他抱有太多的好感。

3

留院观察了几天后，因为身体健康正常，荣光终于被医院扫地出门，灰溜溜地回去上学了。班上的同学都以为他只是生了一场大病，并不知道荣光这次几乎是死里逃生，纷纷跟他开玩笑。荣光也比较喜欢这样的相处，要是大家都对他小心翼翼的他还觉得别扭。

因为身体没有大碍，荣光还是一如既往地参加了游泳队的训练。不过今天他来得太早，更衣室里只有他一个人。荣光正哼着歌换衣服，冷不防听见一个轻轻柔柔的女声喊了他一声："我来找你了。"荣光一听声音就知道是诃黎勒，可这里是男子更衣室啊！

作为一个正常并且春心萌动的青少年，荣光现在有点儿紧张。不得不说美少女的力量是强大的，诃黎勒分明是不合时宜的古装打扮，身边还跟着一堆小泥人，处处透着诡异，但荣光看她就是比看卖药人更顺眼。只见诃黎勒提着一个茶壶，三四个小泥人合力顶着一个茶碗接茶水，再合力把茶汤倒进某一个泥人的嘴里，然后这个泥人含着一口茶汤跑到荣光脚边，沿着他的腿爬到他肩上，之后又扒着他的脸死命把自己的嘴往上凑，这架势好像是要把嘴里的东西喂给他喝。

荣光盯着泥人的小嘴，又看看嘴唇粉嫩的诃黎勒，突然明白之前嘴对嘴喂他的不是诃黎勒，原来是这泥人啊！诃黎勒那边还在倒茶，看这些小泥人们还排队搞接力赛似的，他恍然大悟自己都不知道被多少个泥人亲过，别说初吻了，连二三四五六吻都没了！诃黎勒还好心地解释道："之前你失去意识时它们就是这么喂你的，可能是习惯了，你不会介意吧？"

荣光整个人都是崩溃的，他的灵魂在嘶吼："你别说出来啊！让我拥有一个美好的幻想啊！"

"这是之前给你喝的药茶，对你身体有好处的，你多喝点儿。"诃黎勒一边说着，一边眨巴着碧绿的眼睛，如同天真的女孩般可爱无害。

"你是特意拿来给我的？"荣光扯开脸上那个小泥人，拿过茶碗自己喝起来，喝完后还咂咂嘴，觉得味道有点儿不一样。诃黎勒紧紧盯着他把茶喝完，听到他的问题后乖巧地点了点头。荣光认真地道了谢，无论如何他都感激她有这份心意，然后他说："呃……如果你有事情想拜托我，不如等下我们找个地方慢慢说，因为这里是男……"

"你真的愿意帮我吗？你答应我了？"屡次受到打击和阻扰的诃黎勒歪着头，似乎不太相信他，而且在她的概念里也没有男女之别，因为她本来就不是人类。

"那还是要看情况吧，我能做得到的话……"荣光谨慎地回答。

"可以！可以！你一定可以！"诃黎勒拼命点头，露出天真烂漫的笑容，"只要你死就可以了。”

荣光以为自己听错了，眼前的女孩没有让人感到一丝恶意，甚至在说出这么可怕的话时，声调还是如同鸟儿在唱歌。诃黎勒又重复了一遍，那双晶莹剔透的翠绿眼眸里只有真诚的请求：“拜托了，请你去死吧。”

荣光这时候才明白她没有开玩笑。他长这么大，第一次遇到这种被人诚恳拜托他去死的情况。

诃黎勒确实是天真的，她就好像什么都不懂的小孩子。小孩子的天真有时候是很残忍的，他们会因为单纯的好奇肢解昆虫、杀害小动物、去摸裸露的高压电线，又或者因为觉得自己会飞就从高楼上跳下来。诃黎勒心里甚至没有好坏、黑白、对错之分，她是那么单纯，简单地执着于自己的目标。

她因为要实现自己的愿望，所以就算要别人去死，也无所谓。

“不行。”荣光断然拒绝，这种要求都答应就不是慈悲心，而是神经病了。他慢慢地移动身体，企图往出口逃跑，但是那群小泥人一下蜂拥而上围住了荣光。它们抓住荣光的裤管往上爬，沉甸甸地坠在他脚上，那种被拖住脚的沉重感觉再次出现，死亡的恐惧又捉住了他。冰冷而绝望的滋味，只有死过一次的人才懂。

荣光被小泥人们推倒在地，他百思不得其解地问：“你要我死的话，当时为什么又要救我？”

“因为我觉得还是征求一下你的同意比较好。”诃黎勒认真的回答让荣光欲哭无泪，“我们没时间了，大家都快死了。”诃黎勒可爱而稚气的脸上浮现出难过的神情，“你是拥有仙山的人，我看见了，你一碰快死的树，它就会开花结果，所以我要把你埋进地里面，这样山就会复活了，我们也能活下去了！”

诃黎勒一边说，一边跨坐在荣光身上，这时三个小泥人在诃黎勒的示意下合成一块巨大的石块。荣光之前就发现了，诃黎勒虽然外表温顺可爱，力气却出奇地大，她举起石块，眼看着就要砸下来！

千钧一发之际，荣光奋力挣脱开，也顾不上怜惜女孩子什么的，再说这也不是正常的女孩子啊！他一脚踢开诃黎勒，这么多年的游泳也不是白练的，荣光这一脚很有力，直接把诃黎勒踹飞了。

荣光一边狼狈地爬起来，一边扯掉身上的泥人夺路而逃，身后传来诃黎勒焦急的声音：“你不要走啊！我下手一定很快很快的，尽量不会让你觉得痛！你中了毒，毒药发作的时候你会更痛苦的……”

你还下毒？！要不要这么狠毒！难怪我觉得刚才那杯茶味道不对！荣光内心虽然还在

吐槽，逃跑起来却一点儿不慢，他不回头地往游泳馆的后门冲去，哪怕能找到一个人帮忙也是好的。可诃黎勒没有说谎，荣光很快就感到头晕目眩、呼吸困难，别说跑了，就连走路都快走不了，他低头一看，手臂上的血管都变成了黑色，并且还逐渐往上蔓延……怎么办，难道这一次真的要死了？被一个救了他一命的女孩杀死，怎么好像有点儿讽刺啊！他是得罪了命运吗？

冷不防地，有人问道："需要帮忙吗？"

这个妖异而清雅的声音，荣光不能更熟悉了。

4

卖药人大摇大摆地出现在平静的校园里，一身不伦不类的古装加上那个棺材似的大箱子，真不知道这么显眼的造型他是怎么混进来的。

虽然十分难受，但荣光依旧警惕地瞪着眼前的卖药人。荣光虽然不怎么聪明，但他明白卖药人的给予是要索取回报的，所以他没办法信任卖药人，他情愿痛苦地蜷缩在地上，也咬着牙不肯开口。

卖药人像是观赏什么有趣的小动物一般看了好一会儿，才慢慢地在他身边盘腿坐下，像他们第一次见面时那样握起他的手腕，细细把脉。

"虽然不知道你是怎么弄成这样的，但你马上就要死了，就算立刻送你到医院，他们也治不好你。"卖药人慢条斯理地说着，他面容如画，即使笑容里带着显而易见的算计，也无损他那份文雅温润。

"你喝下了一种毒虫的卵，是什么虫我就不说了，免得你更难受。现在虫卵在你血液里孵化，它们就跟细线一样，能在血管之中穿梭。"卖药人也不管他，自顾自地从他那大箱子里拿出一把黄金小刀，和春景用来剪断那根绿线的金色剪刀很相似。

荣光眼睁睁地看着卖药人若无其事地切开他的手臂，用刀尖挑出变黑的血管。那把黄金小刀在他手里灵活至极，勾出一条如发丝般又长又细的虫子。卖药人转动小刀，那条虫子一圈一圈地绕上刀身，荣光这时候才知道这虫子有多长多可怕！那原本还不断扭动挣扎的虫子一贴上刀刃，便好像被火焰灼烧一般直接气化成烟了。

而整个过程中，荣光一滴血都没有流。

荣光还在惊讶中没回过神，当他重新看回自己的手臂时，发现那些黑色的可怕痕迹已经消失了，而他现在也不觉得难受了。卖药人拿出一些药粉撒在他手臂上，最后又用绷带替荣光包扎好。荣光目瞪口呆地看看卖药人，又看看自己的手，扭捏着说："我……我又没要你救我……”

“上次你给了我鬼女苔，这次就当是回报了。”卖药人不怎么在意地笑了笑，“我讨厌欠别人东西。以前有人教过我，你不欠别人，别人也就不能欠你。”

“怎么听起来这么流氓……”荣光嘀咕，但既然好起来了，他还是跟卖药人道了谢。

卖药人看着荣光身后，只见诃黎勒正躲在门后偷看，她与卖药人目光对上时情不自禁地打了个寒战，十分害怕地缩了回去。

“你怎么招惹上这麻烦事的？”卖药人问道。

荣光觉得这句话很像春景之前骂他的，他一直担心诃黎勒追上来，现在看她好像很怕卖药人的样子，也顾不得形象，连忙躲在卖药人身后，丢脸就丢脸，总比死翘翘好啊！

“你知道我发生了什么事？”他狐疑地问，这卖药人难道还兼职算命卜卦吗？

卖药人懒得解释，直接丢给他一个瓶子：“这是火目竭磨的粉剂，下次她再出现，你就将它撒在对方身上，从此一了百了。”

荣光手忙脚乱地接住了瓶子，犹豫地问：“用了这个，诃黎勒……就是被撒到的人，会怎么样？”

“会死。”卖药人如实相告，“你自己选择吧。”

他还是这么不负责任，荣光皱着眉纠结了许久，最后还是把药瓶放进了口袋里，但他并不打算真的对诃黎勒使用，他总觉得应该会有更好的办法。

“对了，你怎么会出现在我们学校里？你在这里卖药吗？”荣光紧张地问。

卖药人上下打量了荣光一番，叹了口气说：“本想来看看有没有什么珍奇药材的，可惜似乎没有。”

啥？珍奇药材？人参吗？在他们学校？哪里？花坛里吗？荣光浑然不知自己就是卖药人口中的“珍奇药材”，正当他还绞尽脑汁地思索时，卖药人已经准备离开了，荣光匆忙叫住了他：“喂！这个……什么什么粉，你就这样给我了吗？”

“对啊。”卖药人点点头，看见荣光怀疑却欲言又止的模样，已经知道他在想什么，“用了也不会发生什么坏事，因为你并没有做错什么。”

他说这番话时语气很平和，仿佛是很真诚的。荣光眨眨眼，这让他看起来笨笨的。卖药人看着他，脸上隐隐浮现出一丝怀念的表情，似是见到了故人。

荣光没有留意卖药人难得柔和的表情，他只是想到无论是尚香还是骆晓晓，她们招致报应都是因为她们有错在先——尚香违反规定触碰了不该触碰的东西，所以才被卷入那个世界无法离开，骆晓晓则是故意造谣生事，让身边人深受其害。

荣光看着卖药人离开的背影发呆，难道卖药人自己就没犯过错吗？就算犯了错，他都应该给人改过的机会吧？如果只是盗窃就判死刑，这是不是有点儿太严重了？接着他又忍不住好奇，到底是因为卖药人本性恶劣，还是因为他经历了什么才会变成这样的呢？

荣光对自己过去的偏见老实地反思，或许卖药人也没有他想象的那么坏，第一次见面时他还给大爷大妈们分发凉茶呢，这次他又救了自己，也许卖药人并不是自私，他只是太过严厉了，眼里容不得世人犯下一丝过错。

然而荣光并不知道，那害得他几乎丧命的泣鸟，就是被卖药人有意引导到他面前的。

而卖药人也不知道，被他救了一命的荣光，正是他想要谋害的对象。

不知道是不是被卖药人吓坏了，诃黎勒接下来都没有来烦荣光。晚上，荣光梦见了久违的森林，它恢复了以往的明亮平和，处处绿意盎然，奇形怪状的生物悠闲地走来走去。荣光已经见怪不怪了，更重要的是，他看到了春景。

春景板着脸，一手叉着腰，一手提着她的小药箱，一副准备好要教训荣光一顿的凶恶表情，光是走近她，荣光都能感觉到她的怒气打在自己身上。

“你知道你惹了多大的麻烦吗？”果不其然，春景劈头就骂，“带着含冤而死的泣鸟化成的瘴气进来，不仅差点儿害你自己翘辫子，还害我花了不少力气才把入侵这里的瘴气清除。”

荣光这才知道原来那可怕的女孩是泣鸟，他委屈地说：“这个我又不能料到……”

春景瞪了他一眼：“我不是教了你几种辟邪的草药，还让你带出去防身的吗？”荣光这下没话说了，那个叫“条”的果实，一不小心被隔壁大哥哥顾之行吃掉了，他又不敢说……春景看他这副样子，不禁摇头叹气：“小荣光，蓬莱以后会与你命脉相系，我教你的东西你必须好好记住，我是不会害你的。”

荣光深刻反省，为了表示自己确实受到教训了，他把遇到诃黎勒的事情跟春景讲了一遍，然后问道：“你剪断绿线救我的时候，怎么突然出现又立马消失了？诃黎勒到底是谁？为什么她想要我死呢？”

“我来从头解释吧。你沾了瘴气进来时我因为某种原因无法与你见面，蓬莱是为了救你才引导你去找那棵诃黎勒。那棵诃黎勒与普通的诃黎勒树不一样，乃是《广异记》中唐朝名将高仙芝在大食国得到的诃黎勒枝，具有可除一切污恶之物的功效。高仙芝被诛杀后它便遗失了，估计是机缘巧合，它在某座小山林里生了根，长成了这一棵诃黎勒树，又因为天生有灵气，就成了那座小山的山神。”

“诃黎勒是山神？”荣光大吃一惊。

“对，那口井里的水源就是整座山的命脉，但那座山现在已经被铲平了，水源也被截断了，山早就死了。可是作为山神的诃黎勒无法接受这个事实，以为杀了你就能夺走蓬莱的力量复活她的山。而我忙着清除残余的瘴气，不得不把这里封闭起来，感觉到你出事我就马上赶去了。”

“那诃黎勒还会来杀我吗？”荣光问，他对春景所说的蓬莱并没有什么反应，只是单纯以为这是个好听的名字。

荣光为了显示自己认错态度诚恳，还主动把卖药人给他的瓶子上交了，并告知了由来。春景听完后眉毛一抬，拿过药瓶嗅了嗅里面的东西，她眼神一黯，然后淡淡地说：“诃黎勒的事我替你解决吧，让她不会再来纠缠你就是了。”

“真的？”荣光高兴得眼睛都亮了，比起曾经对他造成心理阴影的卖药人，他当然更相信春景。

“不过这药很危险，还是交给我来保管吧。”春景这样说，荣光当然同意，他看见她把药瓶收入了自己的小药箱。

5

诃黎勒抱膝坐在树下哭泣，她的山快要死了，她却无能为力，她用法力造出来的小泥人围着她跳着舞逗她开心，那笨拙的模样让诃黎勒破涕为笑。

但她很快就笑不出来了，因为她的身体感受到一阵猛烈的灼烧，不是烈火的感觉，更像是大旱来临时从根部开始一点点枯萎、断裂。

“怎、怎么会……”诃黎勒慌慌张张地抬头一看，作为她本体的诃黎勒树也正在快速枯萎。茂盛的绿叶变黄、发卷，一片片飘落在地，树枝像是被烈火焚烧般变得焦黑、枯脆。

诃黎勒身体一歪，她的脚现在也是两根枯枝，小泥人们失去了力量维系，一个接一个地倒下，诃黎勒哭喊着：“不要！不要！山要死了！山要死了……”

容貌端丽的少女提着药箱，从诃黎勒树树干后走出来，她的名字叫春景，但脸上却如同笼了一层冰霜，淡漠地看着痛苦扭曲的诃黎勒。

“你的山早就死了，你所以为是真实的一切，都不过是你自己耗尽灵气造出来的幻境。”

在诃黎勒尖厉凄惨的叫声中，春景用一种冷酷至极的声音说道，荣光如果看到她此时的样子，一定会惊讶地发现她与卖药人是何等相似。

原本容貌水灵可爱的女孩子，白皙的皮肤变得漆黑，皮肉一点点剥落，还未落地便已经化成了灰，失去了血肉的身体徒留下丑陋的枯骨。

“你的山已经变成了马路和住宅区，你也没有必要勉强自己活下去。”春景摇晃着手里的药瓶，把剩余的药粉都撒在了树根上，“火目竭，以旱魃之血制成，旱魃为虐，如惔如焚，能招来大旱，所过之处寸草不生……火目竭撒在人体上，人在眨眼之间就会变成一具干尸，若是草木沾之……”

诃黎勒没能听完她的话，因为那棵诃黎勒树已经不复存在了。春景冷漠地注视着诃黎勒痛苦地死去，目光里毫无温情，她觉得这是诃黎勒咎由自取。荣光对她是非常重要的人，诃黎勒不该对他出手，不然她喜欢沉浸在自己的幻境里多久，根本与她无关。

春景看着枯死的树干，轻声说道：“我不欠别人，别人也就不能欠我。”

遥远的K市，之前突然开花结果的古树又在一夜之间枯萎，有着数百年历史的珍贵古木像是被火烧过一般，稍稍触碰，树皮就哗哗剥落。这种事情没有什么报道的价值，所以也没有任何新闻提到。

政府把枯树挖出扔掉了，又在原地种了一棵新的诃黎勒树，仅此而已。

第十二章

灵犀饮

犀角，味苦、酸、咸，性凉，无毒。清热、凉血、定惊，治百毒瘴气，解鸩毒。现已禁止捕杀犀牛。犀角中有白纹如线直通两头者，则为“灵犀”。古时亦有夜明犀，夜会发光，能通神灵，飞禽走兽见之惊骇。

1

黎苜书从面前那本古文版《古代民间故事集》里抬起头，手机里播放的音乐暂告一段落，空出了一点儿安静的时间，她听见了对面两个男生低声交谈的内容。

“小幸花的见面会突然取消了，官方什么解释都没有，我等了三个月，只想见小幸花一面而已啊……”虽然声音很小，但仍难掩失望和惊讶，在图书馆这么安静的地方，还是能听得很清楚。

“唉……她个人微博好几天没有更新了……小幸花不会出什么事了吧？吃坏肚子了还是着凉感冒了？”另一个男生紧张兮兮地说。

黎苜书从小山般的书堆里往对面瞟了两眼，她很想劝一下那两个男生：“看你们长得白净斯文也不该是单身狗，说话不要这么痴汉好不好？你还知道她几天没更新微博，敢情你是天天跑去刷吗？”

虽然她从心底对他们表示不屑，但还不至于表现在脸上。南幸花可是拥有千万粉丝的国民级美少女，那张动人的脸蛋糅合了清纯、甜美和一点儿成人的小妩媚，身材纤细匀称，轻松秒杀各年龄层的粉丝，而且她个性活泼，毫不矫揉造作，几乎没有人会讨厌她，堪称“零差评”的优质美少女。

南幸花以杂志模特身份出道，参加综艺节目、拍广告、穿漂亮的衣服走秀，在电影和电视剧里的表现也越来越成熟，最近还打算进军乐坛，所有人都说她将来一定会成为世界级的偶像。

对此黎苜书是不以为然的。当偶像明星只要有一张漂亮的脸，就已经成功了大半，在镜头和大众面前卖弄天生的资本，应该不是什么太难的事情吧？能比求 n 次迭代难吗？能比造宇宙火箭难吗？

就是这么简单的事情，幸花以前还老是打电话给她啰啰唆唆地抱怨，说用了不好的化妆品害她脸上长小粉刺啦，说指甲做得不好看啦，说最近好忙好忙几乎连给她打电话的时间都没有啦……

以前黎苜书会耐着性子听她发泄，后来实在心烦，心里挺不是滋味地想，你当美少女偶像忙，难道我念书就很闲吗？在这样不忿的思想下，黎苜书悄悄换了手机号码，世界终于清静了。

是的，没错，众人爱戴的超人气偶像南幸花跟黎苜书是很好的朋友，她们曾经无话不说，了解对方像了解另一个自己，她们分享各自的秘密和心情，亲密无间。

这种话说出去一定没有人相信，即使放假也苦命地一大早泡图书馆的高中女生，怎么可能会是当红美少女偶像的朋友呢？这种离谱的设定连黎苜书自己都觉得不可思议。

“见面会的票你要退掉吗？”两个男生还在窃窃私语。

“当然不啊！”另一个想也不想地回答，“上面可是有小幸花的笑脸呢，我一定会留着的，就算小幸花跟别的男人结婚了我都不会扔掉！”

“多么令人感动的发言，不愧是我的挚友！”

黎苜书还是没忍住，露出了“你有病吗”的表情。两个男生似乎察觉到她鄙视的目光，一起看了过来。手机恰好响了起来，黎苜书扫了一眼来电显示，连忙收拾好自己的东西，在两个男生的敌视下落荒而逃。

黎苜书刚在走廊上接通电话，就听到妈妈大声怪叫道：“苜书！南南是不是出事啦？”

南南是黎苜书父母对南幸花的昵称，黎苜书还没来得及说什么，妈妈又说：“哎呀，担心死我了！你快联系她啊！”

没错，黎苜书的妈妈也是幸花的忠实粉丝，每次听妈妈提到幸花，黎苜书就觉得自己不是她亲生的。她耐着性子说：“妈妈，跟你说过多少次了，我们很久没联系了，她现在又忙，手机住址什么的早就换了吧，我怎么——”

“你这孩子怎么这么说呢？南南可有心了，你去年生日她不是还送了你那什么牌子的化妆品吗？让你去问问她有这么难吗？你……”

黎苜书最怕妈妈啰唆了，连连应声便赶紧挂了电话。

妈妈不提这件事还好，一提她就更气闷了。幸花送这东西给她是什么意思她很清楚，不就是说她清汤挂面的打扮看起来很寒酸吗？因为这件事，她还朝幸花发了火。

尽管心里很不痛快，黎苜书还是招停了一辆出租车，这是因为幸花现在住的地方有点儿远，公共交通不方便，才不是她急着要确定她是不是出事了呢。

坐上车后，她给司机报了某个小区的地址，里面住的人非富即贵。黎苜书看到司机从后视镜里吃惊地瞪着她，便非常淡定地说道：“我去当家教的。”

车子启动，黎苜书托着腮看车窗外不断后退的风景，感觉这座城市说大，可以成为一个人的世界；说小，却又像是一个立体的模型。电视剧里不是经常有这样的剧情吗？明明你打心底想见某个人，却总在小小的城市里擦肩而过；若是逃避不想与某个人见面，对方却又总会恰到时机地出现在你面前。

就好像幸花总是有办法找到黎苜书，不管她怎么躲着幸花，怎么找借口拒绝她，她总是会毫无预兆地出现在她面前，像个带着礼物或者小点心的漂亮精灵，笑眯眯、得意洋洋地说："Surprise！"

Surprise个鬼！惊喜没有，惊吓还差不多。为了不让人认出幸花，她还得连忙抓起她的手把她拖走。大概是被自己教训了又被公司警告过吧，后来幸花也减少了胡来的次数，如今想起那些她搞突袭的岁月，黎苜书都觉得是鸡飞狗跳、心力交瘁。

"哟，小姑娘想到什么好事了吗？"司机大叔从后视镜看她浅浅地笑了起来，八卦地问道。

"没有。"黎苜书连忙沉下脸，心想，这司机怎么这么多事，她才没有笑呢，她才不会觉得那种混乱很好玩呢。

上次不是通过电视屏幕和海报见到幸花，好像就是去年自己生日的时候。因为是冬天，幸花围了个把半张脸都遮起来的大围巾，戴了顶绒线帽，鼻梁上还架着副大墨镜，学生模样却没有穿校服，在校门前鬼鬼祟祟地探头探脑。黎苜书的学校可是全市排名第一的名校，保安一看到打扮那么可疑的幸花，马上就注意起来。

幸好黎苜书及时出来，认出了幸花，这才避免了"国民美少女在高中校门前偷窥被保安当场捉获"的尴尬。

现在想想，幸花那天一定是翘了工作偷偷跑来的，但见面的过程并不是很愉快。

黎苜书正感慨，目的地已经到了。小区大门的保安都是退役的士兵，管理严格，出租车不让进，黎苜书便下了车，刷门卡确认身份，潇洒地走了进去。

幸花虽然也有故意捣蛋的时候，但黎苜书相信她绝对不是要任性、给人添麻烦的女孩，见面会取消一定是有什么原因，她想知道那个原因。但因为她从来不主动联系幸花，也不确定她的手机号码是不是没有变，于是只好偷偷摸上门来。

门卡是以前幸花给她的，一个住户除了自己的门卡外，只能再配两张，还得注明使用者是谁，都有电子资料记录入档。幸花给她这张门卡，说有空的时候让黎苜书来找她玩，黎苜书只是笑了笑，心想你哪里还有空闲跟我这种普通人玩？

黎苜书根据记忆找到幸花家的大门，看见一个背着大箱子、奇装异服打扮的年轻男子正站在门前。他听到声音，缓缓侧过脸，几缕发丝滑落垂在脸颊边，诡异中有种说不出的懒散。

"你是谁？来找幸花的？"黎苜书问，心想是不是哪个古装剧组的啊，但努力地回想了一下幸花最近的微博——她才不像那些脑残粉那样天天刷呢，她只是偶尔去看一看——但没有想起幸花最近参与过什么古装剧的拍摄。

“我是个卖药人。”清俊的男子颔首笑道。

2

尽管对方看起来很可疑，但闻着从他身上飘来的那股淡雅香气，黎苜书没来由地卸下了心防。回过神时，她已经用通行的门卡开了门，与自称卖药人的男子一起进了屋。

屋里没有人，幸花的房间还是跟以前一样，虽然不是夸张的凌乱，但也绝对说不上整洁。

人前总是甜美可爱的美少女偶像，家里也跟普通的女孩子没什么两样，玄关扔满了鞋子，沙发上躺着几个被蹂躏过的大布偶，衣服、外套乱丢，还好她没有把内衣也乱丢。

厨房倒是很干净，因为幸花也没多少机会自己做饭吃。

黎苜书打开冰箱看了看，里面冷清地放着点儿蔬菜和水果沙拉，看着还算新鲜，说明幸花最近还是回过家的。黎苜书放心了一点儿，她有些口渴，找到一壶淡绿色的类似冰茶的饮料，里面好像还泡着一个什么东西。

黎苜书没有细看，拿来杯子倒了一些，喝了一口，感觉凉凉的，有股淡淡的青草味，挺爽口的，于是她便把整杯都喝完了。

走出厨房，她看到卖药人仿佛找什么似的转来转去。这个房子还算宽敞，但他背着那么大一个箱子还是很不方便吧，真不知道他为什么不肯放下来。

黎苜书问：“你说你是卖药的？那幸花是你的顾客？”她打量着这个人，虽然觉得对方很可疑，不过也不认为他是跟踪狂或者变态那一类，难道脸好看就是有这种魔力？

“她一直从我这里拿药。”卖药人说，他的声音很清雅，黎苜书又不免稍微失神了一会儿，但这次没有了那股淡雅的香气，她马上清醒了，警惕地看着对方。

“灵犀饮。”卖药人说，“这是我给她的药，功效很神奇。”

“那是什么？”黎苜书问，“灵犀”她知道，今天才看的那本古文版《古代民间故事集》里就提到，据说点燃犀角，就能看到肉眼看不见的神灵和妖怪。

卖药人暧昧地笑了笑：“就是你刚才喝下去的东西。我想她消失，也跟这个药有关。”

黎苜书正要追问，突然有人惊天动地地敲起门来，听着是个年轻的男人，他焦急地喊着：“幸花，你在家吗？不要吓我了，手机不接，邮件不回，你要是在就应我一声啊，不然我就要去跳楼了……”那人说到最后，声音都带上了哭腔。

这听起来不像开玩笑，黎苜书连忙去开门，门外是个穿着西装，长得不帅，身材也不挺拔，戴着眼镜，看上去脾气很温和的男人。他一看到黎苜书就扑上来，大叫道：“幸花！

终于找到你了！”

黎苜书确定附近没有其他人，所以这个男人是在喊自己“幸花”？自己和幸花的长相差距就是地球和冥王星之间的距离，不是盲人都不可能会认错吧？这个人难道脑子有病？

她还疑惑着，男人已经走了进来，黎苜书还以为他要做什么，只见他熟门熟路地走进卧室，毫不避讳地打开幸花的衣柜，又从床底下拖出一个行李箱，替她收拾起来。

黎苜书目瞪口呆地看着，除了对方的行为，还因为她从梳妆镜里看到了自己的模样——镜子里的她不是“黎苜书”，而是“南幸花”。

镜子里的“南幸花”张大了嘴，这个一般人做出来会很蠢的表情，出现在这张脸上就变得非常可爱。“幸花”没有化妆，皮肤依旧清透光滑，像天然地扑了一层细腻的粉，长发绑成了花苞头，露出修长的颈脖和完美到极致的脸部轮廓，即使只穿着普通的短裤和T恤，还是漂亮得可以就这样去拍杂志硬照。

但无论镜子里的人再怎么可爱漂亮，那都不是她。黎苜书没有失态地大喊大叫，但心里还是很慌乱，现在说自己不是“南幸花”也没人相信，万一以为她疯了怎么办？她也不愿意让幸花就这样变成疯子。

“这样不好吗？不想试试我的生活吗？”她好像听到了幸花的声音，黎苜书四处张望，却又没有看到其他人。她认为是自己听错了，但那幻觉般的话语却神奇地让她镇定下来。

为什么会这样？她飞快思考起来，马上想到了那个奇怪的卖药人。刚才被一连串事情弄得慌慌张张的，现在静下来才发现，那个应该还留在屋里的卖药人不见了。他们刚刚一直站在大门口，他到底是从哪里离开的？

黎苜书猛地想起什么，她急忙走进厨房，找出那壶绿色的饮料，想来想去，还是这个东西最可疑。她找来一个长柄勺子，把那块泡着的东西捞了出来，是一只犀角，角上有一道白线贯通尾首。

就是这个东西让她变成了“南幸花”吗？那么幸花喝下这个东西，是想变成谁呢？她已经那么完美了，还会想成为别人吗？

“幸花！”男人收拾好行李，满头大汗地招呼她，“快，我们出发了！”

黎苜书一愣：“出发？去哪儿？”话刚出口，她惊觉自己现在连声音都变了，同时因为被吓了一跳，她随手把那只犀角塞进了口袋里。

“工作啊！再不走就没时间了！”男人焦急地催促她。

“等一下，”黎苜书淡定地说，她现在已经想好接下来要怎么办了，“我给家里打个电话。”

男人挺意外的，但没说什么，也不再那么急躁了，只是说：“那行，我在门外等你。”

黎苜书先给幸花的父母打了个电话，自从幸花选择了要当偶像，她就不和家人一起住了。电话果不其然被转入了留言信箱，她回忆着幸花说话的习惯，简单地交代了两句。挂上电话后，她觉得不可思议，那么久没见面，本以为早就把关于幸花的小细节都忘光了，但稍微回想，她却连幸花说话习惯的尾音都记得清清楚楚。

她又给自己妈妈打了电话，用的是自己的手机，以幸花的声音说她们见面了，准备一起玩几天，让妈妈不要担心。妈妈二话不说就同意了，还再三强调“这不会给幸花你带来麻烦吧”，逼得黎苜书用幸花那张如花似玉的脸蛋露出了咬牙切齿的表情。

处理好这些，黎苜书跟着那个男人下了楼。在最初的慌乱过去后，她现在已经有了想法，既然她暂时没办法变回“黎苜书”，那就让她先充当一下“幸花”好了。从身边这个男人的反应看来，幸花不知道为什么失去了联络，但似乎也没有认为幸花遭遇了什么恶性事件。

既然卖药人说了这是药，那么总会有药效消失的时间吧？只要药效消失她就能恢复了，黎苜书对自己的分析很有信心。她还觉得这一切都是幸花和卖药人联合搞的鬼，她是个科学主义者，即使这件事让人难以置信，但只要找到幸花和卖药人，一切真相就可以大白了。

而且，当明星也没什么难的嘛，黎苜书给自己打气，她一定能把幸花的工作做得完美，看幸花以后还敢不敢再和她抱怨很忙、没时间。

楼下车库停了一辆黑色保姆车，车里还有另外三四个人，黎苜书一上车就被抓住手脚摁住，然后那些人扑上来替她弄头发啦、化妆啦、整理指甲啦，一时没反应过来的黎苜书差点儿吓得要尖叫着下车，她还以为是绑架呢！

黎苜书猜想那个男人大概是助理之类的身份，于是她一边被折腾，一边留心听他与司机讲话，听到司机喊他小杨，她便清了清嗓子，正准备喊他“杨先生”时，那道声音又出现了，就好像幸花在跟她咬耳朵：“我喜欢叫他咩咩。他单名一个‘迷’字，叫得快就像咩咩、咩咩呢。”

黎苜书第一个念头就是，真是见鬼了，为什么要喊人家一个大男人“咩咩”？杨先生这时正好看了过来，黎苜书不由脱口而出：“咩咩，接下来怎么安排？”

幸花还是挺敬业的，然而本性散漫，记不住行程也很正常，杨迷也没有觉得奇怪，他拿出记事本一项一项地说明。因为幸花失联了几天，工作都堆积起来了，需要提前准备的见面会取消择日再开，但是原定的其他工作则要赶上进度。

等下“幸花”要先去某个舞蹈教室参与某人气歌手新歌的MV录制，然后要去拍一个点心广告，最后要赶赴山里给时尚杂志拍硬照。黎苜书光是听着都觉得头晕，但倒也不是很担心，就是摆一下动作而已嘛，能比计算物体匀变速运动和抛物线更难?

说完了工作，杨迷停了下来，小声地问："你跟你父母，最近还好吧？"

黎苜书呆了呆，杨迷会这么问，显然是知道幸花与家人关系并不亲密。

幸花的父母都是大学讲师，并不支持女儿抛头露面。幸花决定走这条路时跟家里抗争了很久，最初她父母秉着开明的态度让她尝试一下，以为她会知难而退，没想到她真的能做到一鸣惊人。

最后她的父母不得已才同意她正式出道，但从那时起幸花跟家里就多了一层隔膜，所以她失联那几天，父母也只是以为她工作忙碌而已。黎苜书很意外幸花居然会把这件事告诉杨迷，她心里有点儿不是滋味，语气平平地说："也就那样吧。"

每次说到这个问题，幸花的表情都会变得黯淡，不愿多说。

黎苜书猛然发觉，自己总是看到幸花人前的风光，却忘了她背后的辛酸。

3

黎苜书与幸花相识于小学三年级。黎苜书是插班生，老师安排她坐幸花旁边。黎苜书从小就有一颗追求学问的心，但第一眼看到幸花时，还是无可避免地惊艳了一下。

幸花活泼，喜欢找她说话，有一次上课黎苜书不理她，她就用手指戳她，被老师发现后，老师很生气地问她们为什么开小差，在黎苜书开口前幸花抢先一步说道："对不起，老师。是我故意逗她的，是我不好。"

老师听了没说什么，事情就这样过去了。黎苜书狠狠瞪了幸花一眼，接下来她也不敢再搞小动作了，而且一整天都不找黎苜书说话，但又老是偷偷瞟她，弄得黎苜书浑身不自在。

幸花突然这么安静，她反而又有点儿不习惯了。于是，放学后她主动找到幸花，还没开口，幸花反而先扑上来跟她道歉，黎苜书看着她那张忐忑不安的漂亮脸蛋，突然就什么气都没了，本来她也没怎么生气。

最后幸花用零花钱买了橙汁赔罪，她们坐在沙地的秋千上，幸花一边晃着秋千一边问："我在课堂上会那么说，是因为我知道老师觉得我可爱，不会对我真的生气。你会觉得我仗着自己漂亮就做作、爱出风头吗？"

"不会，没挨骂就好了。"黎苜书小小年纪就很现实，"有人这么说你吗？"

幸花没有回答，但黎苜书知道肯定有，她像个大人般老成地说："你不要管他们就好了，我在以前的学校因为考了 96 分得了全班第一，有人就把我的试卷偷走还撕烂了。"

"所以呢？"幸花虽然脸蛋漂亮，但脑子是不太好使的。

“我下一次就考了 100 分。”黎苜书自豪地笑起来，“只要我每次成绩都这么好，以后也这么优秀，那就是打败他们了。所以你也一样，漂亮有什么不好，你要一直漂亮下去，一辈子都优雅又可爱，你就是最终的赢家。”

幸花久久没出声，黎苜书只听到秋千“嘎吱嘎吱”的声音，然后听到幸花对她说：“我有个梦想，我希望以后能环游世界！”

“哦。”黎苜书不太明白为什么话题跳到了这里，这愿望对于小孩子来说也是很常见的。

“所以我要当世界第一的偶像，这样就可以打扮得漂漂亮亮的去世界不同的地方，而且还不用花我自己的钱！”幸花终于露出了精明的一面，“你觉得怎么样？”

黎苜书认真地觉得这很可行，于是认真地说：“加油啊。”想了想，她又问，“对了，你为什么老爱找我讲话？”

“不知道啊，这是不是叫一见钟情啊？”幸花可爱地歪歪头。

“不懂别乱说，是一见如故好吗？！”黎苜书翻了翻白眼，但她会说出“一见如故”，也就说明她也有同样的感觉。

大家都喜欢幸花，因为她漂亮，但她们会成为朋友，大概……是命中注定吧。

她们当同学的日子只持续到小学毕业，因为黎苜书考取的初中是幸花怎么都不可能考得上的，而幸花也开始了她的人生计划。

听着新同学热烈讨论开始小有名气的幸花，黎苜书一开始还为幸花感到高兴，她保守秘密没有告诉任何人她和幸花的关系，但她很骄傲自己有这样的朋友。可是慢慢地，她就感到厌倦了，她频繁地听到幸花的名字、看到幸花的影像，同她见面却越来越少了。

初中的时候两人偶尔还会见见面保持联系，可是随着各自学业和工作的增加，联系也渐渐变少了，难得见一次面，还跟打游击似的要东躲西藏，每次打电话也都是听幸花抱怨，黎苜书只是个平凡人，她觉得很累。

她们的距离越来越远，黎苜书告诉自己，这没有什么好失落的，本来也没有做过什么“要当一辈子好朋友”这样的约定。

黎苜书本来以为拍 MV 就是站着摆几个造型就好，结果没想到幸花在这里面要出演的是个跳芭蕾舞的女孩，她现在看起来像幸花但本质上还是黎苜书啊！劈一字和把腿压在舞蹈室扶手杆上将身体整个贴上去这种事她怎么可能做得到？！

做不到的下场就是被据说很大牌的 MV 导演痛骂一顿，这导演看起来跟竹竿似的瘦，骂起人来却是中气十足，他使劲地对她吼道：“你是笨蛋吗？你怎么这么蠢？你难道不知道从这个角度拍过去丑得跟狗一样吗？你脑子呢？你自己不会跟着镜头走吗？”

她蠢？她可是全校闻名的文理双杀学霸小女王黎苜书！居然问她有没有脑子！她真想让人把她做过的历年高考真题册拿过来直接甩导演脸上。

可是也只能想想，毕竟人家没说错，被叫到录像机前看拍好的片花时，她自己都不禁想捂住脸——妈啊，她怎么能让幸花这么一张毫无死角的脸拍出犹如车祸现场一样的效果？

杨迷偷偷问她怎么了，黎苜书却有苦难言，接着又听他说："你不是专门为这个 MV 去学了芭蕾舞吗？上次拍摄时导演还大夸你，他平时也不是这么凶的，他是对你很有期待吧。"

黎苜书惊呆了，幸花在整个 MV 里的镜头加起来就只有一分钟左右，再经过后期剪辑，最后剩下来的镜头恐怕也就几十秒。她为了这几十秒的镜头，竟然去学了芭蕾舞？！

"因为我不能输，我念书不如苜书好，但我会把工作做到最好。"幸花的声音又响起了，黎苜书这次听清楚了，这不是幻听，而是从心底发出来的声音，就像是幸花在跟她说心里话。

为什么我会听到幸花的声音？黎苜书迷惑不解，然后她又听见幸花的声音说道："这个导演喜欢这样的动作哦。"

接着肩膀就好像被人拍了一下，黎苜书转头一看，旁边便是舞蹈室的玻璃镜，在黎苜书没有动的情况下，镜子里的幸花摆了个可爱的动作。

黎苜书连忙喊道："幸花？"但伸出手去，却只有冰凉的镜面，以及恢复正常的"幸花"。

黎苜书半信半疑地练习了一下那个动作，但无论怎么摆，镜子里的她看着还是很僵硬，完全没有刚才幸花示范的柔软好看。短暂的休息后，拍摄继续进行，不知道杨迷和导演沟通了什么，接下来导演的脾气好了一些，黎苜书的动作虽然还是不太自然，但最后总算是顺利完成了拍摄。

坐在保姆车上赶赴下一个拍摄地点时，杨迷看黎苜书一脸沮丧，安慰道："MV 之前就拍好了，这次拍摄是你自己不满意之前的效果主动提出补拍的，所以不用担心。"

黎苜书苦笑着摇摇头。杨迷以为她担心自己做得不够好，这说明幸花对自己的要求很高，她没有把当偶像这件事当成游戏。和幸花相比，黎苜书觉得自己才是肤浅的那个，从什么时候起，她开始不愿意理解幸花了呢？

就好像那份生日礼物，是她这个年纪的学生不可能用得起的国外名牌。她拆开礼物时，幸花带着期待的表情说："苜书，你也开始学着化妆嘛，不难的，我可以教你哦，出去玩时化个妆会很好看的。对了，你的发型也该换一下啦，剪个斜刘海怎么样……"

"我跟你不一样，怎么有时间到处玩？我每天要上学，周末还要去补习班，化妆给谁看？而且你说得轻松，你真的有空教我吗？"黎苜书冷冷地说，"你真当我是朋友，就不会送我这种没用的东西，你根本不知道我现在需要什么，就送我你多得是的东西吧？”

幸花当时就傻了，一句话都说不出来。

黎苣书只记得自己把礼物收好便气鼓鼓地走了，回去就把手机号给换了。不知道她当时为什么发那么大的火，化妆品是幸花的心意，她不应该说那么伤人的话，但当时就是莫名其妙地生气。

她好像是要把心里的压抑与愤怒都发泄在幸花身上，但她到底在生什么气呢？她喜欢念书，不介意自己外貌如何，也对当偶像没兴趣，她有她的梦想，所以不会嫉妒幸花，那她是为了什么而愤怒呢？

即使能把试卷考出满分，黎苣书还是想不出答案。

第二个工作是拍平面广告，只要有幸花这张无敌的脸在还是比较容易的，但也不代表毫无难度，因为她要拍的是个新款布丁广告，摄影师一直大叫着要求她做出可爱、活泼、调皮而又带一点儿诱惑的表情。

黎苣书不明白可爱和诱惑要怎么才能在一起，它们难道不是反义词吗？就算不是标准的反义词，起码它们也不可能是近义词啊！然而再多的牢骚都是没用的，最后笑得她脸都要僵了才勉强通过了拍摄。

喝水休息时，黎苣书听到摄影师跟杨迷抱怨：“我听说南幸花是很敬业的，我这是第一次跟她合作，听其他同行说她是个很有灵气也很好配合的人，可怎么今天是这个样子的……”

杨迷回来后没说什么，他像个大哥哥一样揉揉她的头，黎苣书差点儿都要哭了，她听着他柔声说：“状态不好是很正常的，不要责怪自己。你要是累了就给自己放个假，好好休息。你还是个孩子呢，却已经做得比我见过的许多成年人都要好。”

“我还可以……更好的。”黎苣书忍着泪说，真正的南幸花一定能做得更好。

“对，你一定可以的。”杨迷拍了拍她的肩膀，然后叹了口气，“好了，忍耐一下，去完成接下来的工作吧。”

晚上，黎苣书被带到了一个气派的饭店，和杨迷一起被引进一个安静舒适的包间。她当了一天的国民偶像已经累得要吐了，但看着满桌的佳肴她知道自己不能吃，她听见心里的声音在唉声叹气，当偶像肯定要考虑身材啊，幸花家冰箱里的沙拉也是这么回事。黎苣书都能想象到每当这时，幸花的表情是如何的委屈。

这时有人进来了，是个五十岁左右的胖男人，穿着高档西装，手腕上的表一看就知道价格不菲，手指上还戴了偌大的宝石戒指，他那不舒服的目光让黎苣书很是反感。杨迷有意无意地拦在他们之间，客气地介绍了一下对方，他正是她拍的布丁广告的集团老板。

他与黎苜书握手，却握住好一会儿才放开，席间还不管这是密封包厢，点了根烟吞云吐雾，时不时就假装鼓励地拍拍黎苜书的肩背。

黎苜书为幸花感到悲哀，光鲜气派的偶像也有不为人知的辛酸，要不是有杨迷灵活应对，场面还不知道有多尴尬。

黎苜书对这个老板的忍耐快要突破临界点了，正巧他的打火机掉了，黎苜书连忙蹲下来钻到桌子底下捡起打火机，然后毫不犹豫地点燃了他的裤管。当那个老板发现自己裤管着火，惊惶失措地又叫又跳时，黎苜书忍不住得意地笑了，同时她也听到幸花欢快的笑声响起，似乎也觉得很痛快。

“幸花！”杨迷却冷冷地对她说，“你太过火了，这样是很危险的，就算你不喜欢他也得忍耐，你以前不是做得很好吗？你自己也说过，要当偶像就要能忍耐。”

“可是——”黎苜书想反驳，却被杨迷打断了，他说：“你回车上好好反省一下，我去给人家赔罪。”

4

司机和其他人都去吃饭了，只有黎苜书一个人待在车上。

现在是晚上，车内开了灯，车窗就成了一面镜子，她对着上面模糊的倒影苦笑，才一天她就快崩溃了，幸花是怎么坚持下来的？正想着，身旁一个随身包掉了，里面的东西散落了一地，这也是杨迷替她收拾的随身物品，黎苜书正打算捡起来，却看到了两部手机。

一部是她见过幸花用的手机，另一部是旧款的翻盖机，黎苜书看了好一会儿，才确定这是好几年前，幸花还没有这么受欢迎时，自己和她一起去买的。这部手机的号码是什么？是拿来做什么的？

仿佛有什么感应似的，黎苜书查了本机号码，她看到了一串熟悉的数字，这是她之前用的号码，幸花总是打电话向她抱怨时她用的那个号码。

黎苜书移动着手指，仿佛知道那里会有什么似的，她打开了留言信箱。里面都是幸花用另一个号码打来的，她点开一条，幸花的声音传了出来。

“哈喽，苜书，是我啊，幸花好久没给你打电话了呢。上次你生日惹你生气了，对不起。我没有看不起你的意思，只是觉得……苜书还可以更漂亮一点儿，所以送了你化妆品。我会好好反省，然后送你更好的礼物作为补偿！那么……祝你学习快乐咯！

“喂，苜书，我今天拍戏遇到很讨厌的人，但我有好好地忍耐哦，没有给我的职业丢脸，我是不是很厉害？可是当偶像真的好累啊，总要表现出他人心中完美的样子，但我怎么知道他们想怎样呢？我猜不透啊……

“苜书，我遇到一个奇怪的卖药人，他给了我一种叫‘灵犀饮’的药，他说‘灵犀通心，佐以其他药草配一味灵犀饮，服用后可听取他人心声’。我喝了之后，感觉真的很神奇，虽然不是真的能听到他们心里说什么，但我能感觉到他们对我有什么想法……

“苜书，那个药喝久了之后，我好像总会看到奇怪的东西……我好怕……

“苜书，我知道我好烦，总是打电话跟你抱怨，可是除了你，我想不到其他人了，你不要讨厌我好不好？”

幸花的声音从一开始的元气满满，逐渐变得疲惫、不安，最后一条信息里只有一段漫长的抽泣，以及最后的一句“苜书，我们还是朋友吗”。

黎苜书把留言信息一条一条听完，不知不觉已经泪流满脸。她换了号码后，幸花通过某种方法拿到了她的旧号，给她打电话，只要拨通那个熟悉的号码，她就能假装电话沉寂的那边还有她信任的朋友，还有那个叫黎苜书的女孩。

但是黎苜书让南幸花失望了。

“我好想见你啊，幸花！”黎苜书哭着，终于把压抑在心里的这句话说了出来。

“我也是啊，苜书！”心底的声音回应着她。

“是你吗？幸花，是你吗？”黎苜书跳下车，漫无目的地转来转去，像个自言自语的神经病一样，就算现在会被人看到她也不管了，“我知道是你！我要怎样才能见到你？”

幸花的声音仿佛从四面八方传来，又仿佛从她心底如一个水泡般咕噜冒起，她说：“点燃那只犀角吧。”

黎苜书连忙翻出那只犀角，找了一个偏僻的地方，用从那个老板处顺来的打火机点燃了它。

犀角燎上火苗的一瞬，蹿起了淡绿色的火苗，附近的照明毫无预兆地熄灭了，四周顿时陷入一片黑暗。她正彷徨地举着犀角，冷不防一张脸浮现在黑暗中，与她面对面。

有那么一瞬间，她以为是在照镜子，这一天下来她都要习惯镜子里是幸花的脸了，但现在不可能有镜子，黎苜书尖叫道：“幸花？”

鬼魅般的幸花笑着点了点头，透着一种凄艳的美。灵犀的火光越来越亮，被照亮的地方纷纷出现了奇怪的东西，它们飘浮着，奇形怪状的，有种说不出的诡异，仿佛不该存在于这个世界上的幻想之物，如今都一一呈现在她眼前。

黎苜书想捉住幸花，却抓了个空，幸花对她摇摇头：“没有用的，犀角燃尽，我就要回去了。”

"回去？你要回到哪里？"

"我也不知道，但是我不想回去当偶像了。"幸花孩子气地嘁起嘴，"我今天都在看着你啊茸书，你做得挺好的，其实也不需要我……"

"开什么玩笑呢！"黎茸书气急败坏地吼道，"从小学的时候开始，每次都是你出来认错收拾烂摊子，我什么时候给你善过后？有些事情就是非你不可啊！如果不是你，就没有任何人能做到了！"

黑暗中的幸花睁大了眼睛，那幽魂般半透明的感觉稍微变得真实了一些。

燃烧着的犀角变短了一些，黎茸书捧着犀角，淡绿的火光照亮了两张一模一样漂亮的脸蛋，只是一张脸在哭泣，另一张脸却微微笑了起来。

"喂，幸花，你不是说要环游世界吗？这是你的愿望，我可没办法替你实现。"黎茸书缓缓说道，"因为我有自己的愿望，我希望成为宇航员。当你成为大明星环游世界的时候，我就出发前往太空。你去看这个世界，我去看这个宇宙，这样我们去过的地方加起来会比任何人都要宽广，这不是很棒吗？但这个愿望少了任何一个人，就无法实现了。"

她们都是一样好强的人，渴望并坚定地要成为各自领域里的强者。

黎茸书知道自己为什么要生气，为什么要疏远幸花了。嫉妒吗？是的，嫉妒她比自己更快取得了成就。同时她也因为幸花的忙碌感到自己被冷落了。

"对不起，幸花，我对你说了很过分的话，你还愿意当我的朋友吗？"黎茸书问。

一直以来，她只是跟自己怄气。她讨厌的是那种被丢下的感觉，是因为幸花远远跑在了前面，再也不是只属于自己的朋友了，于是她就跟不懂事的小孩子一样开始乱发脾气。有时候，女孩子之间的友谊就是可以小气到这种地步。

幻影里的幸花大哭起来，眼泪鼻涕糊了一脸："我怎么会不愿意呢？你不理我……我还以为你是……不想跟我做朋友了……"

"我会一直和你做朋友，直到我们一起变成优雅可爱的老太太。"黎茸书也哭了。

她真是蠢得可以，友谊这种东西根本不需要什么"永远"的承诺，就像灵犀上那条贯穿首尾的白线，这份友谊也将贯穿她们的一生。

犀角还在燃烧，变成了黎茸书手心的一团火，她能从被灼烧的剧痛中知道这是真实的。幸花大叫着让她扔下燃烧的犀角，但黎茸书还是紧紧地攥着它，想要延长哪怕只能多一点点的时间。幸花想尽办法要弄走那只犀角，可是她根本碰不到黎茸书。

犀角的光快要熄灭了，黎茸书却一点儿都不担心，她用另一只手臂轻轻环住了幸花的幻影。

她依旧触摸不到她，但即使如此她也不愿意放弃，她说："南幸花总有办法找到黎茸书，所以黎苜书也一定能找到南幸花。”

黎苜书不知道自己为什么有信心这么说，她只想自己的朋友回来，她知道幸花也是这么想的。

淡绿色的火光消失，犀角燃到尽头，什么都没有留下，黑暗中的魑魅魍魉统统消失，照明恢复了，而黎苜书真切地感受到了怀里抱着的温度——幸花回来了，黎苜书也回来了。

也许之后还有许多事情需要烦恼、需要弥补，但此刻，重拾友谊的少女们只需要互相拥抱就足够了。

5

卖药人提着一个摇铃，走在夜间雾气弥漫的深山之中，他感觉到灵犀燃尽，会意地笑了笑。这才是灵犀饮的真正功效，它会实现两个心有共鸣之人的愿望。南幸花的愿望是希望黎苜书能了解自己，黎苜书其实也从心底希望能与南幸花重拾过去的友谊。

于是南幸花消失的时候，黎苜书变成了南幸花，如幸花所希望的那样体验了她的生活，也唤醒了黎苜书心里真正的愿望。但灵犀饮若是长期饮用，肉体会受到影响，不再属于现实，在精神软弱的情况下，容易被妖魅横行的世界吞噬。

南幸花因为受到伤害和想要逃避现实而落入那个世界，黎苜书因为自己的顽固和傲慢差点儿失去这份友谊，但她们心底都还有着一丝任何事物都无法割断的羁绊，所以通过灵犀饮，两个身处不同世界的女孩还能进行唯一的交流。

只有当她们心意达成一致，才会发生奇迹。

曾几何时，他也有过这样的情感，而且还要更复杂、更浓烈。

卖药人轻轻摇动手里的铃，铃声没有响起，四周寂寥如初，他也不急，就跟古时卖药的郎中一般，摇着铃，慢慢走在雾气中。古时郎中的摇铃，是向有需要的百姓宣告自己的到来，但这个无声的摇铃，却另有用途。

荣光在睡梦中，听到隐隐约约的铃响，一声一声，犹如湖面的涟漪，优雅、缓慢地荡漾着。但他只是咂咂嘴，翻了个身，全然不知墙角和床底正缓缓长出某些东西。

蓬莱之中，春景猛然睁开双目，她眼底有无数藤蔓正在疯长爬行。

第十三章

龙图粉

夜天蛾，性寒，味咸，有小毒。晒干可入药，与黄芩、菊花、蔓荆实等合用，可缓和头痛、偏头风；与人参、蒺藜、动物肝脏焖炖，能治昏盲。与苦蛇藤、多骨、赤薄荷调制，可生巨毒，服后使人性情剧变，精神癫狂，躁狂而死。

1

徐明子每天有三项重要工作——念书、训练、捉学弟。

身为校泳队的主力，有时候他觉得自己就像一只操劳的老母鸡，天天要追着那些不省心的小鸡，狠狠啄他们屁股让他们乖乖听话。特别是那个叫荣光的家伙，徐明子对他特别上心，因为觉得他很有潜力，总是不自觉地就会对他特别严厉。

不知道自己是否给他施加了太多的压力，徐明子察觉到荣光最近有点儿不在状态。

虽然他从来不缺席，但体能训练时总是发呆。听说最近他跑图书馆跑得很勤快，不止徐明子，熟悉荣光的人都不禁怀疑他是不是生病了。要知道荣光可是看书就犯困、做题就崩溃的人，让他去图书馆，就跟把活泼的小狗拴起来一样难受。

但是冬泳比赛已经越来越近了，身为队长的徐明子当然希望作为校泳队年轻主力的荣光能有好的发挥。

徐明子也知道自己的个性太过耿直，见到不公平的事情就会挺身而出。不少朋友劝过他这样很危险，容易惹祸上身，但徐明子身体素质不错，而且他从来不强行出头，懂得分寸，从不硬碰，所以一直没出过大事。只不过这次，他就不走运了。

冬天天色黑得早，放学后，徐明子把游泳馆的门锁好准备回去了。天已经全暗了，又碰巧这天路上没什么人，徐明子走着走着，突然感觉耳朵里“嗡”的一声，紧接着后脑一阵钝痛，眼前就是一黑。

再次醒来时，他的眼睛被布巾蒙上了，双手也被捆了起来，他不清楚自己被带到了哪里，但他躺着的地面铺着地毯，所以他判断自己大概是在某个房间里。这里冷气开得很足，他闻到了一股烟味，有几个人走来走去，还隐约听到了音乐的声音。

徐明子知道自己多管闲事的毛病早晚会招来报复，过去也曾有人回头找他闹事，但像今天这样已经算是绑架的事件，他还是第一次遇上。

徐明子慌乱过后冷静下来，没有声张。脑袋被击打的地方还隐隐作痛，但身体其他地方并没有受到伤害。于是他假装继续昏迷，四周显然有人走动说话，他就留心地听那些人在说什么。

“你们是笨蛋啊！把他带过来干什么？！”有个挺年轻的男声生气地质问。

另一个人懒懒散散地回答：“是你自己说要报复这家伙的，你被这个高中生在妞面前削了面子很不爽，不是吗？”也是个男人，声音听起来似乎年纪稍微大一些，感觉是一副吊儿郎当的模样。

“就狠狠打他一顿，然后把他脸青鼻肿的模样拍个照片发我就好了嘛。”那个年轻的男声嘟嘟囔囔着，“喂，他一直都不动，你们该不会……”

第三个人也开口了，是个男青年，声音略显尖细：“我们下手都很小心的啦。大少爷，你想报复他，自然是你亲自动手比较爽啊，看在我们的交情上才特意把他扛回来的哦。”

徐明子大概知道这是怎么回事了，估计是他得罪了哪个有钱的大少爷，那家伙比较尿，不敢自己动手，就喊了朋友来找自己麻烦。也不知道他们怎么商议的，结果他就糊里糊涂被带到这里了。

“算了算了，先别管他，我们自己嗨吧，人等下就要到齐了，我还特意开了包厢呢。”那个被喊作大少爷的人不耐烦地说，“对了，他旁边那个人是怎么回事？穿得花花绿绿奇奇怪怪的，该不会是神经病吧？”

旁边还有其他人？ 徐明子愣了一下，听那个大少爷的说法，那个人似乎就在自己身边，然而他却完全没有察觉到！

按道理来说，靠得这么近，呼吸也好体温也好，都应该能让人有所感觉才对吧？可是，他压根儿就感觉不到身边还有其他人，就好像那里只有一团空气，或者一片影子。

“他说自己是个卖药人，我们想着今天玩得尽兴一点儿嘛，就问他有什么药，结果他自己又说不上来。我们看他不顺眼想揍他一顿，刚好有警察过来，我们怕他跑去报警就把他带回来了。”声音尖细的男人说道。

那个大少爷好像觉得挺麻烦的，骂了两句。

年纪稍大的那个男人开口说道：“他的药好像都放在那个大箱子里，我们看看有什么好货。”

徐明子听到“咚咚”的声音，吊儿郎当的男人似乎踢了两脚他口中所说的箱子。

“我不是说不上来。”一个低柔的声音响起，恭顺的语气中却有种掩饰不住的傲慢，仿佛嘲弄般对那几个人说，“我的意思是，我这里什么药都有，只要你想买，我就卖。”

徐明子这才确定，房间里除了他们真的还有其他人。不知怎么的，一阵寒意从身旁传来，就好像他挨着一块冰，或者一条蛇。

“你、你怎么站起来了？！”几个人顿时都慌乱地叫喊起来，房间里一阵骚动。

他们纷纷互相指责。

“怎么没把他绑好？！”

“他只有一个人，你们怕什么？”

“都怪你们把他带回来！”

徐明子听到瓷瓶罐子之类碰撞的声音，它们好像是被放在一个大箱子里。徐明子趁机在地上蹭了蹭，把蒙着他眼睛的布巾弄松了一些，悄悄观察房间里发生了什么。

他看到了那个卖药人，穿得像是从某个古装剧拍摄现场跑出来的演员，却并非浓妆艳抹模仿出来的古人相。

徐明子躺着，只能看到那卖药人的侧脸，他虽是男生，也不禁觉得这人长得太过好看。他不知道卖药人穿的是哪朝哪代的衣服，但觉得这宽袍广袖十分雅致秀逸，像是穿过遥远的时光而来。

“不要慌张。”卖药人和气地说道，“既然你们想买药，那就是我的顾客。能让你们很快乐、很舒服的药，要试试吗？”

三个人中，把徐明子打晕的两个人都是好吃懒做之徒，跟那无所事事只懂挥霍吃吃喝喝的富二代混成了狐朋狗友，三人互相传染了不少恶习。今天富二代叫了一群人来舞厅开包厢，就是为了寻乐，然而这种时候，自然都少不了些助兴的“好东西”。所以他们一听卖药人那么说，顿时都有点儿跃跃欲试，窃喜又犹豫地交换着眼神。

犹豫的是他们根本不认识这个古怪的家伙，不知道他所说的“药”到底是什么东西。

“别害怕，我可以先给你们试试，若是觉得有害或不满意，我自然不收任何费用自行离去。”

这个古怪的男子彬彬有礼地说道，他有一股仙人似的气度，但徐明子没来由地觉得他更像一头不怀好意的狡猾妖兽。

不过，若是能抵挡诱惑那就不会成为瘾君子了，那三个人向来天不怕地不怕，年轻、鲁莽、一味喜欢追求刺激，当下便心动了。

卖药人笑了，他轻轻抚摸着放在地上的一个巨大箱子，那箱子大得都像一副棺材了，表面刷着暗红色的漆，数十个或大或小的抽屉毫无规律地排列着，更奇异的是那些布满了整个箱子的眼睛。

金色或黑色的眼睛图案不知道是如何画上去的，竟然栩栩如生，徐明子觉得它们似乎在眨动着，正当他以为自己看错了的时候，他的目光竟与一只眼睛对上了。

那是整个箱子上最大的一只，它是金色的，宛如用烧融的金子画成，无比璀璨。徐明子明明记得这只眼睛之前是紧闭着的，而现在它睁开了，瞳孔是血液般的鲜活红色。

徐明子是个从不做亏心事，自问心中无愧的耿直之人，在这一刻却不禁有种莫名的恐惧，一股寒意从骨髓渗出，他感觉自己从头到脚、从内到外都被看得真真切切。

与此同时，卖药人缓缓转过身，凉薄的唇抿起，对徐明子微微笑道："既然你也醒了，不如一起来试试？"

徐明子心里一寒，不知道他是如何发现自己醒的，照理来说他已经很小心了，也没有发出一点儿动静，而且这卖药人一直背对着他，怎么会看到他醒来了呢？难道他是透过箱子上的那些眼睛……

然而不容他多想，只听那个富二代拍手叫道："好好！就让他也试试！哼，臭小子，听说你是什么运动员，要参加比赛的，我就给你点儿'好药'吃吃！"

"哈哈哈，这可不错！你可要好好谢谢我们啊！万一被发现了要禁赛，可是我们替你争取来的假期呢！"

"不过这样搞不好就得一辈子'休息'下去啦！"

三个人兴高采烈地大笑着，徐明子恨得咬牙切齿。他想过会被揍一顿或者更惨，可是强迫他染上药瘾这种事……实在是太无耻了！

头一次，徐明子感到了害怕。

徐明子热爱游泳，喜欢在水里自由来去的感觉，他以参加比赛为荣，如果能获得名次他会觉得自豪，即使落败也能收获珍贵的经历，这对于他来说都是非常有意义的事情。

他不知道接下来他们要强迫他接受什么药物，但只要染上药瘾，那一切都要结束了。

徐明子在那些人的笑声中挣扎起来，绳索磨得他手腕生痛。

不知道那卖药人是怎么摆弄他那个奇怪的箱子的，他竟然从里面取出了一个鸟笼。

然而笼子里关的却不是鸟儿，而是一群看着让人毛骨悚然的巨大黑色蛾子。

这些蛾子展露出的翅膀上有着金色的纹路，随着它们在笼子里扑腾飞舞，粉末似的东西也一起飘散。

那些纹路仿佛活了起来，随之跃动，那图案看起来便像是……群龙乱舞。

2

柔软的水泡在面前升起，映在瞳孔之上，宛如飘散的肥皂泡，徐明子潜在水里，感觉天地都变成了透明的薄蓝色。

透过水面看向太阳，它的光芒是那么温柔，像一枚璀璨的珍珠，仿佛伸手就可以握住。

这里不是泳池，而是更广阔的水底世界，比大海更辽阔，却没有咸涩的海水。这里的水干净得如同山林的泉水，比天然的水晶更剔透。

徐明子不知道自己潜了多深，水底明亮得不可思议，色彩斑斓的鱼群将他包围，他从未见过颜色如此缤纷的鱼，它们的鳍是透明的，每一块鳞片都精致得如同宝石。

徐明子还在下潜，他想到这片水域更深的地方去，而且他一点儿都不觉得难受，这里的水很温暖，没有水压带来的痛苦，也没有窒息的感觉。

巨大的海龟缓缓从他身边游过，一点儿都不怕人，他想他可以坐在海龟的背上，像坐一趟顺风车，让海龟带领他到更深的水底。

徐明子也确实这么做了，海龟的皮肤冰冷而粗厚，他搂住海龟的脖子，感觉速度骤然加快，水像丝绸一样卷过他的脸颊，他飞快地往更深邃的蓝色前进，那里到底有什么？他看到光从底下升起，一同升起的还有他心底的兴奋和期待……

“学长！”有人大声喊他，“徐明子学长！”

徐明子感觉到有人拉住了他，他不耐烦地动了动，温暖的水褪去，他感到有些冷。伴随着“哗啦啦”的水声，徐明子从水里冒出头来，对上了一双小狗般圆亮的眼睛，荣光紧紧地盯着他，目光既惊恐又担忧。

刚才在水底的舒适感与轻松感同时消失了，徐明子大口大口地喘着气，胸膛剧烈起伏着，连肺部都隐隐作痛，眼前的所有东西都好像在旋转着，他知道这是缺氧的表现。

他还在学校的游泳池里，耳边是“哗啦哗啦”的水声和有节奏的哨子声，现在是放学后的训练时间，他刚才不是在潜水，而是在练习。不仅仅是荣光，还有好几个队友都在池边或在水里看着他。

荣光急吼吼地大叫道：“学长，你吓死我们啦！你潜在水里足足闭气了两分多钟！你是打算申请吉尼斯世界纪录吗？”

徐明子现在喘过气来，没好气地泼了荣光一脸水，说：“世界最长的水底闭气纪录有二十多分钟，不过那是专业的潜水员。”

“你那么久不上来，我们还以为你出事了。”另一个队友忧心忡忡地说道，他的思考回路显然没有荣光那么奇葩。

其他人也纷纷关心起他有没有事，徐明子摇摇头，示意自己没有大碍。他谢过大家的关心，游到扶梯边爬上泳池，借口说要去休息室喝点儿水就离开了。

徐明子很清楚刚才发生的事情有多么不正常，他原本是在练习蛙泳，结果游到半途却发现自己身处一片奇妙的水底，温暖、明亮、舒适，一切都恰到好处，宛如他最向往的梦想之境。现在回想起来，那一瞬间他的意识就像被什么吞食了，丝毫不觉得有什么不对，陶醉般地沉溺在水里。

要是荣光没有喊他，要是他没有及时清醒，他恐怕就要溺死在泳池里了。

这种事不是第一次了，自从“那天”之后，他偶尔会看到关于水的幻觉。好几次他在练习的时候也会有今天这样的感觉，只不过都是模模糊糊的，但随着次数的增加，感觉也越来越真实。

徐明子怔怔地坐在休息室的长凳上，捂着胸口默默数数。他的心脏到现在还在“怦怦”乱跳，频率显然过快，这是濒死的恐惧在作怪。但是同时，他脑海里也浮现出那不可思议的水底景色，徐明子的心跳更快了，这次是因为兴奋和喜悦，并且竟然还有一丝失落和遗憾。

还差一点儿，只差那么一点点，就可以看到更深的水底了，那里一定更美妙、更壮丽吧？如果……如果还能再去一次，他希望……他渴望……

“不要到那里去。”冷不防的，有人冷冷地轻斥道。

徐明子清醒过来，他看到荣光也跑到休息室里来了，便疑惑地问：“你说什么？”

“什么什么？”荣光看起来比他更疑惑，他抓抓脑袋，“我什么都没说啊，有人在说话吗？”

可休息室里就只有他们两个，如果刚才不是荣光在说话，那是谁？

徐明子不认为荣光在说谎，首先没有这个必要，其次……他觉得那是个女孩子的声音。

正想着，突然眼前一黑，他吓了一跳后才发现，原来是一块干燥柔软的大毛巾盖到了他头上。

他听到荣光没心没肺似的开朗声音对他说：“学长，虽然休息室里有暖气，但你也不能大意啊！你不总是说刚起水一定要注意保暖吗？”他逮到了一板一眼的严肃学长的疏忽，得意洋洋地教训起徐明子来。

“你很有趣。”

又是那个声音，徐明子一把扯下头上的毛巾四处张望，但休息室里依旧只有他和荣光。

荣光转过了身体背对着他，突然“哇”地叫了一声，徐明子以为发生了什么事情，连忙跑到他身边，却发现他指着休息室的角落惊讶地说：“学长，这里长蘑菇了！”

徐明子原本还十分紧张，现下脚下一滑，差点儿来了一个平地摔。

他忍住猛敲荣光脑袋的冲动，瞥了一眼他指着的角落，那里果然长了一丛颜色暗沉的蘑菇。

也不怪荣光突然大喊大叫，游泳馆虽说水汽较重，但馆内一直保持着良好通风，而且休息室里还有暖气，现在又是干燥的冬天，怎么说也不会在角落长出湿润天气才有的蘑菇吧？

于是他又多看了几眼，越看越觉得那不像是蘑菇。猛然，他认出了这是什么，终于忍不住出手狠狠敲了荣光脑袋一下，怒道："什么蘑菇？这是灵芝！灵芝啊！你这个笨蛋！"

游泳馆里离奇长出灵芝的骚动告一段落后，徐明子把一群无心练习有心看热闹的家伙统统赶了回去。

徐明子还是最后一个走的，他独自走在路上，心中依旧有种无法解释的感觉。路过上次被袭击的地方时，他警惕地回头看了一眼，确认背后没有跟着人，这才加快脚步走过去。

自己怎么也变得小心翼翼起来了？徐明子无奈地想。上次被人袭击并绑架的事情已经过去一个多星期了，他也不记得当时自己是怎么逃离那个地方的，只记得清醒过来时，他趴在一家快餐店的桌子上，手表的时间显示为八点多，似乎并没有过去多久。

之后他浑浑噩噩地回到家，编了个借口应付父母，进了房间就倒在床上。他的脑袋里只记得震耳欲聋的音乐声、男男女女的欢笑声，脑子里仅存的影像是五光十色乱糟糟的，仿佛被打乱的拼图。

记忆似乎在回溯，渐渐地，那些凌乱无序的画面消失了，他看到绑架他的三个人丑恶地大笑起来。

徐明子想起他们宣称要对自己做的事，连忙坐起来，挽起袖子仔细查看身体上有没有留下针孔之类的痕迹。

他甚至跑到浴室把自己脱光，前前后后都仔仔细细地看了一遍，并没有发现异样。可是那三人确确实实是打算要逼他染上药瘾，然后毁掉他的一生。徐明子清晰地记得那些人的目光，那么疯狂，充满了恶意。

难道是强行让他吃下了什么？不行，他真的什么都不记得了。

徐明子猛地敲打自己的脑袋，竭力地回想，最后一点点记忆浮现出来，竟是那个卖药人的脸，他笑得那么好看，却又令人毛骨悚然。

他打开手里的笼子，成群的黑色蛾子争先恐后地飞出来，它们翅膀上金色的龙纹扭动着，仿佛也飞舞在空中，朝自己迎面扑来——

这就是他记得的最后画面了，徐明子至今都想不起后来是否还发生了什么。但他并没有染上药瘾的症状，除了那些幻觉……

如果自己真的服下了那个卖药人的药，那其他三个人应该也吃了吧，不知道他们现在怎么样了。自己这乱操心的个性还真是挺讨厌的，都自身难保了却还担心那些害他的人。

不过换一个角度想，如果他们也服下了同样的药，也许他能从他们身上发现什么呢？

徐明子思索着，不知道怎样才能找到那几个人。他一边走一边想，不知不觉已经来到了地铁站，正准备进站时，突然传来一阵骚动。

原来是个醉汉吐了，弄得空气里飘散着一股酸臭味，旁边的人纷纷掩着口鼻惊叫闪开。

那醉汉是个体格结实的年轻男人，身体其他部分还算不错，肚子却圆滚滚的，像个怀胎十月的孕妇，仿佛一碰就要撑破。

他一边狂吐不已，一边却又拿着酒瓶不断猛灌，完全停不下来，这模样不禁让人猜测他那圆滚滚的肚子是喝酒喝成这样的。

但让徐明子惊讶的还不止这些，他认出这个人正是那天绑架了他的三个人中的一个，那个说话吊儿郎当的男人。

不管怎样都不能让他再喝下去了，徐明子皱着眉想上前阻止，突然有人抓住了他的手腕，说道："别过去，看着。"

这声音非常空灵，像浓浓雾气里骤然响起的银铃，正是徐明子在休息室里听到过的。然而即使他很想回头看看是谁，他的身体却动弹不得，目光只能死死地落在醉汉身上。

醉汉低头吐得稀里哗啦，身体开始剧烈抽搐，又是一张嘴，这次吐出了满地的猩红。醉醺醺的男人面部朝地倒了下去，徐明子听到一种恶心的声音，让他联想到饱满的气球被戳破的画面。

然而破的并不是气球，而是那个男人圆鼓鼓的肚子。

身边的人纷纷发出尖叫时，徐明子却很安静。因为他看到无数黑色的蛾子从男人破裂的肚子里飞了出来。

过了一会儿，徐明子回过神来，他被周围慌乱的人潮挤得站不稳脚步。刚才抓着他手腕的人又扶了他一把，关切地问道："学长，你没事吧？"

徐明子回头一看，是荣光。

3

徐明子看到海豚成群结队地从他头上游过，它们的影子落在澄澈明亮的水底，就像大片大片的云朵飘过。他漂浮在水中，脚下是成片成片的珊瑚，汇聚了所有可以想象与无法想象的色彩。

他看到更小的鱼在珊瑚中穿梭，海星像巧手的女孩子烘烤出来的可爱饼干，还有网球那么大的海胆，突如其来的鱼群像一场席卷而来的流星雨……

他知道自己来到了这片水域的更深处，他可以在海底漫步。他看见远处有艘古老的沉船，但是一点儿都不可怕，那沉船就像一位老绅士，只要你谦虚，它便以礼相待。

徐明子的脑海里有个声音在告诉他："走进去的话，一定会更有趣。"

可是他没有动，然后他的身体开始离开水底往上浮起。

徐明子猛然睁开眼睛，发现自己站在浴室的莲蓬头下，洗澡的热水早就变冷了，大冬天洗冷水澡，即使是身体素质那么好的他也冷得直打战。

幻觉越来越严重了，而且呈现出更加美好的景象。这就好像有一个圣洁美丽的天使牵着你的手，引领着你往悬崖边上走去，只等你一步踏空，摔得粉身碎骨。

母亲担心地敲门，问他怎么在浴室洗了那么久。徐明子不想让父母担心，连忙回应了一声。

他今天去了警察局录口供，在目睹了那么可怕又匪夷所思的事情后，只有徐明子愿意留下等警察来调查。

荣光见状就干脆陪他一起等。这种事情本来是不需要去警察局的，但由于现场太过混乱，也不方便问话，所以警察只好抱歉地请他们走一趟。

警察局里，徐明子把自己看到的事情经过完完整整地说了一遍，却没有把自己认识这个人的事情说出来。

他没想到自己也会有这么懦弱退缩的时候，因为担心警察知道他与这些人有联系，然后会对他进行检测，会查出他体内也含有药物残留，所以他选择了隐瞒，真是太不像自己了……

警察继续向荣光确认事件的经过，荣光说自己其实并没有看得很真切，只听到这边有人尖叫大喊，赶过来就看到那人已经死了。

徐明子半信半疑地打量着荣光，握着他手的人肯定跟他一同目睹了整个事情的经过，而荣光却说自己没有看见，难不成当时抓他的另有其人？要不是清楚荣光不是很会撒谎的人，徐明子一定会觉得他有古怪。

警察苦恼地自言自语道："最近这种案件还真多啊，莫名其妙的……"

"还有什么案件？"荣光积极地问，"能说来听听吗？"

警察怎么可能会把相关事件告诉你呢？徐明子真是替这位学弟的智商感到忧虑。

没想到，那个警察竟然还真的说了。

"之前有个女孩，跟撞邪似的一直唱歌，唱得嗓子都出血了还不肯停，后来听说声带撕裂，家里人把她带去医院治疗，因为不让她继续唱，结果她从天台跳下去死了。还有一个是嗜睡，不吃不喝就是睡，谁把他叫醒他就发疯，还差点儿把自己的妈妈掐死，最后就那么活活饿死了……你说他们是不是得了什么怪病啊？"

"吃错药而已。"荣光嘀咕了一句，这回徐明子听到了，这声音像荣光的，却又不完全是他的。

荣光这时淡淡瞥了他一眼，这一眼里面竟然有着女孩的灵动与俏皮，然而配上他少年英气的脸庞，吓得徐明子冒出一身的鸡皮疙瘩，但是再细看时，却又没有发觉哪里不对。

最后，警察把他们送出了警局，同时还感谢他们的协助。

这时一群人闹哄哄地从警察局里走出来，好几个西装革履大概是律师的人，簇拥着一个仰着头但是目光很呆滞的年轻人。

那个年轻人穿着的衣服上血迹斑斑，一个看似保镖模样的人连忙脱下自己的外套替他披上。

虽然只是擦肩而过，但徐明子马上认出他就是当天那个大少爷。

同时，对方也看到了他。年轻人眼里闪了闪，似乎想说些什么，但很快就被那群人护卫着带走了。

“又是拿钱保释，唉！”警察忿忿不平地说，“这人我们也盯很久了，有嗑药的案底，仗着家里有钱有势横行霸道，闹过不少事。这次估计是嗑药嗑多了，用刀子捅了他朋友几十下，溅了满屋子的血啊……”

徐明子疑惑地看着这个警察，这人嘴巴也太不严实了吧，还没问就自己全说了。

突然，荣光拍了拍他的肩膀，还是那副大大咧咧的模样：“学长，我们快回去吧。”他身上飘出了一股淡雅清新的香气，让徐明子的意识一下子迷糊起来。

走出警察局没几步，徐明子听到身后有一连串振翅的声音，非常非常轻。他回头一看，只见数不清的黑色蛾子排成一列往空中飞去，像一条编织的黑色缎带，上面跃动着无数金色的龙纹。正是这闪闪发亮的图纹，让徐明子在昏黑的夜色中发现了它们。

当他沿着这条黑蛾的列队看去时，赫然发现天空中不知何时出现了好几条这样奇怪的黑色蛾群。它们从四面八方飞来，在空中汇聚成一团巨大的黑云，金灿灿的龙纹就如同黑云中跃动的闪电，他不禁露出惊愕的神色。

“学长，你怎么了？”荣光奇怪地问。

徐明子犹豫着抬起手臂，指向那团由黑蛾组成的庞大云团。

荣光盯着他指的方向看了半天，不解地说道：“什么都没有啊！”

难道荣光看不见吗？徐明子正想着，就看到荣光看着他所指的地方，露出了绝对不属于荣光的、冰冷而沉重的目光。

然而下一秒，他又恢复成以往单纯的样子，嚷嚷着肚子好饿，要赶快回家。

徐明子关上了只会浇下冷水的莲蓬头，擦干身体，穿上衣服，走出了浴室。

洗澡时看到的幻境让他依依不舍，当时哪怕他稍微有一点儿动摇，都会选择走进那艘迷人的沉船里一探究竟。

沉溺在幻境中的感觉非常美好，无忧无虑，没有任何烦恼，而一旦清醒，就会知道那美丽的陷阱有多么可怕。

如果当时他走进了那艘沉船，恐怕就再也无法走出来了。

他站在窗边发呆，依旧能看到那由黑蛾聚集而成越来越厚的云团，它们笼罩在这座城市的上空，让他有一股强烈的不祥感觉。

这时，一直只在盘旋的蛾群开始移动了，它们往同一个方向飞去。

徐明子连忙穿上外出的衣服，二话不说冲了出去。

4

蛾群往一栋高楼飞去，那栋楼距离徐明子家不远，他骑着自行车抵达楼下时，只见那团由黑色蛾子组成的云团骤然下沉，居然不是往上飞，而是钻进了地下停车场。

徐明子跟着它们走进停车场，里面静悄悄的，因为密闭又空旷的关系，连脚步声都特别明显。然而明明看着那么多的蛾子涌入了停车场，现在却一只都没有发现，它们像是凭空消失了一样。

他在停车场里转来转去，正奇怪着，突然听到身后响起了轮胎摩擦地面发出的尖锐声音。徐明子下意识地回头一看，一束刺眼的车前灯正直直地照着他，他只来得及看清自己面前出现了一辆启动中的跑车，以及司机位置上的一个年轻人。

跑车发动起来，朝着徐明子直直撞来！

还好他反应及时，知道自己跑不过跑车，便索性往旁边闪躲，然而司机也立刻调转方向盘，竟然一心要置他于死地！

停车场内地方狭窄，那司机又像是发了疯一样不顾一切地撞向徐明子。然而徐明子身形灵活，反倒是司机控制不当，结果一头撞上了柱子。

徐明子听到巨大的声响，只见那辆跑车撞得凹进去一块，车身冒着白烟，他犹豫再三，还是决定上前查看对方是否受伤了。

靠近的同时，他没有忘记拨打报警电话。电话还在拨通中，车门却猛然被打开，徐明子没有防备，就被里面蹿出来的人扑倒在地，手机飞出老远。而那个袭击他的人，正是不久前在警察局前见过的那位大少爷。

他脸上露出狰狞的表情，不知从哪里掏出一把锋利的匕首，直朝徐明子刺来。徐明子被对方用身体压制着，只能徒手抵挡。

徐明子眼明手快地捏住了对方握刀的手，所幸平时训练较多，他的体能显然要比娇生惯养的大少爷好，但还是不免被狠狠揍了一拳。

接下来徐明子突然觉得脖子上一痛，没想到这人居然俯身就朝他颈脖上咬去，似是要生生从他身上撕下一块肉来。

徐明子因为被咬了一口，手上力气一松，男人立马抽出刀子捅进了徐明子的肩膀。他当即痛得扭曲了脸，男人则张开染了满血的嘴，欢快地笑起来。

“你看得到那些蛾子对不对？它们就在你身体里啊！你把它们给我好不好？好不好？”他语无伦次地不知道在说些什么，“我把他……上次把你带来的其中一个人……给杀了，我剖开他的肚子，里面有好多好多蛾子啊……黑色的，闪闪发亮！你也见过，所以你身体里也有……一定有！”

徐明子这才发现他整个人像疯了一样，虽然不太记得之前是因为什么事结下了梁子，但上次看到他时，他还是个把自己打扮得油头粉面的标准花花公子模样，现在他却穿着一件血迹斑斑的衣服，没有用发胶固定的发丝散乱着，而且表情极为不正常，脸颊的肌肉抽动着，眼神呆滞却又带着一丝疯狂。

徐明子想起那个警察的话，眼前这个人已经杀过一个人了，估计就是上次那三个人中声音尖细的青年。

之前他还是个怕事的大少爷，现在却像是不顾一切的亡命之徒，而这些变化都源于那种黑色的蛾子。

“我不能没有那些蛾子……我需要,很需要……见到你的时候我就知道不能放走你……我一直跟着你，就是为了把你剖开，然后它们就会飞出来——”

对方把匕首缓缓抽出，涌出的鲜血顿时染红了徐明子的衣衫，明晃晃的刀子被那疯癫之人高高举起，眼看就要捅入他的腹内。突然，徐明子看到一个人影悄无声息地出现在企图杀害自己的疯子身后。

那个总是让人感觉如同小狗一般的少年，现在却像是一只猫。

一根细细的银针插入了那个大少爷的脖子，他立刻就像被抽掉了骨头的动物一样瘫软在地。

荣光一脸厌恶地把那人推到了旁边，他的另一只手上提着一个古色古香的药箱。只见他打开箱子，把银针放回一个布包里，同时拿出一瓶药粉撒在徐明子的伤口上，原本还流个不停的血立刻就止住了。

“你是谁？你不是荣光吧？”徐明子终于能把这个问题问出来了。

"荣光"笑着点点头，说道："你看到的那些蛾子叫作夜天蛾，其翅膀上有着龙纹一样栩栩如生的图案，所以也被称为'龙图'。蛾子的翅膀上都有磷粉，一般的蛾子会使人产生过敏的症状，可是夜天蛾不一样，它们翅膀上的并非普通的磷粉，而是夜天蛾的卵。用它做原料，可以制造出顶级的幻药'龙图粉'。"

徐明子想起了那天发生的事，这些夜天蛾将他们包围，他在呼吸之间肯定吸入了不少粉末。

"夜天蛾的卵在人体内孵化，以内脏和血肉为食，但为了不让宿主察觉自己被蚕食，它们会制造那个人最向往的幻觉，使宿主感到无上的欢愉。所以贪杯之人会在喝酒时感到极致的快乐，至死都无法放下酒瓶；喜欢唱歌的人在唱歌时会看到自己成为偶像的幻觉，从此无法停下；嗜睡之人也会因此一睡不起……"

他说的是地铁站里暴毙的男人和警察口中所说的另外两起相似的案件。

那天大少爷他们三个人是要在包厢里开 Party 的，估计就是那时候让其他人也沾上了夜天蛾的粉末。

"那……"徐明子指了指瘫在一旁的大少爷，"他又是怎么回事？"

"这个我就不知道了，警察又没有告诉我。不过夜天蛾总会有办法找到宿主最喜欢的事物，当宿主从中感到愉快时，它们便放大那份快乐，让人无法自拔，直到宿主死亡那天，它们就能破茧而出。"

"荣光"一屁股坐在受了伤的徐明子身上，双手托腮，这动作由女孩子来做会很可爱，但由荣光来做……那就只有可怕了。

徐明子平静地接受了这个诡异的事实，问道："我也吸进了那些卵，我也会变成他们那样吗？"

"不会，夜天蛾的幻觉如果不能对你产生作用，那么它们也无法孵化。"

看似荣光的家伙又从药箱里拿出一个锦囊，倒出里面的一枚药丸，塞进了徐明子嘴里："吃药，吃下就会好了。"

那药一入口就化了，又酸又辣，把徐明子的眼泪都呛出来了，他连连咳嗽着问："那他呢？你会救那个人吗？"他说的是几乎杀了他的大少爷。

"他要杀你，你却想要救他？"空灵的音调里带着刻薄的嘲弄。

"你觉得我是滥好人、同情心过剩、愚蠢……什么都好，即使他想杀我，还杀了他的朋友，甚至不是一个好人，可我还是不希望他以这种方式死去。"徐明子认真地说，"我就是这样的人，正因为如此，所以我才是我。"

"荣光"没有说话，而是出神地盯着他，那眼神像是在看着某个怀念的人，含着一股说不清道不明的情愫。

徐明子忍不住问："你到底是谁？为什么要帮我？"

正说着，不知从何处传来幽幽的铃声，这地下停车场怎么会有摇铃的声音呢？

徐明子四处张望，正觉得疑惑，回首再看向荣光，当下便露出了震惊的表情——毫不客气地坐在他身上、双手托腮的人，赫然是一个容貌端丽的少女。

"为什么救你？一方面是因为你是小荣光很喜欢的学长，小荣光喜欢的人，我就会帮助他。"她笑眯眯地看着徐明子，"还有，是因为你的幻境很漂亮。夜天蛾的幻觉虽然会带来死亡，可幻境实实在在地由人心而生。透过你的幻境，我可以知道你是怎样的人。"

徐明子听到自己的心脏在"咚咚"地跳动，少女的眼睛黑白分明，顾盼生辉，虽不算十分美貌，但是姿态动人。

"以前，夜天蛾是我们用来挑选门徒的道具。"

少女凑过来，半趴在他胸口，她的身体那么轻，就像一片花瓣，柔软、妩媚。

她抬手抚上徐明子的脸颊，喃喃说道："你和他很像，一样有着非常漂亮的幻境，一样认准了死理就不回头，一旦确认了要走的路，即使那是错的，也会一路走到尽头。"

徐明子不知道她说的是谁，他刚才服下的药丸开始发挥作用了，如少女所说的一样，夜天蛾的卵不会再对他产生任何影响，同时他也将失去这一段相关的记忆。

确认徐明子晕过去后，春景从他身上爬起来，走到那个大少爷身旁。她用脚踢了踢他的身体，只见他的皮肤像是被敲碎的蛋壳般裂开，一群夜天蛾噼里啪啦地飞出来，四散而去。

再看地面，哪里还有人躺着？

5

春景从地下停车场走出去时，警车正好鱼贯而入。

他们会救起昏迷的徐明子，而那个彻底消失在这个世界上的大少爷，则会被认为是行凶未果而畏罪潜逃吧。

春景提着药箱，穿着她那套改良过的中华风洋装走在现代都市的街头，丝毫不显得突兀。

她低头看着自己的手，现在她是以自己原本的形象出现在了现实世界里，而非通过荣光的肉体活动。

除此之外，不仅学校休息室里长出了灵芝，荣光的房间也长出了各种奇怪的植物，前不久她才在荣光床底下清理掉一大丛升龙、虎杖、罂子栗之类的药草，而那个笨蛋居然完全没有发现。

“界限……变弱了。”

细嫩的幼芽从她身上长出来，她每走一步，她的足迹所到之处也纷纷长出怪异植物的嫩芽。

她叹息一声，眸光黯沉下来，细碎的铃声萦绕不散，像是某种仪式上的咒语。

她撒了一把药粉，那些幼芽便统统缩了回去。

但春景知道这只是暂时的，她抬头看向大城市霓虹烂漫的夜空，大群大群的夜天蛾像影子般掠过。

“你还不放弃吗？”她自嘲般一笑，轻轻喊出那个对她而言意义深远的名字，“雨泽。”

第十四章
石中胎

天地之开有奇石，约成年之女子握拳大小，石体晶莹，内蓄养人形之物，形似胎儿。此胎儿犹如活物，随年月渐增而生长，长至极限后重回胚胎，如此循环往复，为“石中胎”。古籍未见有所记载，传言亦称之为“万灵药”。

1

穿着广袖宽袍的男孩儿独自走在密林小径上，他背着个小箩筐，手里拿着柳枝甩来甩去。

那男孩儿粉雕玉琢似的漂亮，却有些不亲近人的淡漠。修剪得整整齐齐的刘海下，那双眼眸明亮沉静，像沉没在海里的圆月。他明明还是个孩子，却已经拥有一双大人的眼睛，尚稚嫩的脸上有着几分不合年龄的老成持重。

他手里拿着一根细细的翠绿竹竿，路径两旁有树木也有低矮的灌木丛，他就这样东敲敲、西拨拨，好像在小心地提防着什么，粉嫩嫩的脸蛋绷得紧紧的，看得人恨不得捏上一把。

男孩儿全神贯注，冷不防他头顶的树上翻下一个身影，那张脸不偏不倚地出现在男孩儿的面前，与他几乎是脸贴着脸，鼻尖碰着鼻尖。如此猝不及防，男孩儿吓得整个呆住了，像只被惊吓到的小动物，毛发都快要竖起来，瞪圆的眼睛也总算让那张冷冰冰的小脸有了几分孩子的娇憨。

只见一名少女倒挂在树枝上，满脸都是恶作剧的坏笑，她得逞地捏了一把男孩儿水嫩的脸颊，在对方"嗷"地痛呼出声时，又哈哈大笑着翻回了树上。

她翻身的姿势流畅灵活，腰肢柔软得不可思议，男孩儿才眨了眨眼睛，她便已经端端正正地在树上坐好，晃荡着两条细白的腿，朗声问道："你跑来这里干什么呢？"

男孩儿瞪她一眼，知道她是明知故问，没好气地回答："当然是来找你啊，师……"他左右看了看，确定附近没有旁人，才嘟着嘴不情不愿地喊道，"师父。"

"乖徒儿！"少女心花怒放，从树上一跃而下，顺手拿下搁在树丫间的小巧药箱。

她一身典雅裙裳，却只是及膝，要是穿成这样到外面去，定要被骂女孩家怎么如此不知羞耻，简直伤风败俗，然而在这座岛上，却并不是值得大惊小怪的装扮。

男孩儿见她拿出了药箱，气嘟嘟的神色顿时消失了，他小心翼翼地凑上去，既怕她走得太快，又不敢真的拦住她，于是伸出小手悄悄抓紧了她的裙摆。

他身高只到少女腰间，这副亦步亦趋的模样像极了刚出壳的毛茸茸小鸡。

"师父，今天要教我什么？"他眼巴巴地抬头。

“你知道‘石中胎’吗？”少女手指轻点下颌，伸直了精致盘发下修长的颈脖，做出一副高深莫测的模样。

“我不知道。告诉我，告诉我。”他仰着脑袋迫切地问，乌亮的眼珠子像被雨水润泽过的黑曜石，乌黑中又有流转变幻的虹光。

少女看他这副赖着自己的模样也觉得好笑，可是想到他过去的经历又不免心疼。

她掰开他抓住自己裙摆的小爪子，然后轻轻握在自己手里。少女牵着男孩儿，沿着小径往林间深处慢慢走去。

“嘿嘿，那我就告诉你吧。”少女低头朝着男孩儿一笑，“这‘石中胎’啊，可是一种万灵药……”

她在震耳欲聋的音乐声中醒来，发现自己在楼中的过道上睡着了，吵醒她的不知道是哪户人家的音响。

她昏昏沉沉地打了个嗝儿，闻到一股酒气。她茫然地抬起头打量四周，这是一栋残破的旧居民楼，以廉价出租给任何有需要的人，楼道上堆满了垃圾，弥漫着食物腐烂后散发的酸臭味，可是租客们并不在乎。

楼道里黑漆漆的，现在已经是晚上了。公共区域的照明灯忽明忽暗，灯泡也脏兮兮的。她呆呆地盯着一闪一闪的灯泡，抱着脑袋想了好一会儿才想起自己叫如景，是K校文学院的大一新生，至于为什么会喝得酩酊大醉倒在这里，她怎么都想不起来。

如景想扶着墙壁慢慢站起来，手一伸便蹭到一手墙灰，但这时候也顾不得那么多了，这里怎么看都不是个适合年轻女子独自久待的地方。

如景穿得很普通，印花T恤和牛仔裤，跟大学里一抓一大把的年轻女生没什么差别，看起来并不像会喝得大醉跑到这种治安不好的地方的人。

她跌跌撞撞地走出这栋楼，在马路上被凉风一吹，多少清醒了一点儿。她记起自己去参加了一个什么聚会，记忆里有许多模糊的人影，他们穿着五颜六色的衣服，仿佛在庆祝什么。她可能太高兴不小心喝多了，然后有个人走过来，手里拿着个胭脂盒似的东西，声音温柔地说：“来，吸一口，你会觉得好一点儿。”

她对这个人莫名地放心，看到对方打开了盒子，便听话地凑过去深吸了一口。

估计是提神醒脑之类的醒酒药物吧，原本蒙眬的、看什么都像是覆着一层薄雾的视野，顿时变得清晰起来。

给她药的人是个把长发编成辫子搭在肩上的男子，五官长得极为好看，像是从古画里走出来的一般，浑身透着儒雅和清逸。他让人感觉很成熟沉稳，但看起来又没有比自己年长多少，他朝自己微微笑起来的样子，青稚得宛如少年，总觉得似曾相识。

但是这个人的药似乎没什么效果，因为自己还是醉得到处乱“飘”。

醉酒的人做事都是没有道理的，所以如景也放弃深究自己为什么跑到这里来了。

她查看了一下身上的钱包还在，这才安心下来，连忙叫了一辆的士，迫不及待地想要离开这里。打开车门上车的瞬间，一只巨大的黑色蛾子从她鼻端前轻飘飘地飞过。她没见过这么漂亮的蛾子，翅膀黑得发亮，上面闪动着金色的光泽，像是翅膀上有金龙在盘旋。

如景连忙揉揉眼睛，再看时那只蛾子早就飞进了夜色中，怎么都找不到了。车子开动时，她自言自语地嘀咕：“是看错了吧？”

宿舍里只有她一个人，她早就习惯了。原本应该四个人的宿舍，因为分配问题暂时只有如景和另外一个女生，而那个女生又是本地人，所以经常回家，很少到宿舍。如景觉得自己捡了个大便宜，她本来就喜欢安静，一个人独占宿舍还乐得安宁。

趁着热水供应还未结束，她想着要赶紧去洗个澡，得尽快洗掉一身的异味。然而当她把衣服脱下来后，发现身上根本没有酒味。这味道会消散得这么快吗？她突然不太确定自己到底是不是喝了酒。

洗完澡吹干了头发，她的头还是隐隐作痛，便爬上床睡觉了。

闭着眼睛，她突然想起《世医得效方》中枳木具子丸的制法，取枳木具子二两、麝香一钱，磨成粉末，揉搓成梧子大小的丸子，每服三十丸，能解酒毒。再不然，可用高良姜煮水，不但解酒还能驱寒……

如景正想着，猛然意识到自己是个文学院的学生，怎么会对中药药方如此熟悉？

但是她实在太累了，这点儿疑惑立刻就被浓浓的睡意吞没，她很快就疲惫地睡着了。一只不知从哪里来的黑色蛾子，飘飘然落在了她的床头。

2

“这世上真的有‘万灵药’吗？”男孩儿一边认真问，一边用小药锄在树根旁敲敲打打，他要采一种长在盘根错节的树根中的药材。

被问到的少女正摘下一枚红红的果子，在衣服上擦了擦，“咔嚓”咬了一口。

鲜艳红皮下的果肉是黑色的，像是腐烂了一般，但看少女眯起双眼的满足模样，这果子的味道实在让人有点儿难以想象。

“当然没有。”少女咽下果肉，一副“我怎么教你的，这么明显的谎话你居然都信，太让我失望了”的模样，她语重心长地教导男孩，“若是真有‘万灵药’这么方便的东西，世间哪里还需要长这么多的草药。我们也不用天天出门采药啦，书阁里的那些药经也可以一把火烧掉了。”

“明明是你先说那是万灵药的。”男孩儿没好气地抬头瞪她，突然额头被什么砸了一下，他接住了那个砸他的东西，是一枚红皮黑肉的果子。

只见少女摇头晃了晃，端出师长的架子，说道：“石中胎之所以被称作‘万灵药’，是因为它是一味万用的‘药引’。”

第二天醒来时，如景发现了一个很可怕的问题，她失忆了。当然也不是完全的失忆，她还记得自己是谁、老家在哪里、父母的名字是什么、在哪里上学等等，可是缺失了近期的记忆。

比如今天的课是什么，比如她昨天晚上做了什么，比如她接下来准备要做什么……

她昨天晚上迷迷糊糊的，总觉得哪里不对劲，现在睡了一觉起来，终于发现大事不妙。

确实听说醉酒之后有可能会出现暂时的记忆缺失，可是她也没到那个地步吧？对了，听说有些药物也会使人失去一段时间的记忆，经常被用在不好的地方……如景恍惚地回想起那个拿着药盒凑近她的男人，后知后觉地有些心惊起来。

如此躺着也不是办法，如景想起来查看课程表，一时间又不记得放在了哪里。幸好室友贴了一份在门后，然而她想不起今天是周几，只是心中隐约觉得，有什么很重要的事情非要去做不可。

对了，手机！如景觉得自己真是笨，居然现在才想到，手机不就可以看日历吗？可是她四处找了一遍后，才发现手机不见了。

该不会掉在昨天那个地方了吧？如景又心急又彷徨，她不是不想回去找，但她记不清昨天那是什么地方了。幸好她还记得自己的号码，于是连忙到楼下去找公共电话。

整座宿舍都静悄悄的，如景觉得自己仿佛走在一座空城里，她不禁疑惑，难道大家都去上课了吗？

如景找到了一部投币式的公共电话，要不是在学校这样的地方，这种投币电话都不多见了。拨号后等待的过程中，她看了眼隔壁的宿管室，里面也是空无一人。

“喂，你好！”电话接通了，对方的声音轻轻柔柔，听着像个斯文的女孩子，这让如景很意外，她还以为昨晚那种地方，手机肯定是被什么小混混之类的人捡去了。

如景连忙说道：“我是这部手机的主人，昨晚我不小心把它弄丢了，你方便把手机还给我吗？报酬的话……你看怎么合适？”

她有点儿忐忑，其实自己也拿不出什么体面的报酬，只希望对方能爽快点儿，把手机还给她，毕竟里面有着重要的资料！这也实在不是如景心怀恶意，而是现在社会都是如此现实，类似的新闻也……

突然，那种若有似无的紊乱感又出现了，如景不记得自己是不是真的看过类似的新闻，但是她似乎出自本能地怀疑人性的本质，为什么会这样呢？

她正被这古怪的感觉困扰着，只听见电话那边的女生急急忙忙地说：“啊！没关系的，我不需要什么报酬，真的！我现在就能还给你，不过能麻烦你来找我吗？我现在有点儿事……”

对方反而觉得是自己给如景添了麻烦，声音听起来很羞涩。

如景大大松了口气，看来捡到她手机的是个好心的女生，她不禁向对方连连道谢。

女生的名字叫高小南，今天要去观看市高校的冬泳比赛，所以如景与她约好了时间，在体育中心的游泳馆见面。

高小南说她会穿着高中校服去，胸前绣有校徽的图案，她让如景记下来。之后她又简单地描述了一下自己的发型和身材，如景听完便在脑海里形成了一名个子娇小、文秀安静的女孩的形象。

“那个……因为要去看很重要的比赛，所以麻烦你尽量准时可以吗？”电话里，高小南非常诚恳地拜托。如景爽快地答应了，马上就出了门。

体育馆非常大。如景是从外地来这里念书的，还是第一次来市体育馆。她站在导览图前看了好一会儿，才确定了游泳馆的路线，然而走着走着却又觉得不对，不久前他们几所大学联合搞了个篮球比赛，决赛不就是在这个体育馆举办的吗？当时办得很热闹，每所学校都来了不少人观看和打气，自己不也被朋友拖着来过吗，可为什么现在她对这里毫无印象呢？

事到如今，如景也只能将之归咎于失忆了，她越来越觉得这不像是醉酒造成的失忆，难道是那个人让她吸入了一些东西的缘故？

因为想得太入神，她不小心和别人撞在了一起。

虽然是冬天，但前来观看冬泳比赛的人居然还不少。撞到她的人似乎是赶时间，对方匆忙地说了句抱歉就跑了，但如景脚下踉跄，差点儿摔倒，幸好有人及时扶住了她。

“你没事吧？”对方是个女生，声音温柔乖巧，听着有点儿熟悉，正是电话里高小南的声音。

如景欣喜地抬起头，却差点儿惨叫起来，“怪物”两个字几乎脱口而出。因为……她看到的根本不是一个正常的少女，而是一个浑身长着绿毛的怪物！

细看之下，她发现那些绿色的东西是某种植物，细弱的藤蔓从少女细嫩的皮肤下钻出来，像一根根长在体外的青绿血管，而她的身体就是养育它们的泥土。

如景吓得猛地抽回手，脸色煞白地看着高小南。她的脸被淹没在藤蔓之中，五官根本看不到，只听见她轻柔的声音从这枚绿茧里发出：“你还好吗？你的脸色看起来很糟糕，需要我帮你叫人来吗？”

“不！不用！”如景大叫起来，“怪物”好像反而被她吓到了，退开了一点儿。

如景看不见她的表情，但感觉她在疑惑地打量着自己，好像她才是那个不正常的“怪物”。

她冷静下来，觉得对方并没有恶意，不由深吸了几口气，尽量露出如常的神色说：“我、我是与你约好的……那个……手机的主人。”

高小南闻言，立刻拿出捡到的手机。她谨慎地问了如景密码，看手机能顺利解锁，才把手机还给了如景，并关切地问她是否哪里不舒服。

“没事没事。”如景顿时感到很抱歉，不管高小南看起来如何，她都是一片好心。而且看来来往往的过路人，谁都没有跟她一样大惊小怪，即使有人看过来，也是注意到脸色显然非常不对劲的自己，而不是高小南。

如景只能怀疑是自己出现了幻觉，不正常的人是她，而不是高小南。在拿回手机后，她连忙借口还有急事匆忙离开了。如景不知道，在她身后的高小南自言自语道：“该不会……她看到菟丝子了吧？但是……不可能吧……”她记得那个卖药人分明说过，除了她自己，不会再有人看得见她身上缠着的菟丝子。

3

药引，起引药归经之功效，每一道药方中总是少不了一味药引。用对了药引，可使药效增强，降低药性对人体的损伤，净化药方中某种药材蕴含的毒性。而用错了药引，也可使救人的良药变成杀人的毒药。

世上药引千奇百怪，举不胜举，然而只有石中胎不归于此列。无论怎样的药方，只要加入石中胎，便能使药效趋于完美。如此奇物，使天下人趋之若鹜，然而石中胎到底为何物，却无人知晓。

深夜时分，男孩儿迷迷糊糊地在床上翻了个身，察觉到身边有人目光灼灼地盯着他。这种带着强烈欲念的视线是他的噩梦，他猛然惊醒，惊恐地在黑暗中瞪大了眼睛。他几乎就要惨叫出声，然而看着他的不是噩梦中那双带着强烈欲念的眼睛，而是一双黑白分明的漂亮明眸。

少女蹲在他床边，眨眨眼睛，一脸无辜："吓到你了？"

废话！男孩儿现在身体都是软的，背上全是虚汗，连骂人的力气都没有，只能用尽全力瞪着少女。他这一眼在少女看来却是一点儿威胁的力度都没有，软绵绵的，带着点儿委屈，像小动物般可爱。

"别气啦，看我给你带来了什么？"少女说着从怀里掏出一个小布包，声音里有按捺不住的兴奋和激动，悄声道，"看，这便是'石中胎'！"

打开的布包里是一枚如女子拳头般大小的石块，比历经千万年河水打磨的鹅卵石更光滑，像是由冰雪融水凝结而成，通体晶莹剔透，宝光流溢。石体中浮着几枚气泡，里面竟然真的含着一汪清水，水中蜷缩着一个小小的东西，宛如胎儿。如此精巧奇妙之物，实在让人难以相信竟是一味药材，倒更像是一件巧夺天工的工艺品。

男孩儿的眼睛一下子亮了，少女见状，便也由着他把石中胎拿去细看。男孩儿看得入迷，轻轻抚摸石中胎的表面，内里那胎儿似的东西还在一起一伏，像是在呼吸。

"好漂亮……"他情不自禁地轻声赞叹，突然又想到了什么，狐疑地看着少女，"师……师父，这该不会是你从药库里偷出来的吧？要是被发现了……"

"是借来看看。"少女理直气壮，"这东西老头子藏多少年了一次都没用过，不会被发现的啦。这事情只有天知地知你知我知，要是被发现了，那就一定是你说的！"她用手指弹了一下男孩儿雪白的眉心，眼看着那里快速红了起来。

男孩儿捂着眉心，鼓着腮帮子幽怨地看着她。少女爬上床，把男孩儿往里推了推，打着哈欠躺下了。男孩儿的脸从气鼓鼓变得惊惶失措，抱着被子颤声问道："你、你要干什么？睡觉回你自己房间睡啊！"

"好徒儿，为师困了借你的床躺一下不行吗？"少女不耐烦地说，自顾自扯过被子盖住了脸。男孩儿缩在床角过了好一会儿，才慢慢钻回被子里，小心地挨着少女睡下了。

他手里还握着那枚石中胎，冰凉的晶体染上他的体温后变得暖暖的。男孩儿心里清楚，这位"师父"虽然生性顽劣，总喜欢捉弄他，可也是他从出生以来，对他最好的人。因为知道他对石中胎十分好奇，所以她才冒着被严罚的危险将其偷出来，就是为了让他亲眼看一看。

少女睡着了，男孩儿别扭地轻声说："谢谢你，师姐。"

又过了好一会儿，男孩儿熟睡过去，他旁边的少女睁开了眼睛，替男孩儿掖了掖被子，摸着他柔软的额发嘀咕道："说了多少次，要喊我'师父'，小笨蛋……"

如景在洗手间里接了一捧水泼在脸上，想让自己清醒一点儿。会产生那种幻觉已经不能再以醉酒当借口了，如果不是她精神出了问题，就是那个奇怪的男人给自己吃的药不对劲。她看着镜子里的自己，虽然宿醉让她有几分憔悴，又因为刚才发生的事情而脸色发白，但她还是个很标致的女生。

如景用手指描绘着冰凉镜面上自己的脸，总觉得这不应该是自己的模样，她抓了抓自己的头发，心里有股冲动想把它们盘起来。她正想着些奇怪的念头，一个女孩从厕所隔间里走了出来，她低着头，好像很怕被人看到她的脸一样。

如景从她身上闻到了一丝奇异的香气，味道比任何人工制造的香气都要芬芳和高雅，却又有一点儿惑人的甜腻。如景立刻就认出了这个气味，下意识地脱口惊呼："你……这是狐媚子的味道？"说完后她自己也愣住了。

低头洗手的女孩警惕地看着她。女孩的脸左右不太对称，容貌其实长得很好，清纯乖巧的模样十分讨人喜欢，只可惜她有半张脸仿佛受过什么伤，头发挡不住的地方有一片颜色偏深的疤痕，这让她无论做什么表情都十分不自然。

也许为了掩饰，女孩留着厚厚的刘海，她阴沉沉地盯着如景，嘴唇动了动，自言自语似的说："真的有这种东西？"说完，她好像也很意外，又赶忙低下头去，匆匆洗完手走了。

如景做出了连自己都不明白的举动——她跟上了这个女孩。如景非常在意那个气味，那叫狐媚子，有着异香，能使年轻力壮的男子们神魂颠倒，就好像闻到心目中最美的女人身上的体香，因此被称为"狐媚子"。

狐媚子的种子可以榨汁饮用，有活血养颜之功效。除此之外，狐媚子若与落雪生根、蒲生莲共用，还可治愈因为受伤而留下的严重伤疤，能使皮肤如获新生。

如景循着狐媚子的味道跟着这个女孩，她也惊讶自己的嗅觉什么时候竟然变得这么敏锐。她来到场馆外的走廊上，发现那个女孩正在跟一个年纪和她差不多的少年说话。

荣光今天来体育馆代表校泳队参加冬泳比赛，他对自己说今天一定要拿到好成绩。校泳队的前辈和队友都对自己寄予了厚望，特别是徐明子学长，所以自己这次一定要加倍努力。更何况，今天连骆晓晓都来替他打气了。

自从人面疮的事情之后，骆晓晓一直都不太愿意跟人接触。她转了学，性情也有了很大转变，变得很安静消沉，她的家人都很担心她。所以今天骆晓晓愿意来观看比赛，荣光也不能让她失望。

荣光跟骆晓晓约好比赛前见个面，他小心翼翼地打量着面前的少女，问道："骆晓晓，你最近觉得好一些了吗？"

"嗯。"骆晓晓应了声，强打起精神道，"谢谢你，荣光。"

骆晓晓额上的疤痕比之前淡了许多，荣光按照梦里春景教他的配方，在梦中那片森林里采集药材，笨拙地学着给骆晓晓配了药。他现在逐渐能把那片森林里的东西安全地带到现实中，可是由于他学艺还不精，所以春景说了，荣光现在配出来的药剂效果，仍远远无法发挥最大的功效。

卖药人曾说，骆晓晓长过人面疮，那么留下的疤痕是去不掉了。可荣光不甘心，跟春景要来了药方，作为交换，春景让荣光跟着她学习辨别森林里各种可入药的东西。荣光不擅长学习，本来是没什么兴趣的，然而在春景半威胁的严厉教导下，他竟然逐渐觉得有意思起来。

他最近还想跟春景讨教怎样才能增强药效，春景却不出现了。而且，每当他进入森林都能清晰地感到一种诡异的气氛，就好像最开始见到的还沉在水底下的森林一般，它又陷入了沉眠的寂静。

尽管还无法让骆晓晓的脸恢复得不留任何瑕疵，但荣光相信只要继续努力，情况一定会有所好转。他笑着说："加油啊，你会慢慢好起来的，别老无精打采的嘛。"他还是比较喜欢以前那个牙尖嘴利、有点儿任性但是精力十足的骆晓晓，他衷心希望有一天她不再需要戴着厚重的假发生活。

"好。你今天也要好好表现啊，我可是特意来给你加油的。"骆晓晓终于笑了笑，突然又像想起了什么似的说道，"对了，你之前说的什么狐媚子，我查了好久都没发现有相关资料，还以为你是胡说骗我的呢，可是刚刚有人突然说我身上有狐媚子的味道，吓了我一跳。"

荣光眨眨眼，他记得春景说过，狐媚子并非寻常药草，只在他梦中的那座森林里才有。他即使再迟钝，经历了与卖药人有关的那么多事情后，也隐约知道春景和那片森林并不普通，知道狐媚子的人难道也跟这有什么关系吗？

荣光若有所思，突然觉得有人偷偷看着这边，他扭头看去，恰好就与如景的目光对上。

"啊！"荣光大叫一声，把骆晓晓都吓到了，他指着如景道，"春、春景？！"

4

如景从体育中心落荒而逃。与那个叫荣光的少年对视的瞬间，她从他的眼睛里看见了一整片森林，所有的树木与植物都在不顾一切地生长，仿佛脱离了该有的规律，花开后花落，果实成熟后腐烂，粗大的藤蔓像蛇一般爬满大地，枝丫与树叶遮天蔽日，整座森林阴沉而疯狂，如同举行着末日的狂欢。

一名少女安静地站在布满荆棘的牢笼中，尖刺刮破了她的肌肤，她却仿佛毫无感觉。她梳着精致的盘发，脖颈修长，如高傲的天鹅，手里还拎着一个花纹古朴的药箱。少女目光狠厉地盯着如景，她们的脸一模一样。

她是谁？我又是谁？

如景头痛欲裂，无数的画面在脑海里翻腾，她隐约觉得自己要想起什么，可是比起恢复记忆的急切，她突然无比害怕。没有缘由的恐惧宛如翻覆的海洋般吞噬了她，她转身就跑，脑子里只有一个念头：远离那名少年！

大学校区位于远离市中心的城郊，如景花了一点儿时间才回到学校。然而校园里静悄悄的，竟是一个人都没看到。她早上出来得匆忙没有察觉，还以为大家都去上课了，虽然冬季天黑得快，可现在正是傍晚，是大家赶赴食堂的饭点，本该是最热闹的时候，但如景觉得整个校园里只剩下她一个人。

她跑到宿舍才发现大门都锁上了，这不对劲，为什么现在就锁门了？她慌乱极了，用力捶打着宿舍的铁门。如景觉得她的世界仿佛脱离了轨道，从昨晚喝醉了酒开始，她身边的一切事物都变得怪异起来！

“喂喂！你是什么人？在干什么？”有人厉声喝道，一个穿着保安服的人跑了过来。

要是平时被人如此喝叱，如景一定会吓一跳，但是现在她很高兴，因为除了她之外，学校里还有其他人。如景还未开口，那保安打量了她一番，问道：“你是这学校的学生吗？”

如景连连点头，主动报出了自己的宿舍号码。保安半信半疑地说：“寒假都开始了，宿舍早就锁了。你是忘了什么东西回来拿吗？”

如景彻底傻住了，放假了？她怎么没有印象？她早上出来的时候明明不是这样的啊！

“如果不是什么要紧的东西，你等开学后再回来拿吧。”保安说道，又像是想起了什么似的，“哎呀，我想起来了，你就是那个单独住一间宿舍的女生吧？幸亏你是本地人呀，不然一个人住多孤单啊，不过等明年就好啦。”

如景还未从之前的震惊中恢复过来，马上又被保安的话打击到了。

不是的！那个宿舍是她和另外一个女生一起住的啊！

如景心里寒透了，她不知道自己为什么会有这么可怕的念头——那个宿舍里只住着一个女生，而那个女生不是她，那么她到底是谁……

她害怕极了，因为她现在连自己是谁都搞不清了。保安看她脸色惨白，好心问她怎么了。如景这时候稍微冷静了一点儿，含糊地敷衍了几句，说会打电话让家人来接，算是把保安打发走了。

如景颤抖着掏出手机，拿到之后她就把手机放在了衣兜里，一直没有查看过。她用在寒风中冻得僵硬的手指解锁屏幕，打开通讯录想要找出家人的电话号码。

然而通讯录一片空白！完全的空白！

如景终于发觉是哪里不对了，她所记得的一切似乎都是不存在的、是假的，唯一真实的，仿佛只有自己的手机号码，但是联系其他事情再细想，却又更让人惊恐不已，她唯独记得这个号码，到底是不是有人存心让她记住的呢？

她恍惚听到摇铃轻响，那声音回荡在空无一人的校园里。铃声中她看到一袭古装的男子朝她微笑，他举着胭脂盒般的小盒，诡异的芳香若有似无。然后画面逐渐变换，这次看到的是那个与她视线相对的少年，他穿着印有学校校徽的运动服，如景清楚地记得那所学校的名字。他还叫她“春景”，他似乎认识自己。

如景模模糊糊地有种预感，她要去找那个少年，他们之间仿佛有着某种联系。如果能找到他，就能解释发生在自己身上的一切。

如景打了一辆车，报出了少年所在学校的名字，那学校似乎还挺有名的，司机顺顺当当就把她载过去了。下车时如景拿出钱包付车费，赫然发现需要的车费跟她钱包里的总额一模一样。

付完车费她身上一分钱都没有了，就好像预示着她再也没有去任何地方的必要。

现在已经有点儿晚了，但是校门却没有关上，保安不知道去了哪里，如景蹑手蹑脚地溜了进去。学校里自然一个人都没有，每一栋教学楼都是黑漆漆的，像耸立着的沉默而巨大的怪物，只有路灯亮着，灯光冷冷的。

然而还有一个地方亮着灯，还传来了人声。如景走过去，发现亮着灯的建筑物门前写着“游泳馆”三个字，想来是今天的冬泳比赛结束后，他们回到学校还有些什么事情吧。

这时有个男生从里面走出来，看到躲在一旁的如景，立刻严厉地问：“你是什么人？在这里干什么？这是选手区，一般人不能……”说到一半他便顿住了，目光混杂着意外和迷惑，喃喃说道，“是你？”

男生长得剑眉星目，眉宇间有一股英气，说不上特别帅气，但挺拔英武，让人很有好感。如景从他的反应猜测对方应该认识她，但她对这个男生一点儿印象都没有。

“徐明子学长，我把奖杯放好啦，我们回——”荣光也溜达着走出来，突然一下目光就黏在如景身上挪不开了，他惊讶地睁大了眼睛。

“不……不要过来……不要看我……”如景不知道自己到底在说什么，她还是害怕，来之前她做好了心理准备，但现在恐慌压过了她对真相的渴求。她心里乱糟糟的，再次转身就跑。

她知道自己这样简直像个疯子，对方只是个健康又率真的高中生，并不是什么变态或者怪人，而自己避之不及的模样，其实才像怪异的人吧？先是对好心把手机还给她的高小南大惊小怪，又在洗手间莫名其妙地跟陌生女孩搭讪，自己以前是这样的吗？她一点儿都想不起来了。

也许这时候她应该停下来，跟对方好好解释一下，他估计是认错人了，这件事就能轻松地解决。可是没有办法，她就是本能地感到恐惧，感觉只要奔跑的步伐一停下，自己就会死去。如景慌不择路之下迷路了，她急切地想找到大门尽早离开，这样漫无目的地绕绕转转，万一又遇到那个少年怎么办？

如景也不知道这深入骨髓般的恐惧从何而来，就好像她在跟真正的恶鬼玩捉迷藏，一旦被捉住，她就会被撕得粉碎，永远从世界上消失。

可是，为什么会有这样的感觉呢？她不明白。就好像那些盘旋在她脑海里的草药的名字和功效，她也不知道到底是从哪里看来的。她觉得自己身上有巨大的谜团，这真是太可笑了，她连自己是什么人都不清楚，她的记忆更像是被人强加到脑子里的，而不是真实的。

如景猛然停下脚步，她终于察觉到哪里不对劲了。

让她感到害怕的不是那个少年，而是她自己。

与此同时，空灵的铃声再度响起，她怎么现在才发觉呢，这听起来就像是索命的铃声。

一个人出现在她面前，是个脸上带着淡淡笑意的男子，穿着一身奇异的古装，那张让人猜不透年纪的既沉稳又年轻的脸，宛如水墨画般透着古韵和温雅，他背着棺材般巨大的箱子，上面密密麻麻地绘满了眼睛。

她又听见了若有若无的铃声，她逐渐平静下来。某段记忆恢复了，如景认出了对方，正是那个让她嗅过不知名药物的人。只是复苏的记忆里，她并不是在什么人声鼎沸的聚会上遇见这个人的，而是在一个阴冷的、湿漉漉的、洞穴般的地方。

“你是谁？到底是谁？”如景陷入了混乱，迷茫地看着对方，总觉得与他似曾相识，在更遥远的时候。

“我是个卖药人。”对方回答。

然而如景摇摇头，梦呓般说道：“不，我问的是你的名字。”

“我的名字你其实是知道的。”他笑吟吟地说，“你不是忘了很重要的事情吗？你不是想找回失去的记忆吗？那就不要跑，因为你所惧怕的那个人，正是你所需要的‘药’。”

如景蓦然清醒，她看着自己微微颤抖起来的手，感到非常矛盾。她本能地对接近那个少年感到害怕，可是在自己意识的深处，却又渴望寻求失去的记忆。

她木然回过身，正好看见追赶而来的荣光。

如景迷惑地看着荣光，荣光也吃惊地瞪圆了眼睛，不解地看着卖药人，他是第一次在卖药人脸上看到这么惊愕的表情。那玩弄世人般的刁钻笑容从卖药人脸上一刹那消失，他怔住了，定定地看着荣光。

“怎么……是你？”卖药人喃喃说着，却又突然大笑起来，“对啊！怎么会不是你？幽灵草、鬼女苔、诃黎勒……原来是我太愚钝，竟然这么久都想不出原来就是你！”

他目光复杂地注视着荣光，其实他又怎么会毫无察觉？也许只是他不愿意相信而已。这个会让他想起某位故人的单纯少年，并不是他想要找出来的、坚定地想要毁灭的对象。

可是，命运总是如此弄人。

一如当年。

荣光被他吓了一跳，焦急地说：“春景，你认识这个人？不对不对，你快过来，别靠他太近……”说着，他伸手去拽如景。

当他触碰到如景的那一刻，这个与春景一模一样的少女发出了凄厉的尖叫，她的眼睛惊恐地睁大了。肌肤相触的一瞬间，她的记忆全部恢复了，她记起了自己是谁……不，她从本质上来说，根本什么都不是。

她看到许多许多人在面前一瞬间死去，天空是赤红的，土地是暗红的，白骨筑成了树木，惨白的人手从泥土里伸出来，他们好像并不知道自己已经死去，还在挣扎着等候救赎。

难怪自己那么害怕，因为当他们相触，就意味着她要彻底消失。

然而荣光永远都不会知道这些，他看着如景一点点地消失，最终只剩下白骨，然后猛然一晃，瞬间化作尘埃。

红颜白骨，也只是一眨眼间的事情。

最后仅仅余下一枚拳头大小、晶莹剔透的石头落在地上。

“这、这……”荣光完全没有回过神，他惊恐地看着卖药人，“你杀人了？我杀人了？”

“没有人被杀。”回答他的是冷冷的、熟悉的少女声音。春景出现在荣光背后，目光犹如严冬中冰封的湖泊，她盯着卖药人，一字一句道：“你所看见的，不过是我的尸体。”

许多许多年前，她便死了，死于一场献祭。

给蓬莱的献祭。

5

男孩儿自幼睡得浅，总是容易半夜惊醒，即使到了岛上被周全地照顾，仍是改不了这个毛病。然而这一觉他睡得前所未有地安心，醒来时少女还在睡，四仰八叉的模样一点儿都没有女儿家的矜持，口水都流了出来。

石中胎还在他这里，少女对他也是十分放心。不过岛上向来风气淳朴，师门中的兄弟姐妹都是和和气气的，偶尔小打小闹也无伤大雅，所以这石中胎从药库失踪的事，估计还真的不会有人发现。

男孩儿把玩着漂亮得如同宝石的石中胎，突然想到了什么，连忙摇醒少女，急切地问："石中胎既然能做药引，那么若是直接入药，又会有何功效？"

少女睡得迷迷糊糊，便嘀嘀咕咕地回答："唔……能起死……回生呗。"

男孩儿眼睛登时亮了，急切地问："就是说石中胎能让死人复活？"

原本还抱着被子滚来滚去的懒床少女顿时醒了，她从床上一下爬起，面对男孩儿写满好奇的脸蛋，紧盯着他的眼睛严厉地说："不要去想这件事。不管你再怎么好奇，都绝对不可以尝试着把石中胎做'药'。"

她的语气和神情都是少有的凝重，男孩儿好像被吓到了，他抿着唇沉默了好一会儿，然后才问："那要是春景你死了，我觉得很寂寞很寂寞，寂寞得非常非常难受……也不可以让你回来陪我吗？"

"对，绝对不可以。"名为春景的少女郑重地点点头，"你知道了吗，雨泽？"

被唤作雨泽的男孩儿虽然感到疑惑，但还是乖乖地点了点头。

第十五章

蓬莱梦

椭圆形的晶莹石块，柔和而温暖，外面绽放出洁净的白色光芒和夺目的金色光芒，里面则是层层叠叠的无穷绿意，好似整片森林被浓缩在里面。此物为梦幻之物，由人为创造，它能让人获得弥补过错的机会。

1

蓬莱，是她的一个梦。

她刚进师门的时候还不叫“春景”，她那时候叫什么她自己都忘了。倒也不是不小心忘记的，而是有心想要忘记，因为旧时的名字如此不堪，没有被记住的价值。

带有春、夏、秋、冬这四字之一的名字，是只有师门中每代掌门亲自收的四个弟子，才会被授予的名字。

从此以后，她便不再怀念那些锦衣华服、侍女簇拥的日子了。

她是春景，从十一岁起便是。师门没有什么威风的名字，岛上的人都把师门叫作药庐，而岛外的人则把这座岛称作“蓬莱”。

春景不是岛上出生的人，她是乘船过来的。她跟牲畜一样被关在铁笼里，跟她年纪差不多的孩子们挤在一起，因为知道接下来的命运，男孩女孩们都哭哭啼啼的，看守他们的大人就拿着棒子敲打铁笼，高声斥骂他们。

春景手腕上铐着铁镣，女儿家娇嫩的皮肤磨出了血泡，但她是从来不哭的，哭泣和害怕只会取乐那些恐吓他们的人。她从小就倔强，爹娘也拿她这性子没办法，她觉得即使生为女儿，也要有铮铮铁骨。所以脖子上的铁镣再如何沉重，她也总是倔强地仰着头，狠狠瞪着那些看守。

看守不在时，笼子里的小孩会悄悄说话，有人害怕地说这些坏人是要把他们卖给可怕的野蛮人当粮食，有人说是要把他们带去做苦工，还有人说是要把他们拿去炼药，说着说着哭声又渐起。

春景知道这些说法都是错的，皇帝派侍者带了数百个童男童女去寻找仙岛，他们这些童男童女就是祭水神开路的贡品。

她爹就是因此事遭了罪。她爹一生博学多才，受人敬仰，最后却也抵不过天子无情，于是家中一夜巨变，她从娇贵的千金沦为卑贱的阶下囚。她本也该死的，却阴差阳错地被抓上了船，反正下场都是一样，没什么差别。

船身摇晃得越发厉害了，春景从浅眠中惊醒过来，两个看守骂骂咧咧地进来，推开门的时候风声雨声一起灌了进来，只听一个看守骂道："晦气！又起风浪了，这一路上走得真是……邪门！"

另一个回道："咱们就是替老爷们干活的，少多嘴。赶紧在里面抓几个扔海里算了。"

春景迷迷糊糊的，一只毛糙的大手伸进她所在的铁笼里，拎小鸡似的把她旁边的男孩拎了出去。孩子们顿时哭声一片，海浪拍打船身的声音与滚滚雷声，让这个关押祭品的狭小船舱如同地狱一般。

春景被吵得头疼，紧接着那只大手扭住了她，把她也捉了出去。

"就这几个了，走吧走吧。"看守不耐烦地说。

春景不肯走，看守便粗暴地推她。她还是不肯动，反倒一头撞在看守的肚子上，用力极猛，竟把一个粗壮的大汉撞得后退了好几步。看守勃然大怒，几步上前提起春景就要好好教训她，哪知道这个小女孩一点儿也不屈服，她的手在他脸上乱抓，还用脚踢他，跟发了疯似的。

孩子们都不哭了，目瞪口呆地看着这个在死亡前作困兽之斗的瘦弱女孩，然后看着她最终还是被比她强壮了不知道多少倍的大汉摔在地上，又狠狠地踹了几脚，胆小的孩子们又一次号啕大哭起来。

另一个看守阻止了同伴的暴行，催促他还是赶紧把正事办完，反正这女孩早晚是死，但不能死在他们手里。

几个小孩被推搡着上到甲板，刚出舱门，瓢泼大雨便把他们单薄的衣衫淋得湿透，感觉像把一层冰穿在了身上，冷得身体都麻木了。春景脚步凌乱地走在最后面，又被那看守报复性地踢了一脚，整个人狼狈地扑倒在甲板上。

甲板湿滑，她又瘦弱无力，努力了好几次都爬不起来，刚才揍她的看守大步从她旁边经过，看着她狼狈的模样得意地笑了。春景趴在甲板上，从淋湿垂落的刘海后看着他的背影，看着他空无一物的腰间，突然得意地笑了。

"霍大人，时间差不多了。"一个太监模样的人提醒道。

被唤作"霍大人"的是一名身穿官袍的中年男人，他眺望着翻滚的海面沉思，迟迟没有回应。

"霍大人，事关重大，若是过了时辰就无用了。"太监又说，语气有几分焦急。

"我知道，可是……"霍大人回头看了看春景等几个小孩，长叹道，"我们这样做是作孽啊！"他家中也有儿女，不过比这些孩子大几岁，他实在于心不忍。

"大人乃是奉了皇命的，何惧之有？这些孩子不过是乞丐孤儿，要不然就是死囚，还请大人切勿因为心慈误了要事。”

见霍大人还在犹豫，太监继续说道：“我们距离仙岛已经非常近了，这片水域里有拦路的凶兽，凡是有外人不请自来便会兴风作浪，只有喂饱了凶兽，我们才能继续前行。霍大人若是再不动手，被凶兽吃掉的就是我们了。”

霍大人最终还是闭眼把手一挥，守候待命的侍卫立马纷纷上前，拎起孩子便往海里扔去。听着孩子们撕心裂肺的哭喊，有的人面露不忍，有的人毫无表情，有的人则嘴角带笑……

很快春景也被抓起来抛入了海里。

春景通晓水性，一入水，她便从怀里掏出与看守纠缠时偷来的钥匙。铐在孩童们身上的锁都是统一的，所以钥匙只有一把。

水面上可谓惊涛骇浪，然而水底却远远没有那么可怕。春景眼角瞥见一条巨大细长的黑影在盘旋游动，搅动起水流与漩涡，有些孩子被水卷走，立刻就不见了踪影。

春景咬着钥匙打开手铐，又打开了颈环。沉重的铁镣徐徐沉入水中，她轻盈地往上浮去，离水面越来越近，仿佛伸手就能捉到水面上的光。她急需新鲜的氧气，于是加快了划水的动作，冷不防脚下一沉，有什么东西拽住了她，拖得她往下沉了一截，她心里顿时慌乱起来，脚下拼命乱蹬，不顾一切地想要摆脱那个抓住她的东西。

过了一会儿，捉住她的东西松开了，春景这才有时间低头看去，只见是个同样被抛入海中的男孩，他身上还戴着刑具，乌黑的眼睛瞪得大大的，即使在浑浊的水中也能清晰地看见他眼中的恐惧与恳求。

“救救我！救救我！求求你……救救我！”

春景仿佛听到他声嘶力竭的哭喊，可是她犹豫了，生死攸关的时刻，她不知道该不该拿自己生存的机会去救一个不相干的人。就是这么短短的一瞬，男孩沉入水底深处，再也看不见了。

春景把头探出水面，深深吸了一口气。她被海浪推出很远，看到那艘囚禁她的官船飘摇在海浪上。风浪丝毫没有平息，此时，春景看见一个巨大的黑影从水里冲出，它的真身被掩藏在海浪之中看不真切，但那庞大与凶猛毋庸置疑。

官船被绞断成两截，船上的人一个不剩地掉入水中，关着孩子们的铁笼也纷纷沉入大海，但他们被关在笼子里根本无处可逃。一时间，凄厉惊恐的尖叫响彻整个海面，春景恍然觉得，这才是真正的阿鼻地狱。

她抱住一块飘来的船板，把这当作求生的浮木拼命划动，她不想死，不想死，不想死！

她要活下去！

2

荣光搞不清楚到底发生了什么事。

刚才有个跟春景一模一样的女孩在他面前从血肉之躯化作白骨，又从白骨变成了一捧飞灰，而从来只在他梦里出现的春景，此刻竟活生生地站在了他身后。

春景说那个跟她一模一样的女孩是她的尸体？那她是……幽灵？魂魄？但尸体怎么又会是活的呢？

荣光这么一想就更混乱了，他想打自己一下，看看是不是还在做梦。

“你还是用了石中胎。”春景望着卖药人，幽幽地说。

“是。”卖药人笑道，“为了这一天，我特意配制了防腐的药水保存你的尸体。”他同样注视着春景，只是他的眼神不像她的那么冰寒刺骨，他说，“石中胎若直接使用，有焕发生机之功效，所以它本身就是真正的万灵药，难怪你当年要我保证，绝对不能尝试。”

“但你还是用了，为了把我从蓬莱里分离出来。肉身即使死去，也会与灵魂产生共鸣，这是无法打破的规律。”春景说道。她上前一步，把荣光护在了自己身后。

“我用石中胎让你的尸体短暂回到‘活着’的状态，但是肉体没有灵魂，所以她醒来后，我让她吸入了龙图粉。龙图粉能让人产生幻觉，只要懂得加以运用，也可创造出虚假的记忆。”

然后记忆会造就一个虚假的灵魂，赋予肉体短暂的活力。

他话音刚落，地上的石中胎因为能量耗尽，化作暗淡的碎块。

卖药人接着说：“但是肉身始终会保留一些记忆，即使我不插手，她也会凭着直觉找到你。”

让只剩空壳的尸体复活，本来就是违背天理定律的事情，而石中胎的药效又是有时限的。所以他安排了高小南，她捡到手机不是巧合，如景所记得的手机号也是他所灌输的记忆。他早就得知骆晓晓会来这里，他的布局是完美的。如景是一个虚假的人偶、一个诱饵，她与曾经服下过并非这世间之药的人接触，会刺激她与灵魂的联系。

高小南和骆晓晓，便是“药引”。

他要找到春景，更重要的是要找到除了她之外，还能进入蓬莱的另一个人。

一切都如他所愿地展开，然而到最后，他发现自己要找的人竟然是荣光。那个笨笨的、率性又简单，但是看着就让人开心的少年。

他原本并不希望他被牵扯进这样的事情里。

春景苦笑道："以前，我总是要你喊我'师父'，其实我们拜在同一师门，我不过是你师姐。"她眼里的冰湖因为过往的回忆而稍有消融，"只不过，我始终远不如你，雨泽。"

"你们……认识？"荣光惊讶地问，他这才反应过来。

与此同时，三人不约而同地感觉到四周的空气发生了微妙的变化。

荣光听见风中传来花苞绽放、芽衣破裂、枝叶伸展、植物破土而出的细碎声音，动物在嘶鸣，昆虫在振翅，这是生命勃发与膨胀的声音，像传说中的巨兽终于醒来，从喉咙里发出威严的咆哮。

"界限马上就要打破了。"卖药人平静地说，与他从容神态相反的，是药箱上混乱攒动的眼睛们，它们飞快地转动着眼珠，东张西望。卖药人抬起手，药箱上一个抽屉自动打开，他从里面取出一个小盒。

这盒子看起来很精致，也不知装了些什么，只见卖药人轻轻打开了盒盖，一团黑雾涌了出来，它袅袅升起，像化在水中的浓墨，散在半空中。

春景猛然抓起荣光的手，转身便跑。

荣光还盯着那团水墨似的东西看，那如轻纱般无害柔软的事物，却突然换上了一副狰狞可怕的姿态，它的体积骤然增加了数倍，颜色越发浓郁，直直地朝着春景的背后扑去。

荣光见状连忙一把推开春景，那团黑雾扑了个空，马上就把荣光当作目标，铺天盖地地朝他扑来。被推开的春景及时抛出了一把黄褐色的药粉，药粉与黑雾一接触便与之在半空中烧成了一团火球，火球中不断发出噼里啪啦的爆裂声。

那些东西差一点儿就要扑到荣光脸上，他分明听见黑雾中传来牙齿咬合的声音——这东西不是烟雾，它们是活的！荣光忍不住骇然大叫："这到底是什么鬼？！"

"一种毒虫。"春景简洁地回答，并催促道，"我们得赶快离开这里，也许它们还会跟来的。"

荣光见春景是个女孩，不由分说就把她背了起来。他是游泳选手，体力自然更好，这样活动起来也更为方便。

春景没有抵抗，她趴在荣光背上补充道："这种虫叫'锵锵'，你刚才也听见它们的叫声了。它们身形极小，繁衍却极快，会吞食空气中微小的生物和植物的花粉，从自身分裂出更多的锵锵。锵锵成群活动，远看似是一团黑雾。你看到黑雾骤然膨胀，那是因为它们在一瞬间便已繁衍了好几代的后代。一旦被它们缠上，一头成年的巨象被吃得连骨头都不剩，也不过眨眼的工夫。"

"你们不是认识吗？他为什么要这么做？"荣光一边跑一边问，他明显感觉到卖药人与春景不仅仅是"认识"那么简单。

"他要杀我。"春景回答，却没有告诉荣光根本的原因。

"杀你？"荣光又不明白了，"你不是已经……"春景明明说那是她的尸体，既然是尸体，那就是说她已经死了，已经死了的人要怎么再被杀死？

春景知道他在疑惑什么："他要抹杀的是我的'存在'。"

荣光更糊涂了，他知道自己笨，如果不把事情解释清楚，他是不会明白的。越是不明白就越是在意，所以他也没留意前面地面像是被高温炙烤般融化了，不断地冒出沸腾的水泡，竟然变成了一片沼泽。

春景像扯紧马匹的缰绳般揪着他的头发让他停下来，那力气狠得让荣光以为她其实是想趁机把自己拔秃。

他刚好停在沼泽边缘，要是不小心跨进去，肯定立马就要被吞进沼泽了，而且里面还不知道会不会有什么奇怪的东西。

明明是最熟悉的学校，但为了绿化栽种的树木什么时候变得如此高大了？只有人类生存的城市里，为什么会传来有蹄动物成群奔跑的声音？四周接连响起人们的尖叫，这不是只有在梦里才会看到的奇异森林，这是现实。

春景轻声说："这就是蓬莱，界限在消失，它要占据这边的世界了。"

荣光想了想，疑惑地问："这都是卖药人做的吗？"

春景点了点头，幽幽地说："没错，一切都是因他而起。"

荣光听了她的话后，竟然问道："真的吗？"

春景没想到荣光会质疑她的话，她很小心地不让自己露出意外的表情，一字一句地回答："荣光，我当然没有骗你。"她不是第一次欺骗荣光了，神色与态度都无比自然，而且如今发生的一切，确实都是源自她与他的过去。

荣光虽然脑子不灵光，却拥有一种天生的直觉。他犹豫着，他不信任卖药人，他一直都觉得卖药人完全不把其他人的生死放在眼里，无情冷酷得可怕，可是这个人，无论做什么都会有他的原则和理由。

他心里有一杆秤，衡量着因果。

他做每一件事，就如同配一味药，会仔细地对症下药，把握着分寸，甚至精准到毫厘。

所以他忍不住问春景："他为什么要杀你？"

"他不但要杀我，他还要杀你。"在荣光再次发问前，春景抢先道，"现在不是跟你详细解释的时候，我们先找一个安全的地方吧。"

原本无比熟悉的校园越来越像一片茂密的森林了，荣光勉强辨认出道路，背着春景找到了校门。站在学校的大门往外看去，马路上一棵棵参天大树拔地而起，直冲云霄，藤蔓缠绕上高楼与大厦，苔藓与阴生植物如铺开的地毯般迅速蔓延。

生命的力量就是这样纯粹、蛮横与强大，毫无道理地摧毁着现代文明的一切。

人们惊惶失措地尖叫着，没有人知道到底发生了什么事。荣光看见天际浮现出绿色的光，春景从荣光背上下来，与他看向同样的方向，说道："绿色的太阳……当它完全升起，蓬莱便会完全降临，那时一切都将无法挽回。"

她话音刚落，荣光便听见有人惨叫，回头一看，只见穿着学校保安制服的男人显然也被吓坏了，他朝门口这边跑来，龟裂的混凝土地面里弹起一条树根，从背后穿透了那个人的胸膛，把他钉在了地上。

"不要！"他想救下那个人，却被春景拦下了。

"太晚了。"春景低声说道，"好好看着，这就是你梦里的森林——蓬莱。"

荣光眼睁睁地看着一个身壮力健的成年男人逐渐变得干瘪，他一开始还拼命挣扎，但很快就失去了力气，他从未见过如此可怕的场面！

森林把所有的活物当作养分吸收，它在占据这座城市，贪婪地吸取人们的生命，并把他们的血肉化作供养自身的养料。它不是什么温顺可爱的小猫，它是嗜血的狂狮。

荣光觉得自己分不清了，到底蓬莱是他的一个梦，还是眼前的这一切才是他的噩梦？

这时从校园里又跑出一个人，是徐明子！他看见被树根缠绕的保安，没有迟疑就冲了过去，只见他上前用力地踹着那条树根，又用手想掰开树根，但这些都是徒劳的，另一根树枝从黑暗里偷偷伸出来，眼看着就要缠上徐明子。

"真是笨蛋……"春景低声说。

这句话让荣光恍然醒悟，他甩开春景的手朝徐明子那边跑去。对啊！他就是个笨蛋，笨蛋就该像个笨蛋一样凭着一腔热血做傻事吧！就算这样很危险，就算这样很愚蠢，但这才像是他会做的事情，而不是害怕地站在一边，袖手旁观，畏惧不前，那样就算最后活了下来，也只会后悔一辈子，连自己都看不起自己。

荣光不知道自己哪里来的自信和勇气，冲上去握住那根要袭击徐明子的树枝，本以为事情不会太顺利，没想到他刚捉住那根树枝，它便安静了下来，然后缓缓地缩了回去。

徐明子却没那么幸运，他与那树根缠斗中被抽飞出去，受到冲击而陷入昏迷。荣光没来得及阻止这一切，他看着树根卷起了那名保安……

"真拿你没办法。"春景在他身后说道，"我知道你想阻止这一切，但见一个救一个有用吗？这座城市有多少人，你这样做毫无意义！"

"可是我不能见死不救！"荣光反驳道，"我做不到像你那么冷静！我——"

"啪！"春景甩了他一记耳光，沉声道："你绝对不能死，你死了，那才叫无可挽回。

荣光，我有办法，只要你相信我，我能让这一切都结束。但我需要你的帮助，小荣光，你不知道你有多重要，你一定要管好自己的小命。”

荣光这时也平静下来了，但他还是不明白：“为什么我很重要？”

春景没有回答，她执起荣光的手，同时从药箱里拿出一根细长的竹筒，竹筒像一根麦秆，有一根手指般长。春景小心地打开竹筒，一条浑身呈蓝紫色的奇异蜈蚣爬了出来，头顶端长着一对红色的腭牙，它在春景的引导下，慢慢缠在了荣光的左手中指上。

被蜈蚣密密麻麻的步足爬过的感觉非常可怕，荣光瞬间浑身都发麻了，但是出于对春景的信任他没有挣扎。蜈蚣的腭牙勾入荣光的皮肤下，死死咬住，痛得他几乎要叫出来，下意识就想把这恶心的虫子扯下来。

春景制止了他，她说：“你忍耐一下，这只虫在你身上，他就找不到你。”

此时，一阵一阵的铃声响起，荣光与春景不约而同地从脊背生出一阵寒意。

“不要怕，荣光。”春景很慢、很轻地说，“你要相信我，我会陪着你。”

一瞬间，荣光从她眼里看到无数绿色的、细长如同藤蔓的东西一闪而过。

3

春景不知道自己在海里漂浮了多久，也不知道自己将随波逐流去向何处，但她从来没有放松过抓住木板的手。昏昏沉沉中，她被水流冲上了陆地，她的身体动不了，气息微弱，太阳光直射在她浑浊的虹膜上，她也毫无知觉。

她活着吗？还是死了呢？正疑惑着，她听见有人说：“你还能活下去，吃下这药吧。”

听到这句话，她顿时明白自己还没有死，渴望生存的欲望让她挣扎着恢复微薄的意识，也不管被送到嘴边的是什么东西，囫囵地吞了下去，然后便失去了意识。等再醒来时，她发现自己已经身处蓬莱岛上的药庐之中了。

“好孩子，你活下来了。”濒临死亡时听过一次的声音再度响起，“你在蓬莱，你安全了。”

救她的是个眼睛上蒙着白布的男人，一头白发，一身黑衣，他露出来的脸庞与颈脖的皮肤都十分年轻光洁，若只是看他这副模样，也真是玉树琼枝般的俊逸秀雅，然而他的一双手却犹如枯木，那是一双耄耋老翁的手。

这个男人便是师门的掌门，是这座蓬莱岛的岛主，也是春景的师父，但春景之后总是顽劣地偷偷喊他“老头子”。

当师父把她从岸边救回来，带进师门并宣布要把她收为弟子且赐名“春景”时，师门中有不少人是不理解的。但蓬莱岛上的人多数淳朴温顺，虽然心有疑虑却也从来没有对她做过过分的事情。

春景与师门其他子弟一起生活、学习、照顾药草、研究药理，师门里的人都对她十分照顾。只是春景总觉得自己是岛外来的，又被破例收为亲传弟子，大家对她多少还是有些隔阂与生分。也许是为了争一口气，也许是她骨子里高傲的天性，她暗暗立誓，一定要证明给所有人看，她是配得上“春景”这个名字的。

她本就聪慧过人，又是不服输的性子，如今小小年纪历经生死，心性也磨砺得更为坚韧，冬去春来，不知不觉，竟然再没有人记得师门里那个突然冒出来的春景是岛外人，只知道师门里出了个聪明伶俐、妙手回春的新弟子。

十五岁时，春景从师父手里接过那只小药箱，名字中的“春”代表了她的身份，而这只药箱则意味着师父与岛上的人终于从心底承认了她。

而师父把药箱交给她的这一天，也是师父把那个男孩儿带回来的那一天。

蓬莱岛与世隔绝，师父也不常到岛外去，唯独有一次，他只身离岛而去，过了数月才回。当时师父扛着一个用白布卷着的、血淋淋的东西匆匆回到师门，立即就把三个亲传弟子都叫到了他房内。

春景等人赶到时，正好看到师父把那白布裹着的东西小心翼翼地放在床上，房内燃了药草熏香，但血腥气与腐败的难闻气味依旧浓烈。等白布打开，众人都被吓得目瞪口呆，就连春景也不忍直视。

白布里，竟是一个被剥了半身皮、身上布满各种伤痕的孩子，这孩子不过十岁左右，却已经遭遇了许多人至死都无法想象的、惨无人道的对待。这个瘦弱的孩子胸膛微弱起伏着，更难以置信的是，他居然还活着。

春景心想，师父一定是费了不少心思才保住了这孩子的命，师父这次离岛外出，好像就是为了把这个孩子带回来似的。未等她再多想，师父便递来一只药箱：“春景，你拿好，留在这里协助我。”

春景还是第一次亲眼看着师父如何救治病人，他虽双眼蒙布，却视物无碍。师兄秋茴恭敬地拿来了师父的药箱。师父的药箱是个半人高的大箱子，黑木鎏金，华贵异常，但春景每次看着这个药箱，都觉得它宛若一副贵重但冰冷的棺材。

药箱上镶嵌着许多抽屉，有大有小，层层叠叠，里面或盛着药材，或放着药瓶，或置有各种各样的工具。只见师父熟练地打开药箱上的抽屉，取出一套精巧但一看就让人头皮发麻的金色小刀。

随着这个男孩儿被带进师门，所有人都被调动起来，师父向来不许人乱入的房间此时人来人往地忙碌着。师兄秋茴跪在床边，用小火炉仔细炙烤着马上要用到的金色小刀。春景抱着刚拿到的药箱，手心却有些冷汗。

“秋茴，你去处理他另一半身体上的伤。”师父接着又道，“春景，你负责替他施针，护好他的心脉。”

说罢，他接过秋茴递上的小刀，就要往男孩儿血肉赤裸的半身下刀。

“他还没有服下麻药！”春景急忙唤道。

师父却摇摇头说：“他这副模样，痛不痛对他而言还有意义吗？春景，你若是对自己施针的技术没有信心，那就把药箱放下，走出这个房间。”

春景心底一颤，再也没有多说一句话。她从未见过师父如此着急的模样，虽然明白师父之前应该给这个男孩儿服下了续气保命的丹药，但她还是不忍看着这么幼小的孩子承受疼痛的折磨。她其实一直没有办法忘记铁笼里那些孩子绝望的脸，也没有一刻忘记过那个绝望地沉入水底的男孩的脸。

春景顿时明白自己应该做些什么，她取出银针，锁住男孩儿身上的要穴，她的手极稳，连师兄秋茴都对她投以赞许的目光。她果断地刺了可以减轻疼痛的穴位，但不敢下针太狠，怕与其他药性冲突，但起码能为这个被折磨得不人不鬼的孩子带来一点儿舒缓。

他们完全感觉不到时间流逝，春景与师父一样全神贯注。

师父仔细分开这男孩儿的肌理、脉络与血管，直到看见骨头，又以锤子敲开骨头，那骨头崩裂的声音听着都让人心底发毛，然而那男孩儿却硬是一声不吭。

春景这才看到，他骨头里满满的竟都是黏稠如泥浆似的东西，还有一股难闻的恶臭。

“我要替你刮干净，你忍着点儿。”这是师父开始以来，说的第一句话。

那男孩儿仿佛笑了，明明那张脸血肉模糊，春景却蓦然认为他一定是个好看到不行的漂亮孩子。

灯亮了又灭，春景也不记得自己最后怎么就累得躺在地上睡过去了。等她再醒来时，发现身上已有人替她盖了件衣服御寒，男孩儿躺在床上，四周落着厚厚的垂幔。春景嗅了嗅，发现里面点了龙涎香，那可是顶级稀罕的东西，燃着之后，果然能清晰看到帐内盘旋着龙的影子，它正守着这男孩儿的命。

春景知道他活下来了。

虽然依旧无法弥补她没有捉住海里那个男孩双手的愧疚，但现在看着床上的男孩儿，她心里稍微感到了安慰。

于是她越发无法放下这个孩子。

男孩儿恢复的速度快得惊人，他受了那么重的伤，几乎是在鬼门关前走了一圈，一个多月的时间却已经能下床活动。他身上还缠着绷带，春景每次给他换药，都发现他的皮肤又长出了一些。

春景暗自惊叹，师父固然医术高明，可这个男孩儿也不似寻常人。

春景几次问他叫什么名字，男孩儿从来都不回答，春景也不勉强他。不知道从什么时候起，照顾这个男孩儿成了她的工作——师父自然是不管这种琐事的，师兄秋茴也不是个有耐心的家伙，师父又只允许他们几个入室的弟子照顾男孩儿，于是春景便担下了这个责任。

她是家中独女，又是出身不低的官家千金，一开始完全不懂得如何照顾人，笨手笨脚的，连秋茴都看不过去，说她再这样，好不容易救回来的人搞不好就要在她的照顾下咽气了。但对比起坏脾气的师兄，那个男孩儿却总是目光沉静地注视着她，从来不说话。

时间久了，春景逐渐熟练起来。

生肌续骨虽好，却都是极为痛苦的事，而男孩儿竟然一直拒绝服下能缓解痛楚的药。他忍耐着难以想象的痛苦时，春景就捧着记载了药草品类的书念给他听，他痛得额上一层一层都是冷汗，嘴唇发白，却还是听得很认真。

春景见状放下书，打湿帕子给他擦汗，男孩儿的身体僵了僵，仿佛很不自然。春景知道他就跟受伤的动物般对一切都不信任，换作之前给他换个药都得挣扎一番，但这次他只是顿了顿，便安安分分地让春景替他擦了汗。

“我跟你一样，也是从这座岛外面来的。”春景说着，男孩儿不回话，她也自顾自地说，“你别看我现在这样手把手地喂你药、给你换药擦汗，我爹爹以前可是个大官呢，这种伺候人的活儿我什么时候做过？”

这是她到了岛上之后，第一次回忆起过去的事情。

“后来爹爹得罪了皇帝，因为爹爹不想做很坏很坏的事，但具体是什么事我也不知道，后来他就死了。爹爹从无过失，他们找不到罪名给他，就让人假装强盗把我家里的人全都杀了……那一晚好可怕啊，满地都是尸体，到处都是血，我看着他们把烧融的铜汁灌进爹爹嘴里……”她竟没发觉自己说着说着就哭了，直到一只缠满绷带的手轻轻替她拭去眼泪她才回过神来。

“我以前不是叫春景的，这是师父给我取的名字。你如果不喜欢你以前的名字，等你好了就取一个新的吧。这座岛很大，有趣好玩的东西多着呢，不过也很危险就是了。你一定要好起来，到时候我就不给你念书听了，我要带你走遍这座岛，看每一朵花、每一棵草，然后要高高兴兴地、开开心心地……活着。”

男孩儿看着眼前的少女哭泣着露出的笑容，乖巧地点了点头。

那天夜里春景做了噩梦，她又梦见全家灭门的那一天，她知道自己一定是在做梦，可是醒不过来。耳边全是凄厉的尖叫，还有刀刃撕裂皮肉、砍断骨头的声音，她看到爹爹被人捉住，然后、然后……春景在梦里紧紧闭上了眼，再一次看到了让她无比悲愤的一幕。

春景尖叫着从梦里醒来，冷汗濡湿了她的发丝，像无数细长的小虫子缠绕在额上、颈间。

一只缠着绷带的手贴上了她的脸颊，是那个男孩儿，她给他守夜，竟不知不觉趴在他床边睡着了。吵醒了休养中的病人，春景罕见地感到羞愧。男孩儿纱布后的眼睛清亮有神，他拿着手帕给她擦了擦汗，然后那只缠满绷带的小手又缩回了帐内。

“谢谢。”春景轻声道，帐内没有回应。

夜凉如水，熏香清幽，她不可思议地平静下来。

又过了些日子，缠在男孩儿身上的绷带终于全部解下，露出他精致如画的脸蛋，那模样好看得就像个活生生的小仙童。虽然重获新生，男孩儿的眼内却没有太多欣喜，反倒十分清冷，像漫天大雪里一株幼小的孤松。

可这足够让师门上下意外并欣喜了，没想到当时那个浑身烂肉的孩子竟然如此标致，也不由得慨叹世间竟然有能对这么一个孩子百般折磨的人。

春景跟他熟了些，知道他虽不爱说话，但肯定不讨厌自己，看着他绷着一张小脸，就特别想逗他，于是捏着他吹弹可破的光滑脸颊问道：“你看就这个后院的一棵野草都有名字，你倒是说说你叫什么啊？你以后也是要入师门的，总不能让大家跟喊小狗一样喊你吧？”

这一次，男孩儿终于说话了：“我没有名字。”

春景愣了愣，又听他说：“你能给我取个名字吗？”他的眼神十分认真，好像还有点儿期待，“春景的名字是师父给的，那么春景能给我一个名字吗？”

春景收起笑嘻嘻的脸，她能感觉到这个请求中带着的分量，好像这不仅仅是给予这个孩子一个名字那么简单，她交给他的，还有往后一段无比漫长的、崭新的人生。

她想了好久好久，男孩儿一直安静而耐心地等着。最后，春景嘴唇轻轻开合道：“雨露天赐，恩泽万物，不然你就叫‘雨泽’吧？”

“雨泽，雨泽，雨泽……”男孩儿把名字翻来覆去念了好几遍，突然浅浅地笑了起来，声音轻快地自言自语道，“我以后，就叫雨泽了。”

那之后，春景便再也不是师门里最小的弟子，在她之下还多了一个小师弟，名为雨泽。

4

荣光不肯丢下徐明子不管，春景也没办法劝他。两人扶起昏迷不醒的徐明子，在学校附近找到一辆三轮车，把徐明子放上去，春景也坐了上去，荣光上到驾驶座，卖力地蹬起来。伴随着“吱呀吱呀”让人牙酸的声音，他骑着小破三轮英姿飒爽地上路了。

“要去哪里？”荣光问。

“看看附近有没有什么寺庙，我们到那边去。”春景回答。

“好咧！我记得有一座古庙就在这边。”荣光振作精神，给自己打气。

一路上，荣光看到街上不少人惊惶失措地乱跑，他们对发生了什么事一无所知，也不知道该如何获救，只能无助地仓皇奔跑，惊恐地号哭。一些外形古怪的生物从黑暗里扑出来袭击人类，荣光听见他们惨叫着被拖进黑暗里，随之而来的是不祥又可怕的咀嚼声。

原本热热闹闹的城市，如今变成了被死亡覆盖的废墟。

荣光不知道家里怎样了，父母都有没有事，还有学校里的朋友和同学……他希望大家都能平安，尽管心里无比惊慌和焦虑，但他只能咬紧牙关，卖力地蹬着三轮车的脚踏板。

荣光实在想不通卖药人的行为。他为什么要杀春景，又为什么要杀自己？为什么要拉上这么多的人陪葬？他的目的到底是什么？他与春景又是什么关系？

他想得过于专注，以至于没有发现手上的蜈蚣悄无声息地消失了。

马路上随处都是被丢弃的车辆，凹凸不平又不知道随时会蹿出什么来的道路让汽车无法行驶，返璞归真的人力三轮车此时此刻却发挥出它可靠的实用性。幸运的是，那些野蛮的植物和凶残的怪异生物似乎都忙于袭击其他人，一直都没有来骚扰他们，这么一辆破破烂烂的小车，居然就像一艘火力威猛的大型军舰般一路畅通无阻。

绿色太阳的光落在春景脸上，照得她脸色发白，都能看见细薄肌肤下淡青色的微小血管，这让荣光觉得她整个人透着一股惨青色，不过他知道自己也没有好到哪里去。

那空灵而缥缈的怪异铃声，一直没有停止。

这声音让荣光十分难受，像勒在他脖子上慢慢收紧的绳索，他用力呼吸着，却还是像窒息。他感觉力量被慢慢地抽走，像是有人在他的静脉上割了深深一刀，全身的血液都在从那个伤口安静快速地往外流淌。

“铃声很难受是吧？”春景说，“这不是一般的铃，是某种祭礼上才会使用的摇铃，一般的人类和生物是听不到的。这是一种唤醒沉睡之物的铃声，据说只有被古神亲手创造的生命才能听到。我其实比你还难受，你还算是人类，而我……”她没有说完后面的话。

荣光觉得很荒谬，他只是个普通人，从不觉得自己有什么特殊之处，为什么这铃声也会对他有影响？他正想问，突然有人拍了拍他，徐明子醒来了。他对面前陌生的少女感到很奇怪，总觉得她有点儿熟悉却又怎么都想不起在哪里见过她。但他也没有问太多，了解了目前的情况后，他主动提出与荣光轮流骑车。

荣光骑了很长一段路，已经很累了，现在有了徐明子帮忙，速度自然快了许多。

三轮车停在一条长长的麻石阶梯下，这条相传有九十九级阶梯的尽头是一间古庙，据说走一阶叩一次头，心诚则可得到神灵庇佑，这里一度香火鼎盛，可是如今已经荒废了。

荣光以前从来没有进去过，也不知道里面供奉的到底是什么神灵。阶梯两旁的夹道是高耸的树木，由于无人打理而浓密茂盛，荣光望着黑漆漆的树影，不禁缩了缩肩膀，他看向石阶尽头那扇残破的小门，不知道怎么就犹豫起来。

然而春景已经一把抓起他的手，拉着他一步一步拾阶而上。

春景的手是冰凉的，那肌肤上透出的凉意让荣光心里发毛，他感觉自己握着的是一截柔软光滑的藤蔓。

“寺庙地界上的树木花草皆有灵性，不会那么容易被蓬莱影响。”春景解释道，果然这里的植物虽然看着阴森，可是安守本分，不像他们之前看到的那么富有攻击性。

“即使荒废了也一样？”徐明子跟着他们，虽然他并不清楚蓬莱是什么。

“嗯。”春景点点头，“在这座古庙鼎盛之时，日日有僧人虔诚念佛，受此熏陶，这地界上的生灵便通了灵性，即便日后庙宇荒废也影响不大。”

古庙破旧的大门一推就开了，庙内因无人打扫，地上落了厚厚的叶子，石制的巨大香炉上爬满了青苔，满目的衰败颓废之色。

这时天上突然淅淅沥沥地下起了小雨，昏暗之中荣光看到春景神色一变，这场雨显然不是什么好征兆。三人匆匆躲到古庙的正殿里，春景打发徐明子进殿内查看，自己则与荣光留在廊上，荣光小声地问：“下雨会很糟糕吗？”

“雨露天赐，恩泽万物……”春景喃喃低语，皱着眉却浅浅笑起来，“雨水滋润万物，是生命的象征。这场雨从蓬莱而来，那些植物就等着这场雨呢，雨水里还带着更微小的、其他生命的胚芽。”

也就是说，在城市里肆虐的凶残动植物还会增加，而且因为有了雨水的滋润，它们甚至还将更加残暴、强大。

“你说有办法的！那就快一点儿啊！”荣光着急起来。

少女脸色苍白地看着他，柔声问：“只要能平息这一切，无论要你做什么，你都会帮我的，是吗？”

荣光重重地点了点头。

春景从她的药箱里拿出四根蜡烛交给荣光，指了指破败的大殿说：“你进去把蜡烛点起来，分别点在东南西北四角，我和徐明子到其他地方看一下。”

荣光接过蜡烛，心里浮起一丝疑惑，怎么春景会知道学长的名字呢？春景却是先一步止住了他的疑问：“想帮忙，就别多问。”

这时徐明子从殿内出来，他在里面没发现什么，春景也并不在意，她的目的就是想支开徐明子。她对荣光叮嘱道：“记住我刚才说的话了吗？”

荣光听话地点了点头，她摸了摸他的头，像疼爱自己的弟弟一样说道：“我很快就回来。”

她拉上徐明子走进细雨之中，背影渐渐消失在朦胧的雨幕里。荣光进了大殿内，里面没有灯，他打开了自己的手机照亮四周。

大殿内散发着一股衰败的气息，香案早已倾塌，地上都是凌乱的杂物，破烂的布幔摇摇晃晃。殿内正中耸立着三尊高大的佛像，彩漆早已剥落，佛像上布满了裂纹，三张慈祥的脸上透着一股森冷。

荣光放下第一根蜡烛的时候才想起他根本没有点火的工具，刚放下的蜡烛却自动点燃了。黑暗中冒出一朵幽幽的暗绿色火焰，仿佛无尽的幽冥中，一头异兽睁开了它的眼睛。

荣光没有来由地心惊了一下，但是现在发生的一切，连同春景本身的存在都是无法以常理解释的，也不值得大惊小怪。荣光接着在另一个角落放下了第二根蜡烛，它同样无火自燃起来。

第三根蜡烛也亮起了，暗绿色的烛火摇曳着，漆黑的殿堂被笼罩在一片暗绿之中，让荣光觉得如同身处梦里那座名为“蓬莱”的森林。荣光站在最后一个角落，正准备放下第四根蜡烛时，突然一只手伸过来按住了他。

那只手是从一只宽广的袖口里伸出来的，在绿光之中显得无比惨白，把荣光吓了一大跳。最后那根蜡烛掉在地上滚了几圈，被那只手的主人捡了起来。

“你、你、你……”荣光结结巴巴地瞪着眼前的卖药人，想起春景之前的警告，他连忙倒退几步，一直退到后背贴上了墙壁。

卖药人站在一片绿光之中，背着一个棺材般巨大的箱子，箱子上的红漆像是沉淀的鲜血，上面还绘满了大大小小的眼睛，它们使劲眨动着，唯独那只金色的巨目犹如半睡半醒般微微睁着。

荣光深吸了口气正要大叫，卖药人一伸手捂住了他的嘴。卖药人的脸就在荣光眼前，他一手按住荣光的嘴巴，另一只手的食指竖在了嘴边。

“嘘，别让春景听见。”卖药人轻声说道，荣光觉得他的气息就吹落在他耳边，让他汗毛倒竖，然而更让他悚然的是卖药人接下来的话——

“她马上就要杀你了，我是来救你的。”

5

岁月匆匆而过，蓬莱依旧是世外桃源，静谧翠绿的岛屿毫无时光流逝的痕迹，男孩儿与女孩都逐渐长成了少年与少女。蓬莱岛上，师门的弟子陆陆续续会有人到岛外历练，但那一年之后，岛上再无外人进来，师父也不曾再出去。

雨泽从不提起来蓬莱之前的事，春景后来才偶然得知，师父是从森严巍峨的皇城里把雨泽救出来的。

要说天赋，在师门中，师兄秋茴是难得一见的奇才；要说勤奋与刻苦，毫无疑问是春景。

而雨泽，他存在这件事便是无与伦比的奇迹。

后来春景也曾经自问，雨泽要自己替他取名的时候，她为什么没有拒绝呢？赐名这么重要的事情，应该交由师父来决定才对。那时候四季之中，唯独“冬”之名还空缺，师父得知此事后并没有说什么，只发出了一声轻叹。

春景不禁猜想，也许师父也认为，比起自己或者秋茴，比起其他人，雨泽更有资格获得四时季节中的任何一个字。而自己，是否从那时起就隐约感受到他拥有的不可思议的能力了呢？

嫉妒、羡慕、畏惧……她其实也有着不可告人的欲望，即使身处蓬莱，即使抛弃了旧时的名字，但她归根结底只是一介凡人。

自从雨泽来了，师父每天都很宝贝地把他带在身边。得到这样的悉心栽培，这几年雨泽成长神速，他没有获得属于四季的赐名，师父待他却比任何一个亲传弟子都要更用心。

春景跑去找秋茴，想知道他是不是有着同样的疑惑。然而秋茴向来是不关心这些的，他才从岛外游历回来，正窝在软榻上懒洋洋地烹茶看书吃点心，敷衍地说：“也许师父对他有别的期待吧。”

“是什么事情只能期待他，不能期待我们呢？”春景不死心，她当然是喜欢这个小师弟的，但她也不想输给任何人。她一直认为别人能做到的事情，她也同样可以。

察觉到她话里的急切，秋茴总算从医书上抬起头正视她。

"春景，我们每个人都是不一样的，各有所长，也各有缺陷，你没必要执着。师父待雨泽好，肯定是因为他有什么过人之处。"

春景没好气地白了他一眼："说什么不要执着，你自己还不是一样，遇到病人垂危无论如何都要想法设法救回来，师父不也说过有些人的名字就是写在了阎王命簿上的，切不可强求，否则会乱了生死的常纲。"

秋茴同时被她的话和栗子饼噎了一下，他吞下哽在喉咙的食物，愤愤地说："春景，你只是新药配不出来心情烦躁胡思乱想，有空来找我说些有的没的，不如回去潜心钻研。"

两个人相互揭对方伤疤，同时"哼"了一声，一个扭头继续烹茶看书吃点心，一个扭头走出了门。春景前脚刚跨出门槛，便听到身后秋茴突然说道："我说你也去岛外看看吧，外面的世界比这岛上大得多，即便你再不愿意——"

"砰"，春景重重地把门摔上，秋茴看着被震得酥皮往下掉了一层的栗子饼，叹了口气。

夜里，雨泽结束课业，从师父房内恭恭敬敬地退出来。当年那个奄奄一息的孩子如今已经有了少年标致的轮廓，脸上褪去了稚气，也不那么疏离淡漠了，嘴角也会带笑，只是飞扬的眉眼依旧留有几分孤高。

他感激师父，如果不是师父冒死进入皇宫救了自己，他肯定还在那个地狱般的地方承受着没有尽头的折磨。师父是天下间为数不多知道他身份的人，但他不像皇宫里那个疯狂残暴的君王，总想从他身上剥取什么。

雨泽走出师父的院落，院里栽了些开着好看白花的树，银月照着落花，清幽雅致。雨泽出神地欣赏了一会儿，捡起了一朵，跑去找春景。

春景正在小药房内研磨药材，雨泽凑过去蹲在她旁边看了好一会儿，忍不住说："你太用力了，磨得太碎效果不好。"

春景没有理他，雨泽又说："你自己是这么教我的，你做错了我就不喊你'师父'了。"

因为"雨泽"这个名字是她取的，所以春景就效仿着师父，戏闹般逼着雨泽也喊她"师父"。

春景振振有词道："我要调配新药，或许这样效果更好呢。我这是尝试，不是犯错。"

雨泽看了一眼她的药钵，认真地反驳她："你把晒干的霞光果整个儿这样磨，籽都碎了，果肉跟籽药性不同，掺在一起怎可能效果好？"

"好啦好啦，你就直接说用什么好了。"春景本来就心情不好，不耐烦地打断了他，她其实也有些气馁了，"根本没有能与整个方子配合得完美的药材啊！"

"你想做出怎样的药，春景？"

"后悔药。不是有'世界上没有后悔药'的说法吗？那我偏要做出来看看。"春景得意地说，"吃下这种药的人，就可以弥补自己犯下的错。如果做出来了，我要把这药叫作'蓬莱梦'。"

雨泽还未见过春景这副模样，带着伤感，却又抱有无限向往。这不是她异想天开，也不是平日那样不正经地开玩笑，这对她而言是一个沉重却也重要的愿望。

他来到这座岛上虽然已有些时日，但他见过人性与欲望最丑陋、最扭曲的一面，他曾经以为自己再也不会轻易亲近任何人。

可师父和春景是不一样的。他对师父是尊敬，对春景则有如家人一般。这并不仅仅是因为春景对他好，还因为他从师父那里听说过春景的身世。

那时他被救回岛上没多久，因为不肯说话也不愿意与人接触，师父就来到他病床边，告诉他，原来春景的父母、她全家上下，都是因他而死。

师父说完后，捻着灯芯道："你从今以后要学着去接纳他人，那就从春景开始吧。"

他看着春景的侧脸，少女雪白的脸颊在烛光下染上了温暖的光晕，眼眸荡漾着火光，目光专注，他不禁心中微微一动。

他希望春景的愿望能实现，他想帮助这个少女。那么……为她做点儿什么也不过分吧？因为是春景，那让她知道自己的秘密也没有关系吧？

"春景，我有办法。"

春景疑惑地看着他，当初才及她腰高的男孩，现在已经快与她齐平了，也许再过几年，她就得仰头看他了，男孩子果然是长得十分快呢。她为他长大了这件事而欣喜，可是也为他的进步与成长感到有一丝微妙的不解。

然而这一切都是无可抵挡的，他注定会成为参天大树，无论她多么的不情愿，最终恐怕还是不得不承认自己远不如雨泽。

所以听到自己一直无法解决的事情，雨泽竟然说他可以做到时，她更多的是不相信，于是说话的语气也有了些嘲讽挖苦的意味："你能有什么办法？"

雨泽不知道春景复杂又矛盾的想法，他拉起她的手，把少女柔软的小手拢在自己两掌之间。他很久很久不曾做过这件事，不禁有些紧张。他闭上眼，回忆春景之前的话，尽全力去构想她所追求的那味药，它应该是什么样子的，会有怎样的气味，有怎样的功效……

春景惊讶地看见雨泽的指缝间透出柔和的光芒，那光是世界上最洁净的白与最夺目的金，它们柔和地融合在一起，明亮而温暖。她感觉到自己本该空无一物的手心上产生了重量，那东西是润滑的、坚硬的，稍微有点儿凉。

直到光芒彻底消失，雨泽才放开她的手，她的手心里突然多了一块椭圆形的晶莹石块，石块里面是绿色的，那深邃的暗绿层层叠叠，像一座森林被浓缩在里面。

“这是……”春景觉得这外形有点儿像石中胎，但显然并不是。

“蓬莱梦。”雨泽的声音有些疲倦，这耗费了他很大的精力，但他还是觉得自己帮助了春景，“这是你想要的……”

他没能把接下来的话说完，因为他怎么都没想到，浮现在春景脸上的不是任何一种喜悦的表情，而是屈辱、愤怒、不知所措。

“出去。”春景说着把东西塞回雨泽手里，把他推出门外，“我不想看见你！”

春景用力关上了门，她终于明白，为什么他会遭受那样的对待，为什么师父会不顾一切救他回来，那么珍惜地把他带在身边，并将所有学识倾囊传授。

因为他能让虚无中诞生新的造物，他能让虚幻的事物成为真实。雨泽所拥有的不是天赋、不是智慧、不是毅力，他拥有的是造物的能力，只要他愿意，他甚至可以创造一个世界。

春景为此感到恐惧、害怕，不甘心被雨泽超越的自己现在看来是多么可笑，她只是凡人，怎能与神祇相提并论？

蓬莱梦啊蓬莱梦，这确实是她所追求的梦幻之物，然而雨泽有没有想过，这东西如果不是由她亲自做出来，就完全没有了意义。

她一直以来的骄傲，在这一刻完全被击碎。

他造出了她的梦想，可也摧毁了她的梦想。

门外，雨泽茫然地站了许久，他不知道自己做错了什么，春景莫名其妙地发脾气，他觉得很委屈。见春景不愿搭理他，他便把蓬莱梦放在门口，转身离去了。

他小心翼翼收好的白花也掉在了地上，染上了尘埃。

6

“你说春景要杀我？”荣光扯开卖药人捂住他嘴巴的手，难以置信地反问。他觉得自己肯定是听错了，毕竟一个邪恶 Boss 突然跳出来跟你说正义的使者才是坏人，一般人很难马上接受吧？

“她要把你献祭给蓬莱。”卖药人严肃地说，惨绿的烛光中，他脸上也不见了那种嘲弄世人愚昧与执着的笑容。

他对荣光说:"一旦成功，你会成为比气流更缥缈的存在，将再也不存在于这个世间，你会永远失去你的父母、亲人、朋友，失去所有爱着你的人以及你爱着的人。而把你献祭了后，春景也会彻底消失，你可以理解为魂飞魄散的意思。"

荣光反问："这听起来对她一点儿好处都没有，她为什么要做这种事？"

卖药人不知道该如何回答这个质问，趁着他迟疑，荣光看准机会一把推开卖药人，药箱上的眼睛受到惊吓般乱眨起来。荣光肯定自己这次没有看错，那箱子上的眼睛都是活的!

他慌慌张张地跑出去，连春景让他点蜡烛的事都忘记了。

外面的雨已经下大了，然而并不昏暗，因为天空的绿光越发明亮了。荣光不经意地抬头一看，赫然发现那绿色的天空上翻涌着的并不是云，而是一根根纠缠在一起的藤蔓。

"春景！春景！"他大声呼喊着，却没有得到任何回应。

这座古庙并不大，荣光很快就在后面的偏殿里找到了春景。她正面对偏殿站着，荣光进去时只看到她的背影，因为光线太暗，他连她的背影都看得不是很清楚。

荣光正奇怪为什么只有她一个，接着就看到面朝下倒在春景脚边的徐明子。

"春景？"他试探着喊了一声。

少女缓缓地转过身，荣光觉得黑暗中有什么东西也跟着一起动起来，伴随着窸窸窣窣的奇怪声响。黑暗中，春景的眼睛微微发绿，眼白浮现出清晰的细小绿色血丝，就像是植物纤细的须根。

"我不是说了我会很快回去的吗？"春景柔声道，"我也不想让你看到的。"

"你到底怎么了……"荣光胆战心惊地问，他本能地想要逃跑，明白此时应该离她远一点儿，可是直觉又告诉他不要随便乱动，因为这片黑暗里有别的东西包围了他。

"如果你把四根蜡烛点起了，你就会被困在大殿里，你现在能走出来就说明你并没有照我的话去做……"春景没有回答他，只是继续道，"他来了对不对？他告诉你我要杀你是吗？"

"是真的吗？"荣光看着春景一步一步朝他走近。

她的发髻散开，长发如瀑布般垂下，一直垂落在地上。随着她的走动，黑暗中的躁动也越来越强烈，那些会活动的东西跟在春景身后，它们翻滚着、爬行着、蔓延着，紧贴着地面和墙壁，发出沙沙的声响。

"你说这里不会受蓬莱的影响，也是骗我的？"

"一般情况下是这样，但我与蓬莱是一体的，要支配这里也很容易。"她顿了顿，又道，"不要怕，荣光，你要相信我啊。"

荣光拼命摇头，他只是一个普通人，从出生起就很普通，生活在日常的世界里，现在发生的所有事情都超出了他的认知，他根本无法做出判断什么是好的，什么是坏的，什么是正确的，什么是错误的。

到底是从什么时候起，身边的一切都变得异常了呢？

是从他遇到自称“阿蜜”的卖药人开始，还是从他做了那个梦开始？

“是蓬莱选择了你，只要你愿意接纳它，那么蓬莱的一切都将归属于你。”春景说，“我的职责，就是把这一切交付于你。”

她冰冷的手抚上少年的脸庞，荣光一个激灵从迷茫中清醒过来。春景已经走到了他面前，借着殿外越发明亮的绿色天光，他终于看清了春景的模样。

春景的皮肤都变成了绿色，不知名的植物枝蔓从她的发间长出来，柔软而细长，开着细小芬芳的花朵。她身上不着寸缕，袒露着柔软修长的身躯，展现出原始的、不加修饰的美，各种怪异的植物从她身上长出来，编织成她的长裙。这条诡异长裙的裙摆下还不断生长出其他的植物，它们充斥了整座偏殿，不断地开花结果，果实里掉出种子，种子又生根发芽，万物生长，如此轮回往复，生生不息。

她正在脱离人类的外形，荣光觉得她就像一头从林间深处走出来的猎豹，姿态优雅、曼妙，因为支配着强大的力量，所以显得随心所欲。

荣光动弹不得，鼓起勇气问道：“如果我……接纳了蓬莱，我也会……变成你这样吗？”

春景侧着脸没说话，这时另一个声音响起来：“对，你也会变成这样的怪物。”

卖药人的出现惊扰到那些蠢蠢欲动的植物，它们就像警惕的小动物般聚拢起来，退到春景身后。它们跟外面那些植物一样原始而粗暴，但在春景面前就跟小猫一样温顺乖巧。

荣光突然明白为什么前往古庙的路上如此顺利，那是因为它们根本不会攻击春景。

卖药人拿出摇铃晃动，荣光与春景同时露出痛苦的表情，那些原本乖乖躲在一旁的植物突然发了狂一般扭动起来，它们与春景的身体缠在一起，植物弯曲的触须伸向春景，像哭闹的孩子死死缠着母亲，春景不由睁大了眼睛，被那些细嫩的触须拖入了一团绿色的植物之中。

卖药人趁机拉着荣光就跑，荣光痛苦地叫喊着：“别摇了！别摇了！”

“要不是这铃声使蓬莱受刺激而失控，我和你都逃不掉。”卖药人没好气地说。

“蓬莱……到底是什么？”

“你所看到的‘蓬莱’并不是传说中那个美好的仙岛，那是蓬莱展现在世人面前温和有序的一面。真正的蓬莱是古神创造的一个荒蛮世界，里面有不可思议的生命、珍贵的药草、珍稀的飞禽、能点石成金的异兽、能长生不老的泉水……”卖药人娓娓道来，“自然的本质是力量，弱者会被吞噬，只有强大的物种才能活下来。为了生存，为了争夺养分、空气、光照……杀戮每时每刻都在发生。”

荣光沉默不语，他明白那座森林的雄伟与庞大，平静的地表下其实杀机四伏，它美妙绝伦的同时也无比危险。

这是惊人的力量，是无尽的财富，也是难以想象的宝藏。

卖药人说：“然而比起这些，最可怕的还是人类永无止境的欲望。”

这时他们已经来到古庙正门前，卖药人把手按在门扉上准备推开，一条长着尖刺的柔韧枝蔓缠住了他的手腕，与此同时，更多的枝蔓从地下破土而出，一瞬间就把卖药人牢牢地捆住了。

荣光连忙上前想帮助他，可身体却违背他的意志转了个方向。春景出现在他身后，她的眼睛完全变成了绿色，眼瞳上像是覆了一层薄膜。她的双眼曾经狡黠而灵动，现在却失去了焦距，茫然地注视着荣光。

“所以蓬莱需要献祭者。”春景的嘴并没有动，但她的声音却清晰地传进了两人的脑中，“它需要一个绝对没有私心，不会被迷惑，不会滥用这份力量的人来看守它。”

随她而来的是铺天盖地生机勃发的植物，绿意如潮水般淹没了石砖的地面，像无数簇拥在一起的蛇一样扭动，枝叶交错的黑暗后，一双双如同鬼魅的眼睛亮起。

春景举起右手，手掌的皮肤下钻出一条粗大的蜈蚣，缠在她的中指上。荣光突然觉得自己的中指一阵剧痛，他想起之前这根手指就被春景放出来的虫子咬过。

“你说那只蜈蚣是为了不让卖药人发现我，也是骗我的？”荣光问道。

春景点了点头，她的动作很僵硬，荣光知道这是她在与整个蓬莱同化，她曾经是蓬莱的守护者、支配者，但现在蓬莱即将吞噬她。

“那只虫子是我用药饲养的蛊虫，会控制你的身体，听从我身上母虫的支配。”

荣光恐惧地看见左手手背上弓起了蜈蚣的轮廓，它扭动着，咬开他的皮肤探出了狰狞的头颅。他被操控着往春景那边走去，每走一步他都能感觉到疯长的植物在他脚边蹿动。

他定定地看着春景，不禁想，如果他也被献祭了，是不是最终也会变成这副模样呢？春景现在已经完全称不上是“人”了，她从内而外地逐渐成为某种植物。

“你在害怕？”春景歪着头，“你将会继承蓬莱的一切，为什么要害怕？你不喜欢吗？”

“不，我不要……”荣光的声音因为恐惧而颤抖，但他依旧正视着春景，一字一句地说，“我不想变成怪物……”这话一定很伤人，但他是真心如此认为的，他不想欺骗春景。

而且他总觉得，这样丰厚的馈赠，是要以永恒的丧失为代价的。

春景那双绿色的、不正常的眼睛眨了眨，仿佛恢复了一丝人类的意志，虽然只是一闪而过，但荣光还是从她脸上看见了悲伤和失落。

春景张开双臂拥抱了荣光。由无数植物构成的巨大翅膀从她背后伸展而出，说不出名字的艳丽果实是装饰在翅膀上的夺目宝石，纤细的花茎是她的发丝，无数斑斓的彩蝶从她发间飞出，她的指尖绽放出无数鲜花，她的吐息弥漫着芬芳……

她贴在荣光颈间，在他耳边轻轻说道：“可是，这样其他人就能得救了。”

这次不是直接传入脑海的声音，而是从她双唇间吐出的甜美声音。

说完，她的手臂化作结实的树枝缠绕着荣光的身体，并且逐渐收缩、勒紧。荣光无法喘气，因为窒息他徒劳地张开嘴，想要获得一点儿氧气，然而肺部被牢牢箍紧，他全身的骨头好像都要被这可怕的力量捏得粉碎。

他并不想继承蓬莱，他对此根本没有欲望。可是，牺牲他就能让其他人得救吗？缺氧造成的晕眩中，他迷迷糊糊地想，这好像是一件伟大的事情呢，故事的主角们不都是这样的吗？愿意为了全世界牺牲自己，他当读者的时候也会觉得这样的主角好厉害啊！

但当这样的事情真的降落到自己头上时，最强烈的却是……想活下去的欲望。

一把雪亮的长刀穿透了荣光的胸膛，刺入了与他紧密相拥的春景的身体，贯穿了她的心脏。

刀尖从少女的背后刺出，尖端闪烁着寒光。

天地猛然陷入一片沉寂，云间的绿光顷刻熄灭，云层上涌动的黑影静止了，地面上疯长的植物也都变得温顺安宁，一切异像都被遏制了。

“我……怎么……忘了……你……”春景喃喃自语，她捂着被刺伤的胸口，慢慢退开。她本以为他是挣脱不开那些束缚的，捆着他的枝条也不是寻常刀具能割开的，更何况他当时手上空无一物，也不可能去碰他的箱子。

但她竟然忘了，那源自他古老而强大血脉的能力。

卖药人缓缓把刀抽出来，诡异的是这把刀穿透了两个人的身体，却只对异化了的春景造成了伤害。

这把刀只会斩杀非人类的生物，是原本并不存在这个世界上的东西，是他方才危急之时，于虚无中创造出来的。

7

她不像秋茴，他是天才。

她不像雨泽，她只是凡人。

她甚至跟荣光都不一样，她并不是被蓬莱所“选定”的人。

她其实是知道的，她所谓的坚持不过是孩子气的顽固，只是不服输而已，即使知道面前是岩石也要以血肉之躯相撞，也不肯绕开，想办法走其他的道路。

因为她知道如果选择了其他的道路，那就无法抵达与那些非凡之人同样的终点，她永远都没办法看到岩石那一边的风景。她一介凡人，却妄想触及不属于她的领域，她想变得跟秋茴、雨泽一样厉害，她是狂妄的、傲慢的，抵死不肯承认自己的平凡。

所以当查阅古籍得知关于“蓬莱”的记载后，她心里便有了一个大胆的想法。她想，如果拥有了那份古老的力量，自己是不是……也能成为不输给雨泽的人？

某天，师父突然把她叫到房里，对她说道：“我知道你看过古籍，明白蓬莱是怎样的存在，这座岛是它的一部分，如今蓬莱因为失去管制而愈发不安定，为师希望你能肩负这个责任，你可愿意？”

春景几乎没有犹豫地点头答应了，她愿意，心甘情愿的愿意，那一刻她甚至没有想过后果。她太年轻、太骄傲，一心只想往更高的地方走，不想输给任何人。

“你可曾想清楚了？你得到一切的同时，也意味着失去所有。”

春景再次点头，并以伏地之姿向师父叩行大礼，她朗声说道：“春景的一条命是师父救回来的，只要是为了师门、为了这座岛，春景绝无迟疑。”

见她心意坚定，师父微微颔首。他眼睛上蒙着布，所以从来不会从目光中泄露半点儿情绪，他低头看着自己的双手，好像在细数那上面的皱纹。

后来雨泽气急败坏地跑来找她，质问她为何要答应。

自从上次那件事后，他们的关系变得十分疏远，春景不肯低头，雨泽又觉得委屈，于是谁也没开口，各自忙碌着，这几年间越来越生分了。其实即使没有那件事，长大后自然也不能像小时候那般亲密了。

即便如此，雨泽仍然焦急地朝她吼道：“你应该拒绝的！蓬莱并没有选择你，选择你的人是师父！他为什么要选你，他怎么知道你看过古籍，你都没有疑问吗？”

“那是我们的师父！不可对师父无礼！”春景尖声呵斥，然后又冷笑道，“而且我也想知道，你又是怎么知道我看过古籍的？”这些年来，他们可不是无话不谈的好伙伴了。

“你能偷石中胎，偷看个古籍又算什么？”雨泽反问，继而又哀求似的喊她的名字，

“春景……”

“你不用多说。”春景打断了他的话，“能为蓬莱献祭是我的荣幸，你何必多管闲事？”

“即使这么做，你也救不了当年那个沉向海底的男孩。”雨泽突然说道，“你这么做是毫无意义的。”

春景睁大了双目，他的话勾起了她最不堪的回忆。她咬牙切齿地问：“你、你怎么会知道？”这件事她一直藏在心里，连师父都没有说过，雨泽又是怎么知道的？

他没有回答她，只继续说道：“你对我好，是为了弥补这件事吗？你在我身上，看到了那个你救不了的男孩的影子？追逐无形之物者，最为悲哀，你这样不觉得可悲吗？”

春景愤怒地攥紧了拳头，过了许久，她缓缓吐出一句话：“那你呢？你对我执着，难道不是因为我爹就是曾经为了拯救你四处奔走、以死相谏最终导致被满门灭口，所以你才想要努力弥补我吗？”

“我……”

春景看到他怔住的表情，终于觉得扳回了一场，她说：“你以为师父告诉你我的身世前，就没有问过我吗？我们谁也不欠谁的，你也别跟我废话了。”

“我会想办法的！”他坚定地说。

少年说完便气冲冲地离开了，春景很想抓住他的衣服把他拉回来，然而伸出手时，却又不知道该对他说些什么。

春景从怀里取出一个布包打开，里面是一枚含着无穷绿意的晶体，当年雨泽造出来的蓬莱梦，她一直偷偷地藏着。

你会越来越厉害，会把愚笨的我抛在身后，即使你愿意放慢脚步来等我，我也始终追不上去，其实我是希望……不要被你抛下吧。

最终，他们都失败了。因为他所创造的某个东西，蓬莱岛的仙境成了地狱，而他最想要拯救的那个人，最后依旧被献祭给了蓬莱。

少年跪在被血水染红的大地上，他抱着春景的尸体哭泣，他朝天空咆哮，他痛恨自己所做的事情，可是已经无法挽回。

他只是想救春景，他只是不想她被献祭给那片可恶的森林，而现在却什么都没有改变，春景还是死了，更多的人，也死了。

只有他还活着，比任何人都痛苦地活着。

“我永远不会原谅你，你不能死，你要活着，即使比任何人都痛苦地活着，你也要活着……来赎罪。”

这是春景死前对他说的最后一句话。

突然，鲜红湿润的土壤动了动，有什么东西缓缓地拱出地面，它从浇灌了无数人鲜血的大地里诞生，是一只暗红色的箱子。

上面布满了大大小小、密密麻麻的眼睛，也许这里死了多少人，那上面就有多少双眼睛。

箱子上唯一的金色巨目缓缓睁开，安静地与少年对视。

春景缓缓倒下，诡异的绿色液体从她伤口里流出来。她定定地看着卖药人，荣光觉得她似乎有什么话想要告诉对方，他觉得自己又看见了那个从森林深处带着戏谑笑容走出来的少女，眼神灵动狡黠，目光深处透着温柔。

一滴泪从她眼角滑落，然而在眼泪流下之前，她已化作无数绿色的细小花瓣，消失于天地之间。荣光下意识伸出手去接，他觉得自己接住了她最后落下的那滴泪，因为他感到手心一阵滚烫的湿润。

春景消失了，没有留下一句话。荣光身上的束缚也解除了，他连忙看向卖药人，现在只有他能向自己解释一切了。

卖药人卸下了他的箱子，仿佛终于觉得它太过沉重了。他朝荣光摇摇头，此刻不是谈话的时机，他现在也很虚弱。他全力做出了一把能斩杀除人类以外一切生命的刀，耗费了不少力量，然而事情并没有结束。

杀死了以蓬莱的意志行动的春景，同时也破坏了可以限制蓬莱的枷锁，这股古老庞大的力量在短暂的平静后，就像沉寂千年猛然爆发的火山一般暴动起来。绿光消失的天空，云层压得极低，粗大的树根从云端伸出，宛如巨龙从天上探出了偌大的头颅。

光是树根都如此粗大，那么即将降临的东西将会有多么可怕？荣光不敢想象，这时卖药人一把扯过他，将那把刀塞到荣光手里，说道：“杀了我，我现在刀都拿不稳，只能拜托你了。”

“什么？！”荣光瞪大了眼睛。

“我之前确实想过要杀了你，彻底封印蓬莱，但我现在改变主意了。”

从一切都毁掉的那天起，他根本就不想活下去，若不是春景那番话，他定会以死谢罪。箱子上那些黑色的眼睛，是他采集而来的世人欲望所凝结而成，那是他的“药”，他没有活下去的欲望，所以要靠别人的欲望活下去。

他痛苦而漫长地在悔恨里活着，为了等到终于能赎罪的这一天。

他调整刀尖，对准自己的胸膛，厉声道：“杀了我，快动手！”

可是荣光却抽回了刀，并一把扔开，他大叫：“不！我不杀人！难道除了杀人就没有其他的办法吗？”他被这两人逼得都想咬人了，什么乱七八糟的事情，他毫不知情就被卷了进来，谁也没有跟他解释过什么，开口闭口不是要杀了他，就是要他杀人！

“我相信一定有办法的！”荣光也不知道自己哪里来的自信，“你不是卖药人吗？你不是什么药都有，只要有人想买，你就能卖吗？”

他盯着卖药人，一字一句道：“我要能一切恢复正常的药，你能卖给我吗？”

卖药人愕然地看着他，暴动的植物已经摧毁了整座古庙，空气里飘荡着种子与花粉，风声是不知名的野兽的咆哮，古老的森林逐渐露出它的真面目。

唯独箱子与两人附近安然无恙，就好像那是古老蛮横的力量都无法干预的一块地方。

“好。”卖药人好像拿他没办法地笑起来，他说，“你真的像她，这么不讲道理。”却也直率得叫人无法拒绝。

这时，荣光突然觉得手里好像握住了什么，他摊开手掌一看，原本不该有任何东西的手心里多了一块椭圆形的晶莹石块。石块里面是绿色的，那深邃的暗绿层层叠叠，像一片森林被浓缩在里面。

他不明白为什么会有这么个东西，也不知道这到底是什么，但他依稀记得他手心刚刚接过一滴眼泪，难道这是春景给他的吗？

卖药人更是难以置信，低声道：“蓬莱梦……”

突然，一支利剑破空射来，从背后插进了卖药人的胸膛，金色的箭头从他胸前透出，沾着他鲜红的血。

荣光被这突如其来的一幕惊呆了，他扑上去抱住卖药人，惊惶失措地四处张望着。

卖药人则反应极快，他咬牙折断胸前的箭，并夺过荣光手里的蓬莱梦，高举起尖锐的、带着他血液的箭头，狠狠地刺了下去。

这是春景梦想中的“后悔药”，蓬莱梦可以让人获得弥补过错的机会，但这东西是他造出来的，他知道这个弥补过错的机会并不是那么单纯的。

弥补一时的过错，需要用一辈子的幸福去偿还。

现在要弥补的过错实在太大了，他第一次庆幸自己的血脉是如此古老而尊贵，足够支付所需要的代价。他只是很遗憾，最终无法达成荣光对他提出的要求……

蓬莱的梦之所以美丽，是因为有人为之牺牲。

他没有告诉过任何人，蓬莱也是他的一个梦，一个温暖美好却虚幻的梦。

荣光看着晶莹的石块裂开，里面被压缩、封锁的东西一下子涌了出来，光芒如此璀璨，让他根本无法睁开眼睛。他的身体被温暖的风卷起来，他觉得轻飘飘的，非常舒服，舒服得他只想蜷缩起身体，好好睡一觉。

可他记挂着卖药人受了伤，于是努力睁开眼睛，他依稀看见卖药人就在他面前，他伸长了手却怎么都够不到他。卖药人趴在他的箱子上，垂着头，荣光看不清他的脸，但从他身上汩汩流出的血浸润了那只诡异的箱子。

被鲜血浸润过的箱子愈发鲜艳，箱子上唯一的金色巨目缓缓睁开，安静地与荣光对视着。

冷不防的，荣光的手被人捉住了，是卖药人。他挣扎着爬到他身边，在他耳边说了些什么。

此时，光芒已完全褪去，荣光眼前什么人都没有，古庙恢复了原样，那些异常的植物、动物、虫子……统统都消失不见了。

天色大亮，荣光爬起来跑到门口，推门一看，虽然外面满地狼藉，但什么奇奇怪怪的东西都没有了。突然有人拍了拍他的肩膀，他以为是卖药人，欣喜地转过头，却看到徐明子好好地站在身后，奇怪地问他："我们……这是怎么了？"

8

晚上，荣光漫不经心地坐在饭桌旁喝汤，电视上正播放不久前一场罕见的超大型台风突然袭击本市的新闻，台风造成了重大的经济损失，很多人受了伤，所幸的是没有出现死亡。

那个不可思议的、可怕的晚上，就这样被解释为一场台风袭击。

没有人觉得奇怪，只有荣光记得一切。

"我回房间啦。"他有气无力地和父母说道，他这几天都没睡好，也没有梦见蓬莱。闭上眼他就会想，卖药人去哪里了呢？他死了吗？还是说……献祭给蓬莱了？

他有好多疑问，但找不到能给他答案的人。

荣光躺在床上想得正入神，突然感到整个房间摇晃起来，凄厉的哭声此起彼伏不知从何处传来，竟都是孩童们稚嫩的声音，荣光定睛一看，赫然发现自己竟躺在一个船舱里。

船舱里是一个又一个巨大的铁笼，里面都是被锁起来的小孩，他们捂着脸哭泣，穿着古代死囚的白衣，荣光无法看见他们的脸。

他摇动着那些栏杆，想要救他们出来，可是船突然断裂，铁笼、小孩、自己都落入了水中。荣光并没有感觉到水的冰冷，也没有窒息的痛苦，难受的是他眼睁睁地看着装满孩子的铁笼沉入水底，无数双小手从笼子的铁栏里伸出来，渴望捉住任何能求生的东西。

他在水里自如地呼吸，这让他想起头顶长出幽灵草的经历，他被卖药人拖进水底，抵达忘川，当时他很害怕，现在回想起来竟然有些怀念。

这时，一个巨大细长的黑影从水底游上来，黑影越是接近，荣光越是感到恐惧。那黑影在他脚下盘旋着，他知道它在吃掉那些落入水底的孩子。他清楚地知道那是活在这片水域的凶兽，看守着通往一座小岛的路，但凡不是岛上的人想要进去，就会被它吃掉。

而这片水域里，还有着许许多多这样的凶兽。

“这不是真实的，而是春景留在你身上的记忆。”一个声音说道。

荣光马上认出了这个声音，他在水里四处张望着，看到了一个背着红色巨大箱子的人影，那人就像走在平地上一般行走在水里。

他连忙往那边努力划水，果然是卖药人的背影，他不会认错的！荣光加快速度想要追上去，奇怪的是无论他怎么努力，他们之间的距离始终都没有一点儿变化。

“你觉得欲望是什么？”卖药人问，他的发丝如水草摇曳，“是好的，还是坏的？”

“有好有坏啊！”荣光脱口回答道。

“为什么？”

“欲望就是本能啊，饿了就会有吃饭的欲望，困了就会有睡觉的欲望，不想死的时候会有活下去的欲望。”荣光认真地说，他不是聪明的家伙，只是想到什么就说什么，“好奇心也是欲望，如果牛顿对苹果为什么掉下来这件事没有探究的欲望，那么世界一定不会是现在的样子。过多的欲望会让人变得很坏，但没有欲望的话，人类也不会有进步吧？”

“既是无药可治之症，也是治愈一切的万灵药吗？你到底是笨呢，还是聪明呢？”卖药人笑着说道。

荣光觉得自己被嘲笑了，他懊恼地猛提速度追上去，就在他碰到那只箱子的同时，卖药人又突然消失了。

荣光猛然惊醒，发现自己还躺在床上，刚才似乎是太累所以打了个盹。他回过神，发现手里不知何时拿了一个正方体，它看起来很像一个魔方，六个面，整齐划一的方格，然而这个魔方只有两种颜色，红色与金色。

他好奇地翻看着这个魔方，在转到一个面的时候，发现一只金色的眼睛正看着他，然后又缓缓合上。

荣光仿佛又听见那个晚上卖药人在他耳边说的话。

——你还记得阿蜜吗？

——记得。

——那就好，那世界上就还有人记得他。

后记

三年前我写下“后记”两个字的时候，没想过还会有再版的机会，这真是意外又令人高兴的消息，再一次感觉像是在做梦，并且再一次深刻地感受到，我是得到了许多人的支持才能一直坚持到今天的。

我真的很感激这一切、感激每个愿意用心阅读我写下的故事的人，也包括如今正在看后记的你。除了感激，还有荣幸，荣幸本书有再版的机会，荣幸得到了那么多的支持和鼓励，我会再接再厉，积极回应大家的期待。

九年前，我第一次给《小说绘》投稿，从来没想过会有这么一天，现在掐指一算，才猛然发觉“咦，是啊，原来已经这么久了”。

还记得编辑问我要不要尝试连载的时候，一开始我是很犹豫的，因为这将会是一件非常耗费心神的浩大工程，而且一旦答应下来，我就要非常负责任地完成它，不能半途而废，不能马虎应付。但这又是非常难得的机会，如果我不鼓起勇气开始的话，以后是一定会后悔的。

然后就是非常漫长的构思和反复的讨论，我准备了好几个大纲，在毙掉了我也不记得多少个构思之后，才最终有了《问药》。

古人有云：“是药三分毒。”

我很喜欢这句话，脑子里总会出现各种各样的人脸，他们焦急不安地问“这个药有效吗”“这个药能治好我的病吗”，然后总会有一张似笑非笑、狡猾的脸，模棱两可地回答那些人：“是药三分毒。”

任何事情都不完美，任何事情都存在风险，但也正是这些促使人去尝试、去挑战。卖药人最后问荣光“欲望”到底是好是坏，其实也是这个道理。这是一个度量的问题，没有绝对的好，也没有绝对的坏。

“药”本身没有好坏，只是看怎么使用而已。

“善恶”也不是绝对的，软弱如高小南也会有充满恶意的念头，无情如纪苗也有柔软的一面，春景对雨泽的感情在爱护中也混杂着嫉妒，等等。

“欲望”也一样，它能让人堕落或者疯狂，也能让人前进、变得勇敢。

与人分享自己心中的故事的欲望成了我写作的契机，想要一直把故事讲下去的欲望就是我坚持的动力。埋头创作是件愉快的事情，从最初的 MKT（漫客小说绘征文大赛）到现在，从零零碎碎的短篇到一个完整的长篇，现在回头看去，会发现自己身后是一串坚实的脚印。

这一段路走得很艰辛，我想过要放弃，也曾经停下来休息，但前面还有很长的路，而我还想继续走下去。

当编辑的时候，我给人出版过不少书，但这本《问药》是第一本属于我的书，很高兴你们能翻开这本书，很高兴你们能看到这里，这本书能与你们相遇，实在太好了！

卖药人有没有死呢？嗯，既然书都再版了，那你赶紧翻开下一本就知道啦！

2019 年 4 月

苏盈

问药 1

作者
苏盈

封面绘图
Benyo

彩色插图 & 内文插图
播索

封面设计
杨小娟

内版设计
周沫

图片总监
杨小娟

特约编辑
徐慧

责任发行
周冬梅

出版社
中国致公出版社

总出品
湖北知音动漫有限公司

制作出品
知音动漫图书·漫客小说绘

平台支持

知音漫客 小说绘

图书在版编目（CIP）数据

问药. 1 / 苏盈著. -- 北京 : 中国致公出版社,2019

ISBN 978-7-5145-1254-0

Ⅰ. ①问… Ⅱ. ①苏… Ⅲ. ①长篇小说－中国－当代 Ⅳ. ①I247.5

中国版本图书馆CIP数据核字(2018)第300056号

问药.1/苏盈 著

出　　版	中国致公出版社 （北京市海淀区翠微路2号院科贸楼）
出　　品	湖北知音动漫有限公司 （武汉市东湖路169号）
发　　行	中国致公出版社
作品企划	知音动漫图书·漫客小说绘
责任编辑	颜士永 王宏亮
特约编辑	徐慧
装帧设计	杨小娟 周沫
印　　刷	武汉市轩辕印务有限责任公司
版　　次	2019年7月第2版
印　　次	2019年7月第1次印刷
开　　本	710mm × 1120mm　1/16
印　　张	15
字　　数	260千字
I S B N	978-7-5145-1254-0
定　　价	35.00元